# BIANCA™

AF274445

# EMMA DARCY

## UNA TENTACIÓN PROHIBIDA

HARLEQUIN™

Editado por Harlequin Ibérica.
Una división de HarperCollins Ibérica, S.A.
Avenida de Burgos, 8B - Planta 18
28036 Madrid

© 2025 Harlequin Ibérica, una división de HarperCollins Ibérica, S.A.
N.º 493 - 21.2.25

© 2011 Emma Darcy
Una tentación prohibida
Título original: The Costarella Conquest

© 2012 Emma Darcy
Una oferta incitante
Título original: An Offer She Can't Refuse
Publicadas originalmente por Harlequin Enterprises, Ltd.
Estos títulos fueron publicados originalmente en español en 2012

I.S.B.N.: 978-84-1074-468-4
Depósito legal: M-25734-2024
Impreso en España por: BLACK PRINT
Fecha impresión para Argentina: 20.8.25
Distribuidor exclusivo para España: LOGISTA
Distribuidor para México: Distibuidora Intermex, S.A. de C.V.
Distribuidores para Argentina: Interior, DGP, S.A. Alvarado 2118.
Cap. Fed./Buenos Aires y Gran Buenos Aires, VACCARO HNOS.

# Capítulo 1

ERA VIERNES por la tarde y Jake Freedman estaba en el despacho de un hombre al que tenía motivos para odiar, y apenas podía contenerse para no marcharse. Pronto, muy pronto, tendría todas las pruebas para acusar a Alex Costarella por haber actuado como un buitre, aprovechando las empresas en bancarrota para hacer aumentar sus fondos. Entonces, podría marcharse. Entretanto, la farsa de que aspiraba a ser la mano derecha de Costarella en el negocio de las liquidaciones, no podía tener ni un fallo.

–El domingo es el Día de la Madre –dijo el hombre, mirando a Jake con interés–. Tú no tienes familia, ¿verdad?

«No desde que ayudaste a matar a mi padrastro». Jake puso una triste sonrisa.

–Perdí a mis padres cuando era un niño.

–Sí, recuerdo que me lo dijiste. Debe de haber sido muy difícil para ti. Eso hace más admirable que consiguieras una carrera profesional y que hayas hecho tan buen trabajo en ella.

«Cada paso del camino ha estado marcado por la ambición de derrocar a este hombre. Y lo conse-

guiré. Me ha costado diez años llegar hasta aquí...
Aprender contabilidad, legislación, conseguir experiencia en los negocios de Costarella, ganarme su confianza. Sólo unos meses más y...».

–Me gustaría que conocieras a mi hija.

Jake se quedó sorprendido. Nunca había pensado en la familia de aquel hombre, o en el efecto que sus actos podían tener sobre ella. Arqueó las cejas de forma inquisitiva. ¿La hija iba a participar en los negocios de su padre? ¿O es que aquello era un intento para emparejarlos?

–Laura es una mujer despampanante. Inteligente, y una gran cocinera –dijo Costarella–. Ven a comer a mi casa el domingo y descúbrelo tú mismo.

Jake rechazaba la posibilidad de tener una relación personal con alguien relacionado con aquel hombre.

–Me entrometería en vuestro día familiar.

–Quiero que vengas, Jake.

La expresión de su rostro no daba lugar a negativas. Era un hombre con el pelo cano y ojos grises, que se expresaba con la confianza de alguien que podía conseguir el control de cualquier asunto y someterlo a su voluntad.

Jake sabía que, si insistía en rechazar la invitación, perdería la posibilidad de tener acceso a las pruebas que necesitaba.

–Eres muy amable –contestó con una sonrisa–. Si estás seguro de que seré bienvenido...

Cualquier duda al respecto era irrelevante. Costarella conseguía aquello que se proponía.

–Ven a las once y media. ¿Sabes dónde vivo?

–Sí. Gracias. Allí estaré.

–¡Bien! Te veré entonces –sus ojos grises brillaron con satisfacción–. No te decepcionarás.

Jake asintió, consciente de que tendría que acudir a su casa el domingo y mostrar interés por su hija a pesar de que odiaba la idea.

No sabía qué era lo que pretendía Costarella. Era ridículo que intentara encontrar un pretendiente para su hija, como si las personas fueran títeres y pudiera moverlos a su antojo. Sin embargo, ésa era la mentalidad de aquel hombre. Se movía a su ritmo, sin importarle el interés del resto.

Jake tenía que seguirle el juego. Y si tenía que empezar a salir con Laura Costarella, lo haría, pero no llegaría a tener una implicación emocional con ella por muy bella e inteligente que fuera.

Era la hija del enemigo.

No debía olvidarlo.

Nunca.

*El Día de la Madre...*

Laura Costarella deseaba que aquel día fuera como se suponía que debía ser, un día memorable para su madre en el que sus hijos le mostraran su amor y su agradecimiento por todo lo que había hecho por ellos, y junto a su esposo disfrutara de la familia que juntos habían creado.

Pero no iba a ser así.

Su padre había invitado a una persona especial a la comida familiar y, a juzgar por la engreída sonrisa con la que hizo el anuncio, Laura sospechaba que aprovecharía al invitado para mostrar las limitaciones de sus hijos y los defectos de la madre que los había criado.

Jake Freedman, un nombre con carácter. Y, sin duda un hombre con un carácter tan fuerte como su padre o, si no, no habría ascendido tan deprisa hasta la cima de Costarella Accountancy Company, que amasaba millones gracias a las empresas en quiebra. ¿Sabría cómo iba a ser utilizado ese día? ¿Le importaría?

Laura negó con la cabeza. Pasara lo que pasara, ella no podría evitarlo. Lo único que podía hacer era preparar los platos de comida favoritos de su madre e intentar disimular el descontento de su padre con su familia. «No dejes de sonreír pase lo que pase», se dijo.

Por el bien de su madre, esperaba que su hermano hiciera lo mismo. Que no se dejara llevar por el resentimiento. Que no se marchara. Que sonriera y se encogiera de hombros ante los comentarios de crítica. Sin duda, no era mucho pedir que Eddie mantuviera su testosterona bajo control por un día.

Sonó el timbre justo cuando ella terminaba de preparar las verduras para hacer la receta que había visto en uno de sus programas de cocina favoritos de la televisión. Estaban preparadas para meterlas al horno con la pata de cordero. La crema de calabaza y beicon sólo había que recalentarla. La nata estaba batida y la tarta de lima-limón estaba en la nevera.

Se lavó las manos, se quitó el delantal y sonrió, dispuesta a recibir a la visita con todo el encanto posible.

Jake estaba en la puerta de la mansión de Alex Costarella, preparándose para ser un invitado atento y encantador. El edificio de dos plantas de ladrillo rojo era una de las antiguas haciendas de Sídney, y tenía la fachada perfecta para ocultar la verdadera naturaleza del hombre que la había conseguido a base de engañar a otras personas.

Él recordaba cómo había luchado su padrastro para conseguir que los empleados del tribunal de quiebras retrasaran la puesta en venta de la hacienda familiar mientras su madre estuviera viva, antes de que el cáncer acabara con ella unos meses más tarde. Y todo el proceso había sido iniciado por Costarella, que prefirió no pensar en cómo salvar una empresa y cientos de empleos, y eligió llenarse los bolsillos mientras se ocupaba de vender todos los activos.

Sin piedad.

Su padrastro falleció pocas semanas después de la muerte de su madre. Dos funerales en muy poco tiempo. Jake no podía culpar de ambas muertes a Costarella, pero sí de una de ellas. Se sorprendía al pensar que era como un lobo esperando a entrar en la guarida de otro lobo.

Costarella no sabía que Jake estaba al acecho, esperando el momento adecuado para atacar. Alex pensaba presentarle a su hija para que hiciera de cebo y lo tentara con un futuro brillante en la empresa, sin percatarse de que la presa era él. Y en cuanto a Laura...

Se abrió la puerta y Jake vio a una mujer que, al instante, le resultó interesante. Era muy guapa, con el cabello negro y rizado, los ojos azules y unos labios carnosos que, al sonreír, mostraban una dentadura perfecta. Iba vestida con un top morado y blanco que tenía un escote lo bastante pronunciado como para mostrar la curva de sus senos, suficientemente grandes como para llenar las manos de un hombre. Unos pantalones vaqueros apretado, de color morado, resaltaban su figura y sus piernas esbeltas. Un primitivo deseo sexual se apoderó de Jake.

Esforzándose por mantener la compostura, Jake la saludó.

–Hola, Soy Jake Freedman –dijo, confiando en que ella no se hubiera percatado de lo sorprendido que estaba.

La hija de Alex Costarella era una trampa para hombres.

Y caer en ella no entraba dentro de sus planes.

–Hola, yo soy Laura, la hija de la casa.

Oyó pronunciar sus palabras como si hubieran sido pronunciadas desde la distancia. Estaba completamente absorta por el atractivo de Jake Freedman. Aunque atractivo no era la palabra que más encajaba. Ella había conocido a muchos hombres atractivos. La vida de su hermano estaba llena de ellos, de actores dejando su huella en los programas de televisión. Pero aquel hombre... ¿por qué se le había acelerado el corazón y sentía un cosquilleo en el estómago?

Tenía el cabello de color castaño oscuro y lo llevaba muy corto. Los ojos marrones y con una mirada muy sexy. La nariz recta, el mentón prominente y la boca perfecta. «Podría representar el papel de James Bond», pensó Laura, y tuvo la sensación de que él era tan peligroso como el personaje de la legendaria película.

Era un hombre alto, delgado y de aspecto muy masculino. Vestía pantalones vaqueros negros y una camisa negra y blanca de sport con las mangas arremangadas, dejando al descubierto sus musculosos antebrazos. Jake Freedman era tan masculino que era imposible no reaccionar ante él como mujer.

–Encantado de conocerte –dijo él, y le tendió la mano con una sexy sonrisa.

–Lo mismo digo –contestó ella, y le estrechó la mano–. Pasa, por favor.

–La hija de la casa –repitió él–. ¿Eso significa que todavía vives en casa de tus padres?

–Sí. Es una casa grande –contestó ella. Lo bastante grande como para mantenerse alejada de su padre la mayor parte del tiempo.

Jake Freedman debía de ser unos años mayor que sus amigos de la universidad, teniendo en cuenta el puesto que tenía en la empresa de su padre. Eso le hizo recordar que debía evitarlo como si fuera una plaga. No tendrían nada en común.

–Mi familia está disfrutando del sol en el patio trasero –dijo ella, y lo guió por el pasillo que dividía la casa en dos–. Te llevaré donde está mi padre y después os sacaré un aperitivo. ¿Qué quieres beber?

–Un vaso de agua con hielo estaría bien, gracias.

–¿No bebes whisky con hielo, como mi padre?

–No.

–¿Y un vodka?

–Agua.

«Bueno, no es James Bond», pensó ella, conteniendo una risita.

–¿Tienes trabajo, Laura?

–Sí, soy la directora de primeras impresiones –se rió al ver su cara de asombro–. Lo he leído esta mañana en el periódico –le explicó–. Es como se llama ahora a las recepcionistas.

–¡Ah! –sonrió él.

–¿Y sabes cómo llaman a un limpiador de cristales?

–Por favor, ilústrame.

–Ejecutivo de visión despejada.

Él se rió, aumentando su atractivo con su sonrisa.

–Un profesor es un navegador de sabiduría. Y un bibliotecario es un especialista en recuperación de información. No recuerdo el resto de la lista. Todos los títulos eran muy farragosos.

–Así que, hablando en claro, eres recepcionista.

–A media jornada en una consulta médica. Sigo

en la universidad, estudiando arquitectura de jardines. Es una carrera de cuatro años y ya estoy en el último.

–¿Estudias y trabajas? ¿Tu padre no te mantiene? –preguntó.

–Mi padre no paga lo que no aprueba. Deberías saberlo, puesto que trabajas con él.

–Pero eres su hija.

–Y se supone que debería cumplir sus deseos. Me permite vivir aquí. Ése es todo el apoyo que mi padre me dará para que estudie esa carrera.

–Quizá deberías haber buscado la manera de independizarte.

Era un comentario extraño para un hombre que debería ser experto en satisfacer los deseos de su padre. Sin embargo, ella no estaba dispuesta a discutir la dinámica familiar con un extraño, y menos con alguien especializado en ponerse del lado de su padre.

–Mi madre me necesita.

Era una breve respuesta, y todo lo que obtendría de ella. Laura abrió la puerta trasera y lo presentó:

–Tu amigo Jake está aquí, papá.

–¡Ah! –su padre se levantó de la mesa del patio en la que estaba leyendo el periódico del domingo–. Me alegro de verte por aquí, Jake. Hace un bonito día otoñal, ¿verdad?

–No podía ser mejor –convino él, acercándose para estrecharle la mano.

Se sentía seguro de sí mismo y con la situación, algo que Laura no sentía. Estaba asombrada por la fuerte atracción que había experimentado y que no conseguía olvidar. No era bueno. No podía serlo. Lo último que deseaba era que un hombre como su padre interfiriera en su vida.

–Ve a buscar a tu madre, Laura. Le está mostrando a Eddie las últimas novedades del jardín. Puedes decirle a los dos que vengan a conocer a nuestro invitado.

–Lo haré –dijo ella, contenta de marcharse de allí y consciente de que a su padre le gustaba que lo obedecieran a la primera.

El jardín era el refugio de su madre. Era feliz cuando hablaba sobre qué podían hacer en él con Nick Jeffries, el ayudante que compartía su entusiasmo por diseñar y trabajar en el lugar. A Laura también le encantaba aquel jardín, y la idea de construir algo bonito en lugar de destrozar las cosas, como hacía su padre.

Y como hacía Jake Freedman.

No podía olvidarlo. Nunca podría tener algo en común con una persona que se dedicaba a destruir.

–¡Mamá! ¡Eddie! –los llamó. Estaban junto al estanque, donde Nick había instalado unas lámparas solares–. Ha llegado el invitado de papá.

Su madre dejó de sonreír y miró a su hijo con nerviosismo, preocupada por el inminente choque de personalidades que podría producirse.

Eddie la agarró por los hombros y sonrió para tranquilizarla.

–Prometo ser bueno, mamá. Hoy no seré un chico malo.

Consiguió que su madre soltara una risita.

Eddie tenía el papel de chico malo en la serie en la que actuaba. Su cabello negro, la barba incipiente, el hoyuelo de su barbilla y sus penetrantes ojos azules, hacían que fuera muy atractivo, sobre todo en su ostentosa motocicleta. Ese día llevaba una chaqueta de cuero negra, aunque se la había quitado debido al calor de la mañana. Su camiseta blanca tenía el dibujo de una Harley-Davidson. Parecía un motorista, para disgusto de su padre.

Los tres regresaron hacia el patio. Laura y Eddie a cada lado de su madre, dispuestos a conseguir que tuviera un feliz día. Por qué seguía viviendo con su padre era algo incomprensible. No era un matrimonio feliz. Su marido era muy dominante y controlador, de forma que ella apenas tenía vida independiente.

Laura siempre consideró a su madre un ama de casa, bien vestida y peinada, que se ocupaba de que todo en la casa estuviera perfecto. Incluso su nombre, Alicia, encajaba con el papel.

Ese día estaba especialmente guapa. Se había teñido de rubio su cabello corto y llevaba puesto una camisola azul que resaltaba el color de sus ojos. Durante la última época, apenas tenía brillo en la mirada y Laura estaba preocupada de que tuviera algún problema de salud que no quisiera admitir. Además, estaba demasiado delgada, algo que se ocultaba bajo la amplia camisola que llevaba. Los pantalones blancos también le quedaban anchos, pero le daban un toque elegante. Sin duda, nadie notaría nada extraño en ella. Jake Freedman la encasillaría como la típica mujer de un hombre rico.

–¿Qué aspecto tiene? –preguntó su madre.

–Se parece a James Bond –dijo Laura.

–¿Qué? ¿Parece un tipo peligroso? –preguntó Eddie.

Ella sonrió.

–Y muy sexy y atractivo.

–No se te ocurra enamorarte de él, Laura. Es un territorio peligroso.

–Sí, ten cuidado –le advirtió su madre–. Puede que tu padre quiera que te guste ese hombre. Tiene que haber algún motivo para que lo haya invitado aquí esta noche.

–Podría ser que entre los planes de Jake Freedman figure el de casarse con la hija del jefe –intervino Eddie.

¿Casarse?

¡Nunca!

Ella siempre rompía las relaciones cuando el chico comenzaba a pedirle compromiso, algo que siempre sucedía tarde o temprano. Por lo que había visto en su casa, el matrimonio consistía en una interminable lista de exigencias cargadas de recriminaciones en caso de que no se cumplieran. Ningún hombre iba a tenerla como esposa.

–No soy tan fácil de devorar –le dijo a su hermano–. Voy a darle de comer. Si necesita algo más, que silbe.

–Como Humphrey Bogart –murmuró la madre.

–¿Qué?

–En una película Humphrey Bogart silbaba para atraer a Lauren Bacall. Es antigua.

–No la he visto.

–¿Y al final consigue a la chica? –preguntó Eddie.

–Sí.

–Sin duda, ella quería que así fuera –dijo Laura–. Es otra historia.

–Vigilaré al amigo de papá –bromeó el hermano.

–Me temo que van a utilizar a ese hombre para mostrarte lo insignificante que eres, Eddie, así que cuidado con lo que dices.

–No sé... No sé... –dijo su madre.

–Está bien, mamá –la tranquilizó Eddie–. Laura y yo hemos levantado nuestras barreras y hoy nada podrá resquebrajarlas. Ahora, relájate. Ambos estamos en guardia.

Era un alivio oír a Eddie decir con tanta seguridad que se había colocado la armadura protectora. Laura deseaba poder decir lo mismo. A pesar de lo que le dijera la mente, tan pronto vio a los dos hombres en el patio y se fijó en que Jake Freedman la miraba, no había barrera que la protegiera de la química sexual que había entre ambos.

Al instante, notó que sus pezones se ponían erectos y que empezaba a mover las caderas de forma provocadora, guiada por un instinto primitivo para mostrar su feminidad. Notó un fuerte calor en la entrepierna y sintió que le flaqueaban las piernas. La tentación parecía más fuerte que el sentido común que le decía que se mantuviera alejada de aquel hombre.

Le encantaría poseerlo.

Al margen de que cometiera una gran equivocación.

Le encantaría poseerlo.

¡Sólo por la experiencia!

# Capítulo 2

A JAKE le resultó difícil apartar la vista de Laura para mirar a las otras dos personas que estaba a punto de conocer. La madre era más o menos como él esperaba que fuera la esposa de Alex Costarella, una señora de su casa que se cuidaba tanto como cuidaba su hogar, pero al ver al hijo se sorprendió. Llevaba el cabello largo y despeinado, barba incipiente y ropa de motero. Evidentemente, Eddie tampoco acataba la disciplina de su padre.

Dos hijos rebeldes y una esposa sumisa.

¿Se suponía que debía domesticar a Laura? ¿Ayudarla a convertirse en el tipo de mujer que su padre aprobaría, en lugar de permitir que siguiera su camino?

La miró de nuevo y sintió una fuerte tensión en la entrepierna. Sin duda, era la mujer más deseable que había conocido nunca, y resultaría peligroso jugar con ella, pero la idea de alejarla de su padre hacía que resultara todavía más tentadora. Era justo que Costarella sintiera la pérdida de alguien querido, además de perder la empresa que le daba poder para arruinar la vida de otras personas.

Jake se percató de cómo lo miraba Laura mientras el padre hacía las presentaciones.

–Alicia, mi esposa....

–Encantado de conocerte –dijo Jake con una sonrisa.

Ella sonrió también, pero contestó con una expresión extraña en la mirada.

–Bienvenido a nuestra casa.

–Y éste es mi hijo, Eddie, que evidentemente no se ha molestado en afeitarse esta mañana, ni siquiera por su madre.

Eddie ignoró la crítica y sonrió.

–No puedo afeitarme, papá. Rodamos mañana. Tengo que mantener el aspecto de mi personaje –se dirigió a Jake con una sonrisa.

–Supongo que eres el hijo que mi padre debería haber tenido, Jake. ¡Que te vaya bien, amigo!

Jake se rió y le estrechó la mano mientras negaba con la cabeza.

–No estoy seguro de eso, pero gracias por los buenos deseos, Eddie.

–De nada.

–Eddie es actor –Laura intervino con orgullo–. Hace de chico malo en la serie *The Wild and the Wonderful*.

Jake frunció el ceño.

–Lo siento, no conozco esa serie.

–Es una porquería –dijo el padre–. Un culebrón de la televisión.

–Porquería o no, me gusta actuar en ella –dijo Eddie–. Y a ti, Jake, ¿te gusta lo que haces?

–Es un reto continuo. Supongo que actuar también lo es –dijo él.

–La vida de ficción es absurda –dijo Costarella–. Jake y yo trabajamos en el mundo real, Eddie.

–Bueno, papá, hay mucha gente que quiere desconectar de la vida real y yo los ayudo a hacerlo –volvió a centrar al atención en el invitado–. ¿Tú cómo te relajas de la presión del mundo laboral, Jake?

Jake descubrió que le caía bien el hermano de Laura. Sabía defenderse y tenía personalidad.

–El ejercicio físico es mi vía de escape –contestó.

–Sí, he de decir que a mí el sexo también me relaja –contestó Eddie con picardía.

–¡Eddie! –exclamó la madre, escandalizada.

–Lo siento, mamá. Es culpa de Laura por haber dicho que Jake era sexy.

–¿Lo sabía? –preguntó Costarella con satisfacción.

–¡Eddie! –exclamó Laura–. Te dije que tuvieras cuidado con lo que dijeras.

Jake se volvió hacia Laura con curiosidad. Expresaba furia con la mirada y se le habían sonrojado las mejillas. Al mirarlo, alzó la barbilla en un gesto desafiante.

–No me mires como si nunca hubieras oído decir eso de ti, porque estoy segura de que no es cierto. Simplemente era un comentario, no una insinuación.

–¡Laura! –la madre protestó de nuevo.

–Lo siento, mamá –dijo Laura, levantando las manos a modo de disculpa–. Voy a traer el aperitivo. Enseguida te traigo el agua con hielo.

Jake no pudo evitar sonreír al verla marchar.

–He intentado criar a mis hijos con buenos modales –dijo Alicia tras un suspiro.

–No pasa nada –dijo su marido con animosidad.

–De hecho, me gusta entrenar en el gimnasio –dijo Jake, para que dejaran de pensar en el sexo.

–Eso está claro –dijo Eddie–. Esos músculos no salen de estar sentado en un despacho.

–Yo voy a clase de yoga –dijo Alicia, ansiosa por entablar una conversación no comprometedora, mientras gesticulaba para que se sentaran.

Jake no había imaginado que sentiría interés alguno por la familia de Costarella. Ni siquiera pensaba que fuera a caerle bien. De hecho, únicamente había pensado en Laura, a quien había imaginado como a una princesita mimada.

La dinámica familiar le resultaba intrigante y Jake se encontró dispuesto a explorarla más a fondo, observando, escuchando, reuniendo información.... Y quizá tratara de conseguir lo que deseaba con Laura Costarella, para satisfacer sus propios deseos en varios aspectos.

Laura maldijo a Eddie por ser tan provocador y a sí misma por reaccionar de esa manera. También a Jake Freedman, por hacer que sintiera cosas que le impedían mantener la compostura. El viaje a la cocina debería haberla calmado, pero seguía nerviosa incluso después de haber cargado la camarera con las bebidas y los aperitivos.

No podía esconderse de aquel hombre. Tenía que volver a enfrentarse a él. Esperaba que no tratara de regocijarse con su comentario porque, si no, se vería tentada a echarle la jarra de agua sobre la cabeza. Y sólo serviría para demostrar que había perdido el control. Era mejor ignorarlo con buenos modales. No podía olvidar que Jake Freedman era el invitado de su padre y que mantener cualquier otra relación con él no le aportaría nada bueno.

No en el plano emocional.

Por muy bueno que fuera en la cama.

Y también debía dejar de pensar en eso.

Laura respiró hondo varias veces y llevó la camarera hasta el patio. Se alivió al ver que los cuatro estaban hablando tranquilamente sobre técnicas de relajación: meditación, tai chi, masajes y tanques de flotación. Incluso su padre parecía de buen humor. Se fijó en que la única silla vacía que quedaba en la mesa redonda estaba entre Jake Freedman y su madre, así que no pudo evitar sentarse junto a él.

Dejó la bandeja sobre la mesa para que todos pudieran tomar lo que quisieran, le entregó a Eddie una cubitera que contenía una botella del vino blanco favorito de su madre, dejó una jarra de agua con hielo y un vaso delante de Jake y le sirvió un whisky con hielo a su padre y sirvió el vino antes de sentarse a la mesa.

–Siento haberme descargado contigo, Jake. Estaba molesta con Eddie. Y avergonzada.

–No tiene importancia, Laura. Estoy seguro de que Eddie oye decir eso sobre él tan a menudo, que ya no le da ninguna importancia. Y dudo que él pensara que yo fuera a dársela.

Su padre intervino con incredulidad.

—Si eso no tuviera importancia para Eddie, ya no tendría trabajo. Únicamente es famoso porque las adolescentes piensan que es sexy.

—¡Afortunado que soy, papá! —dijo Eddie—. Aunque me esfuerzo por que sea así.

—Algunas personas tienen esa suerte —dijo la madre, tratando de evitar un enfrentamiento—. Siempre pensé que Sean Connery....

—Ya estamos otra vez con James Bond —dijo Eddie, sonriendo a Laura.

Ella le mostró los dientes a modo de advertencia.

Él se puso en pie para servir el vino y añadió:

—Mi madre sabe mucho de cine. Estoy seguro de que nadie podría ganarla en un concurso. Y también es una madre estupenda. Brindemos por ella —alzó la copa—. ¡Feliz día, mamá!

Todos brindaron al unísono.

Jake Freedman empezó a hablar de cine con Alicia, prestándole mucha atención. Laura no pudo evitar pensar que era un hombre muy agradable. Sin duda, se estaba esforzando por ser un buen invitado. Además, su madre estaba encantada y, por una vez, su padre no estaba estropeándolo todo con sus comentarios irónicos.

De hecho, parecía contento con la situación.

En realidad, a Laura no le importaba el porqué.

Era bueno que no menospreciara a su madre como solía hacer.

Ella se escapó un momento para terminar de preparar la comida, sintiéndose un poco más cómoda con la presencia de Jake Freedman. Había conseguido que el día transcurriera con más tranquilidad de lo esperado. Lo único negativo era el impacto sexual que tenía sobre ella.

Laura no había sido capaz de dejar de mirarlo, fijándose en la forma de sus orejas, en la longitud de sus pestañas, en la sensualidad de sus labios, en sus carismáticas sonrisas, en el vello oscuro que salpicaba sus fuertes antebrazos, en sus dedos elegantes, en cómo los pantalones vaqueros resaltaban sus fuertes músculos y en ¡sus pies grandes! ¿Eso no significaba que sus partes íntimas estarían muy bien dotadas?

A ella le resultaba difícil concentrarse en los preparativos. Tenía que meter las verduras en el horno, calentar la sopa, poner el recipiente con la salsa de menta en la mesa. Una vez más tendría que sentarse a su lado pero, por suerte, la mesa no era redonda y él no podría ver la expresión de su rostro a menos que se volviera hacia ella.

Hasta el momento no le había prestado especial atención y probablemente fuera mejor que siguieras así. Lo más probable era que estuviera saliendo con alguna mujer. Eddie tenía un montón de pretendientes y Laura suponía que a Jake Freedman le pasaría lo mismo. Que la considerara una más de entre la multitud no tenía ningún atractivo para Laura.

Aunque como era la hija del jefe, tendría que tratarla con respeto.

Algo que ella odiaría.

Lo mirara por donde lo mirara, tener una aventura con Jake Freedman no era algo bueno. Además, él no estaba dándole ninguna oportunidad, aunque quizá lo hiciera antes de que terminara el día. Como había dicho su madre, su visita debía de tener algún propósito. Si lo que deseaba era tener una relación con ella, Laura tenía que estar preparada para decir que no.

La sopa estaba suficientemente caliente como para servirla. Sintiéndose afortunada por emplear la cocina como distracción, Laura regresó al patio para avisar a los demás de que entraran a comer. Eddie acompañó a su madre hasta el comedor. Jake Freedman entró con su padre, y era evidente que se llevaban bien.

Otra advertencia.

En su día, su padre debió de ser encantador con su madre, ya que si no ella no se habría casado con él. Su verdadera personalidad no debió surgir hasta que ella estaba completamente dominada por él. Si Jake Freedman era el mismo tipo de persona, y creía que tenía derecho a mandar sobre la vida de otros, ella no quería nada con él.

Jake fue conociendo más aspectos de la familia Costarella durante la comida. Eddie había dejado el colegio y se había marchado de casa a los dieciséis años, consiguiendo un trabajo de ayudante en un estudio de televisión.

–Algún día te arrepentirás de no haber continuado con tus estudios –dijo el padre.

Él se encogió de hombros.

–La contabilidad nunca iba a ser lo mío, papa.

–No. Siempre estás en las nubes. Igualito que tu madre.

Su tono de disgusto hizo que Alicia se sonrojara. Ella era una mujer más frágil de lo que aparentaba, muy nerviosa y demasiado ansiosa por complacer. Jake recordó el comentario que había hecho Laura respecto a que su madre la necesitaba cuando salió en defensa de Alicia.

–Oh, creo que mamá tiene los pies en la tierra cuando se trata del jardín.

–Jardín... Cine... –dijo Costarella–. Alicia ha provocado que ambos os descarriarais con sus intereses. Yo tenía grandes esperanzas contigo, laura. Eras la mejor en matemáticas...

–Papá, yo tengo gran esperanza en mí misma. Siento que no pueda satisfacer a ambos –dijo ella, con una sonrisa tristona.

–La jardinería...

–La arquitectura de paisajes es algo más que eso, papá.

Costarella resopló.

–Al menos sabes cocinar. Eso es un punto a tu favor. ¿Te está gustando la comida, Jake?

–Mucho –contestó, y le dedicó una sonrisa a Laura–. Eres una gran cocinera. La sopa estaba deliciosa y nunca había probado un cordero con patatas asadas mejor.

Ella se rió.

–Son recetas de un programa de cocina de la televisión. Lo único que hace falta es seguir las instrucciones. Tú podrías hacerlo si quisieras. No es algo exclusivo de las mujeres. De hecho, la mayoría de los cocineros famosos son hombres. ¿Tú cocinas para ti?

–No. Generalmente como fuera de casa.

–Necesitas a una mujer que cocine para ti –dijo Costarella.

Era un comentario completamente sexista y Jake se fijó en que Laura expresaba rechazo con la mirada, antes de mirarlo a él con desdén por si pensaba lo mismo.

Él se volvió hacia Costarella e hizo un comentario arriesgado, sonriendo para quitarle hierro al asunto.

–Teniendo en cuenta que los mejores cocineros son hombres, quizá sea mejor un chico.

Eddie soltó una carcajada.

–¿Qué te parece tan divertido? –preguntó el padre.

–Es que muchos chicos del sector son gays y Jake no me parece que Jake lo sea –soltó.

Laura comenzó a reírse también.

–No lo soy –dijo Jake.

–Desde luego que no –aseguró Costarella.

–Sabemos que no lo eres –le aseguró Laura.

–Por supuesto –añadió Eddie–. Laura no te consideraría sexy si fueras gay.

–Eddie, compórtate –dijo Alicia.

–Imposible –murmuró el padre.

Laura se levantó de la mesa.

–Ahora que nos has avergonzado a los dos, Eddie, voy a por el postre. Y espero que sirva para sellarte la boca –sonrió a su madre–. Es lima-limón, mamá.

–¡Mi postre favorito! –sonrió Alicia–. Gracias, cariño.

Jake la observó marchar. Era arriesgado entablar una relación con ella, puesto que complicaría lo que se había propuesto desde hacía muchos años cuando por fin empezaba a ver el final. Ella podría convertirse en una verdadera distracción y, quizá no fuera buena idea, por muy tentadora que pareciera.

Además, tener una aventura con ella no era una opción. Se sentía verdaderamente atraído por la hija de Costarella. Y él esperaba que le hiciera una proposición.

–¿Cómo es que no celebras el día de la madre con la tuya, Jake? –preguntó Eddie.

–Lo haría si ella estuviera viva, Eddie –contestó un poco compungido.

–¡Oh, lo siento! Espero que la pérdida no sea muy reciente.

–No.

–Supongo que soy afortunado por tener la mía todavía –se inclinó para darle un beso a Alicia en la mejilla.

–Sí, puesto que siempre has sido un niño de mamá –contestó Costarella.

Había cierto temor en la mirada que Alicia le dedicó a su marido. Jake suponía que ella había sido víctima de sus abusos durante tanto tiempo que se sentía indefensa para hacer nada al respecto.

–Me he fijado en el centro de mesa tan artístico que habéis puesto –dijo él, mirándola con una sonrisa para tranquilizarla.

–Sí –dijo ella con el rostro iluminado–. Lo he preparado esta mañana. Estoy muy orgullosa de mis crisantemos.

–Y con razón, mamá –intervino Laura, guiando el carrito del té hasta el comedor–. Son preciosos.

Sirvió la tarta de lima-limón y continuó alabando a su madre por su labor de jardinería.

Jake la observó. Era preciosa. E inteligente. Y tan sexy que la tentación lo invadió por dentro.

Cuando ella se sentó a su lado, él se volvió para mirarla a los ojos.

–Me gustaría ver el jardín. ¿Me lo mostrarás cuando hayamos terminado de comer?

–Será mejor que te lo enseñe mi madre, Jake. Es su creación.

–Te lo ha pedido a ti, Laura –intervino Costarella–. Además de que deberías satisfacer el deseo de nuestro invitado, tu madre ya le ha mostrado a Eddie el jardín. No tiene por qué repetir la visita, ¿verdad, Alicia?

–No, no –convino ella–. Estaré encantada de que lo hagas tú, Laura.

Era evidente que tendría que hacerlo quisiera o no.

–Me interesa verlo a través de tu mirada –dijo Jake–. Así podrás contarme cómo encaja en tu concepto de diseño de jardines.

–¡Está bien! Te llenaré de sabiduría –dijo ella.

Él se rió.

–Gracias. Lo disfrutaré.

El paseo por el jardín era todo un reto... La adrenalina que se agolpaba en su interior hacía que deseara luchar contra la desgana que mostraba Laura a la hora de estrechar la relación con él, sin embargo, esa misma desgana le facilitaba una escapatoria para el afán de emparejarlos que tenía Costarella... Pudiendo así continuar con su misión sin distracciones.

Tendría que tomar la decisión más tarde.

En el jardín.

# Capítulo 3

LAURA decidió que llevaría a Jake al jardín, lo aburriría con su entusiasmo por el paisajismo y lo llevaría de nuevo junto a su padre, quien había comentado que tenía intención de ver un partido de fútbol que retransmitían por televisión.

Eddie la ayudó a retirar la mesa y la siguió hasta la cocina para hablar con ella en privado mientras cargaban el lavavajillas.

–Eres el objetivo principal, Laura. No me cabe ninguna duda –le advirtió–. Diría que papá quiere que Jake se convierta en su yerno.

–No va a suceder –soltó ella.

–Es un chico inteligente. Ha estado jugando a todas las bandas. Y me he fijado en ti y no eres inmune a él.

–Por eso era una estupidez que le dijeras lo que pensaba de él.

–De todos modos, es evidente. Créeme, un chico así sabe cuándo las mujeres piensan que es sexy. Estoy seguro de que lo han perseguido desde que era adolescente. Simplemente no le digas que sí.

–¿Y si quiero decirle que sí?

Eddie la miró asombrado.

–Es muy sexy –repitió ella, con tono desafiante.
Él puso una mueca.

–Entonces, asegúrate de que sólo se trata de sexo
y no te enganches a él. La situación de mamá debería servirte de advertencia.

–Nunca seré como mamá.
Él negó con la cabeza.

–Ojalá se separara.

–Ella no quiere darse cuenta. Será mejor que
eches una partida de *Scrabble* con ella mientras yo
me encargo de Jake. Le gustará.

–Lo haré. Es mucho más divertido que lo tuyo.
Laura respiró hondo para tratar de relajarse.

–No quiero sentirme atraída por él, Eddie.
Él la miró muy serio.

–Ve a por ello si es lo que quieres, si no, siempre
te quedará la duda. Tarde o temprano te decepcionará y considero que eres lo bastante fuerte como
para separarte de él.

–Lo soy –dijo ella con seguridad.

–Pero estarías mejor sin meterte en ese lío.

–Lo sé. Quizá deje de gustarme en el jardín.

–Lo dudo.

–Te aseguro que no me derretiré a sus pies. Y
deja que mamá te gane al *Scrabble*, pero que no sea
muy evidente.

–No te preocupes –puso una pícara sonrisa–.
¡Vamos a librar una buena batalla!

Laura sonrió a su hermano.

–La parte de si era gay ha sido muy buena.

Él se rió y la agarró por los hombros mientras regresaban al comedor.

—Será mejor que saquemos el *Scrabble*, mamá. Puesto que la última vez me ganaste, quiero la revancha. Y que Dios me ayude si me atasco con las vocales otra vez.

—Os dejaré con vuestro juego —dijo el padre, levantándose de la silla y sonriendo a Jake Freedman—. Estoy seguro de que disfrutarás de la compañía de mi hija.

—Lo haré —convino él, poniéndose en pie y dispuesto a salir al jardín.

El arrepentimiento se apoderó de Laura. Jake Freedman estaba siguiendo el juego de su padre, pero ella no tenía por qué hacerlo. No era su invitado. Eran las tres de la tarde pasadas. La comida había salido bastante bien. La parte mas complicada del Día de la Madre había terminado. Y como su padre iba a ahorrarles su presencia, no podría descargar su ira con todos si ella no continuaba siendo educada con aquel hombre. Podría poner a Jake Freedman en un aprieto y, así, dejar de ser el blanco de sus bromas.

Laura le dedicó una sonrisa.

—Vamos.

Él la acompañó hasta el jardín y sacó un tema de conversación.

—Laura, ¿elegiste la carrera al ver cómo disfrutaba tu madre en el jardín?

—En parte sí. Aunque es probable que Nick tuviera más influencia sobre mí, tiene mucha creatividad para hacer que mi madre disfrute en el jardín.

–¿Quién es Nick?

–El jardinero que mi padre tiene contratado para mantenimiento. En realidad hace mucho más que el mantenimiento en sí.

–¿Como qué?

–Piensa en lo que le gustará a mi madre y lo hace. Como las lámparas solares que ha puesto alrededor del estanque. Te las enseñaré. Ven por aquí.

Jake la acompañó hasta allí.

–También hay una cascada –comentó él, al llegar al estanque.

–Sí. Su sonido es tranquilizador. La mayor parte de la gente disfruta sentándose junto a una cascada... O junto a las fuentes de los parques. Y también viendo los reflejos en el agua. Las luces que ha puesto alrededor se reflejan cuando es de noche.

–¿Tu madre viene hasta aquí de noche?

–A veces. Aunque también puede ver esta parte del jardín desde su dormitorio. Lo que es muy especial es la manera en que Nick ha iluminado las figuritas que hay en las rocas, junto a la cascada. Hay otra luz detrás de la planta que hay en la maceta, y les da un toque fantasmal. Es un efecto estupendo.

–Arquitectura de paisajes –dijo él, dedicándole una sonrisa tristona–. Nunca había pensado en ello pero ahora comprendo por qué debe de ser apreciada.

–Supongo que con la carrera que tú has elegido no has tenido tiempo de apreciar ese tipo de detalles –soltó ella.

–Es cierto. No lo he hecho –admitió él, como si no le importara.

–¿Y merece la pena?

Hubo un pequeño cambió en la expresión de su rostro y en el brillo de su mirada.

–Para mí, sí –contestó él con un tono tajante.

–¿Te gusta trabajar con mi padre?

–Tu padre forma parte de un sistema que me interesa.

Despersonalizar su pregunta era una jugada inteligente.

–El sistema –repitió ella–. No consigo imaginar cómo se puede obtener placer a partir de los casos de bancarrota.

–No, puede ser muy traumático –dijo él–. A mí me gustaría que no fuera tan a menudo –la miró fijamente con sus ojos marrones–. Ni siquiera los parques más bonitos del mundo llaman la atención de la gente que está en esa situación, Laura. Lo único que ven es cómo se destrozan sus vidas, cómo pierden el trabajo y cómo se arruinan los planes de futuro. Pueden terminar divorciándose, deprimiéndose o suicidándose, porque no ven la luz.

Ella se estremeció al oír esas palabras llenas de sentimientos. No esperaba algo así de aquel hombre. No encajaba con su ambición fría y calculadora. Y no sólo eso, sino que de algún modo había conseguido que su trabajo pareciera mucho más especial que el de ella.

–Sé que la gente que tiene problemas encuentra cierto consuelo en los entornos agradables –dijo ella con convicción. Su madre era un buen ejemplo de ello.

–No era mi intención menospreciar tu trabajo –se disculpó él–. No soy tu padre, Laura. Quizá ambos podamos esforzarnos en tener la mente más abierta a la hora de pensar sobre el otro.

–¿Para qué has venido hoy? –preguntó ella, directamente.

–Tu padre quería que te conociera y yo sentía suficiente curiosidad como para aceptar la invitación –contestó él.

Laura colocó las manos sobre sus caderas, y le preguntó:

–¿Y qué te parezco?

Jake puso una sonrisa sensual.

–Creo que eres muy sexy.

Laura sintió que una ola de calor la invadía por dentro.

–Eso no significa mucho para mí.

Él se rió y dio un paso adelante. La rodeó por la cintura y la atrajo hacia sí.

–He deseado hacer esto desde el momento en que te conocí, así que voy a hacerlo, y puedes darme una bofetada si quieres.

Laura tuvo unos segundos para apoyar la mano sobre sus hombros y empujarlo hacia atrás. Sin embargo, no hizo nada más que esperar a que él la besara para ver si sus besos eran mejores que los que le habían dado otros hombres. Él le sujetó el rostro con la mano y posó los labios sobre los de ella.

Una extraña euforia se apoderó de ella al estar entre los brazos de Jake. Movió las manos para acariciarle la nuca y sujetarle la cabeza. Le gustaba su forma, y su cabello corto y espeso.

Él introdujo la lengua en su boca y ella respondió de forma provocadora, saboreándolo, experimentando un impulso primitivo que la incitaba a hacerle perder el control. Era como si Jake estuviera probando si ella era lo bastante buena para él, si merecería la pena seguir viéndola después de ese día, y hubiera activado todo su encanto femenino para volverlo loco.

Jake la besó de forma apasionada y la abrazó, de forma que ella pudo sentir la evidencia de su deseo. Él estaba muy excitado. La sujetó por el trasero y la presionó contra su cuerpo, provocando que ella se excitara tanto que no le importó. El corazón le latía con fuerza, las piernas le temblaban, y sólo podía pensar en decirle que sí. Era algo más que deseo. Una necesidad que debía aliviar de forma urgente.

Fue él quien se separó para respirar. Ella tenía los pechos aplastados contra su torso y notaba cómo sus corazones latían al mismo ritmo.

—Te deseo, Laura, pero no puede ser aquí —susurró él.

Allí, en el jardín, a la vista de cualquier persona que pasara por allí. Era una locura. Y tampoco podía llevarlo dentro de la casa. Todo el mundo se enteraría. Se negaba a darle a su padre la satisfacción de pensar que su plan estaba funcionando. Y su madre se preocuparía. Eddie también. No podían hacerlo. Ni el momento ni el lugar era el adecuado.

Pero el hombre sí lo era. Y eso era confuso, porque no debería serlo.

–Tengo que sentarme –dijo ella, al darse cuenta de cómo estaba temblando–. Hay un banco de jardín...

–Lo veo.

Jake se giró y, sin dejar de abrazarla, la guió hasta allí. Laura tuvo que concentrarse para caminar. Él la ayudó a sentarse y se acomodó a su lado, apoyando los codos sobre las rodillas para recuperarse del intenso deseo que se había apoderado de ambos.

Laura inhaló el aroma de una planta de lavanda. Se suponía que era calmante. No podía olvidar que Jake Freedman trabajaba para su padre.

–Si crees que esto significa que puedes hacer conmigo lo que quieras, no es cierto –soltó ella–. La química que hay entre nosotros sólo es eso, química, y no voy a olvidarlo, así que no creas que te da algún poder sobre mí.

Él asintió y sonrió.

–Sin duda me has dado una buena bofetada.

No por el beso, sino por el posible motivo que se ocultaba detrás, ya que el beso la había afectado más de lo que ella quería admitir. Laura miró hacia la cascada para tratar de calmar la inquietud que aquel hombre había generado en ella.

–No ha sido una bofetada, Jake, sólo quería que supieras lo que siento al respecto. Es evidente que mi padre quiere que me líe contigo. A lo mejor quiere que te conviertas en su yerno. No voy a permitir que me utilices para ascender en tu carrera profesional.

Él no hizo ningún comentario.

Su silencio se prolongó tanto tiempo que ella comenzó a ponerse nerviosa.

–Lo siento si te he truncado tus esperanzas.

–Para nada –él se incorporó y apoyó los brazos en el respaldo del banco, totalmente relajado. Sonrió como si estuviera perfectamente de acuerdo con la decisión de Laura–. En estos momentos no estoy buscando una esposa, y tú no estás dispuesta a cumplir ese papel. Con eso aclarado, ¿te interesa algún aspecto de mí, Laura?

Su pregunta la puso de nuevo en un aprieto.

El brillo de la mirada de Jake indicaba que él sabía que ella estaba interesada en él, pero desearlo y poseerlo eran dos cosas diferentes. Como había dicho Eddie, era mejor que no se metiera en ese lío. Jake podía haberla mentido y en realidad pensar que conseguiría convencerla para que se convirtiera en su esposa. No conseguiría hacerlo, pero si entablaba una relación con Jake, él podría contarle a su padre que todo iba de maravilla entre ellos, y ella odiaría que lo hiciera.

Sin embargo, le resultaba doloroso recordar lo que había sentido entre sus brazos y pensar que no volvería a disfrutar de ello. Era un indicio peligroso que indicaba que él sí tenía poder sobre ella.

–Te deseo –dijo él–. Y no porque seas la hija de tu padre. Creo que la química que hay entre nosotros hace que eso se convierta en algo irrelevante. Te deseo porque no recuerdo haber deseado tanto a otra mujer.

Era lo mismo que ella sentía por él. Pero Jake podía habérselo dicho porque era lo que cualquier mujer desearía oír. Era un hombre muy sexy que jugaba a todas las bandas.

—¿Ésa es la pura verdad, Jake? —le preguntó con escepticismo.

—Muy a mi pesar, sí —dijo él.

—¿Muy a tu pesar? —preguntó ella asombrada.

Él la miró fijamente.

—No quiero desearte, Laura. No más de lo que tú quieres desearme a mí. Y una vez que lo hemos aclarado, ¿por qué no nos tomamos un tiempo para pensar en ello?

Él se levantó como para marcharse. Laura lo miró un instante.

—¿Tienes teléfono móvil? —preguntó él.

—Sí.

—Dame tu número. Te llamaré a finales de semana si sigo pensando en ti. Entonces, podrás decirme sí o no.

Sacó un teléfono móvil del bolsillo de su camisa y ella le dio su número de teléfono para que lo grabara.

—Gracias —dijo él, guardando el teléfono y dedicándole una irónica sonrisa—. Ya he visto suficiente del jardín. A lo mejor te apetece unirte a la partida de *Scrabble* con Eddie y con tu madre. Me despediré de ellos y de tu padre y me marcharé.

Laura se sintió aliviada. La decisión podría esperar. Sonrió y se levantó del banco.

—No me parecías un hombre que disfrutara con los jardines.

–Tendré que aprender disfrutar del aroma de las flores.

–Necesitas un jardín para eso. Las de invernadero no tienen mucho aroma.

Él arqueó una ceja y dijo:

–A lo mejor podemos intercambiar nuevas experiencias.

–A lo mejor.

No dijeron nada más.

Él la acompañó hasta el comedor y ella percibió que se distanciaban a cada paso. Era una sensación extraña que contrastaba con la intensa atracción física que habían experimentado.

Eddie y su madre se despidieron de él antes de que Alicia lo acompañara hasta el salón para que se despidiera de su padre.

–¿Y? –preguntó Eddie cuando se quedó a solas con Laura.

–Y nada –contestó ella–. Le he mostrado el jardín.

No podía hablar sobre lo que había sucedido entre Jake Freedman y ella. De algún modo, era algo demasiado personal.

Además, lo más probable era que no llegara a nada.

Y sería mejor así.

Probablemente.

M E DIJO que me llamaría a finales de semana», pensó Laura nada más despertarse el viernes por la mañana.

«Si todavía sigue pensando en mí», añadió mentalmente, medio deseando que no fuera así para no tener que tomar la decisión de si quería volver a verlo o no.

Le había resultado imposible quitárselo de la cabeza. No podía mirar a ningún hombre sin compararlo con Jake Freedman. Ninguno era como él. Ni siquiera parecido. Y además ya no podía concentrarse tanto en sus estudios. Era como si toda su vida se hubiera vuelto patas arriba mientras esperaba su llamada.

Algo realmente malo.

¿Qué había pasado con su fuerte sentido de independencia? Debería quedar por encima del pensamiento obsesivo que tenía sobre aquel hombre y dejarlo en un lugar de relativa importancia. A Laura no le gustaba no tener pleno control de su vida. Era como si un virus hubiera invadido su sistema y no pudiera deshacerse de él. Pero como todos los virus, terminaría por desaparecer.

Especialmente si Jake no la llamaba.

Sin embargo, si la llamaba...

Laura suspiró con fuerza y salió de la cama, incapaz de decidir qué debía hacer. ¿Se quedaría con la duda para siempre si no probaba a salir con él?

Era una pregunta sin respuesta pero no paraba de repetírsela y conseguía distraerla de sus estudios en la universidad. Por la tarde, había tomado la decisión de que sería mejor que Jake no la llamara para ni siquiera tener posibilidad de elegir. Se sentía tan abrumada que cuando se subió al ferry que la llevaría desde Circular Quay a Mosman, permaneció en la cubierta para sentir el aire fresco.

El ferry estaba en mitad del puerto cuando sonó su teléfono móvil. Su corazón se aceleró al instante. «Puede que no sea él», se dijo, y sacó el teléfono del bolso. Era probable que Jake no hubiese terminado de trabajar. Ni siquiera eran las cinco de la tarde y su padre no solía llegar antes de las siete a casa.

—Diga —contestó.

—Laura, soy Jake.

Al oír su voz, sintió un nudo en la garganta.

—¿Te gustaría salir a cenar conmigo mañana por la noche?

«¡A cenar!». La cabeza le daba vueltas. Ir o no ir...

—He pensado que podíamos probar Neil Perry's Spice Temple. Será una experiencia nueva para los dos si no has estado allí.

¡Neil Perry era uno de los mejores cocineros de Sídney! Sus restaurantes eran famosos por su maravillosa comida. A Laura le encantaría comer allí pero...

–No puedo permitírmelo.

–Yo invito. Tú hiciste una comida deliciosa el domingo.

Cierto. Estaba en deuda con ella.

–De acuerdo. Me encantará –dijo ella. Una cena en ese restaurante compensaba el hecho de tener que pasar la tarde con aquel hombre, al margen de lo mucho que pudiera inquietarla–. Te veré allí –añadió enseguida, porque no quería que su padre se enterara de que iba a quedar con Jake Freedman otra vez–. ¿A qué hora?

–¿A las siete te parece bien?

–Sí.

–¿Sabes la dirección?

–La buscaré.

–El restaurante está en el sótano. Baja directamente. Te esperaré dentro.

–Seré puntual. Gracias por la invitación,

Laura finalizó la llamada, contenta consigo misma por haber manejado la situación con bastante control. Aquella cita podía finalizar en el restaurante, si ella quería que fuera así. Eddie le permitiría pasar la noche en su apartamento de Paddington el sábado por la noche, por lo que podía evitar que Jake la llevara a casa.

El entusiasmo se apoderó de ella. Un entusiasmo lascivo y peligroso.

Un hombre sexy, una comida sexy... Era imposible no esperar la experiencia con impaciencia.

Jake se preparó para la reunión que se celebraba cada viernes en el despacho de Alex Costarella, sospechando que en la agenda del día sólo había un tema de verdadero interés. Y tenía razón. Después de conversar durante media hora sobre el trabajo de la semana, Costarella se acomodó en la silla y le preguntó:

–¿Vas a quedar con Laura este fin de semana?

–Sí. Vamos a cenar juntos mañana por la noche –contestó. No le gustaba aquel juego pero sabía que debía seguirlo para asegurarse el puesto en la empresa hasta que estuviera preparado para realizar su jugada maestra.

–¡Bien! ¡Bien!

Jake sonrió.

–Gracias por presentármela.

–Ha sido un placer. Laura necesita a un hombre que la meta en cintura y espero que seas tú quien lo haga, Jake.

La única manera en la que pensaba meterla en cintura era en la cama, si es que ella aceptaba.

–Tu hija es muy atractiva.

Era un comentario poco comprometido pero a Costarella le bastó para dejar pasar el tema.

–Disfruta del fin de semana –le dijo, y le dio permiso para marchar.

Jake había pensado mucho en Laura Costarella desde el sábado anterior. Ella se mostraba hostil hacia su padre y hacia sus deseos, y él esperaba que hubiera rechazado su invitación a cenar. Puesto que deseaba que la aceptara había decidido invitarla a uno de los restaurantes de Neil Perry, pensando que su afición por la cocina haría que le resultara una idea muy atractiva.

Una tentación...

Cuanto más fuerte era, más difícil de resistir.

Ella también lo deseaba. No cabía ninguna duda. Y si lo que quería era una aventura salvaje con él, Jake estaría dispuesto a complacerla. Satisfacer el deseo que ella le había generado era algo prioritario. Sin embargo, no había contado con la posibilidad de que ella le gustara de verdad y, desde luego, no quería empezar a preocuparse por ella.

Una compañera picante, comida picante y sexo picante.

Eso sería todo lo que tendría con la hija de su enemigo porque en cuanto presentara cargos contra el padre de Laura, y se asegurara de que aquel profesional de la bancarrota no podría destrozar otro negocio para asegurarse sus honorarios, no tendrían relación alguna.

«El deseo siempre termina al cabo de un tiempo», pensó para convencerse.

Entretanto, se había encendido una llama en su interior y confiaba en disfrutar de un ardor intenso al día siguiente.

Laura se detuvo frente a la puerta del Spice Temple. Se había puesto su ropa más sexy, una falda de seda color turquesa y un corpiño de seda negra con los zapatos de tacón, de los mismos colores, que su madre le había comprado por Navidad. Sin embargo, nada podía disipar la rabia que la invadía por dentro.

Jake Freedman merecía que lo dejaran plantado. El único motivo por el que había ido hasta allí era para probar la comida de Neil Perry y, en cuanto a su vestimenta, esperaba que Jake Freedman la deseara todavía más porque tendría que sobrevivir sin sexo aquella noche. Ella no iba a permitir que consiguiera algo con ella.

–¡Pásalo bien con Jake!

Laura rechinó los dientes al oír las palabras de su padre. Se había enterado de su cita con Jake. Quizá, incluso la habían tramado los dos juntos. En cualquier caso, la de aquella noche ya no era una cita privada y personal. Había otros motivos y Laura odiaba la idea de participar en las maquinaciones de aquellos hombres.

Decidida a centrarse en la comida y a hacerle el vacío a Jake Freedman, entró en el local y se dirigió al piso de abajo. El restaurante estaba decorado en color rojo. El aroma a incienso inundaba el ambiente y casi todas las mesas estaban ocupadas a pesar de que era temprano.

Jake estaba sentado en una mesa para dos. Se levantó de la silla al ver que la acompañaban hasta donde estaba él y se fijó en las partes más femeninas de su cuerpo antes de mirarla con deseo. Laura se estremeció al sentir el magnetismo que provocaba que se derritiera por dentro.

–Estás tremenda –dijo él, con una amplia sonrisa–. ¡Bonitos zapatos!

–Son buenos para pisotear hombres –contestó ella, tratando de parecer tranquila.

Él arqueó una ceja.

–¿Estás a punto de pisotear a alguien?

–Comeré primero –dijo ella.

–¡Buena idea! Hay que tener energía.

Él la miraba divertido.

Laura se sentó y agarró la carta que le entregó la camarera a la vez que se ofrecía a solucionarles cualquier duda.

–Dame unos minutos –dijo Laura–. Quiero salivar leyéndome cada plato antes de empezar a elegir.

–Te llamaremos cuando estemos listos –intervino Jake, con una encantadora sonrisa.

Laura se centró en la carta. Primero leyó la filosofía del Spice Temple. Describía cómo el restaurante preparaba platos únicos inspirados en la cocina asiática, con un contraste de sabores y texturas, destinados a deleitar todos los sentidos. Ella confiaba en que tanta intensidad consiguiera desplazar a Jake Freedman de su cabeza.

–¿Por qué quieres pisotearme?

Laura dejó la carta un instante y lo miró con curiosidad.

–¿Cuántos puntos has ganado diciéndole a mi padre que íbamos a quedar para cenar esta noche?

–¡Ah! –esbozó una sonrisa–. Yo no le di la información, Laura. Él me preguntó directamente si iba a verte este fin de semana. ¿Querías que mintiera al respecto?

—Apuesto que sabías que te lo preguntaría. Por eso me llamaste ayer, antes de salir del trabajo.

Jake ladeó la cabeza.

—Pensaba que estabas decidida a no permitir que tu padre gobernara tu vida.

—No lo hace.

—En este momento está influyendo sobre la actitud que tienes hacia mí.

—Porque tú se lo has dicho.

Él negó con la cabeza.

—Deberías tomar decisiones por ti misma, Laura, a pesar de lo que digan los demás. Ayer tomaste la tuya. ¿Por qué vas a permitir que él cambie lo que tú quieres? Lo has traído aquí contigo, en lugar de actuar por ti misma.

Ella frunció el ceño, percatándose de que había permitido que su padre arruinara todas sus expectativas de placer en relación con aquella cita. ¿Pero cómo podía estar emocionada por el hecho de que la utilizaran?

—¿Y tú? ¿Has venido por mí o por él? —preguntó ella, mirándolo a los ojos.

Él puso una sexy sonrisa.

—Te aseguro que mientras miraba cómo te acercabas a la mesa, no estaba pensando en tu padre.

Su comentario hizo que se sonrojara. Alzó la barbilla para desafiar al deseo que la invadía por dentro.

—He decidido mostrarte lo que no vas a conseguir.

–Decisiones, decisiones... –se mofó él–. ¿Podríamos dejar a tu padre al margen de ellas durante el
resto de la velada? ¿Y disfrutar de lo que podamos
disfrutar entre nosotros?

Era muy atractivo.

El hombre lo tenía todo, atractivo, inteligencia y
la mirada más sexy del mundo. Sin embargo, Laura
no conseguía olvidar el motivo por el que había
quedado con ella. Por otro lado, ¿por qué no podía
disfrutar de su compañía y evitar que su padre influyera en su relación con Jake? Después de todo,
era ella la que tenía el poder de decidir hasta dónde
quería llegar con aquel hombre.

Lo miró a modo de advertencia:

–Mientras quede entre nosotros, estaré dispuesta
a adoptar una actitud más positiva hacia ti.

–Y yo estaré encantado de ser tu amante secreto
–contestó él.

Laura sintió que le daba un vuelco el corazón.

–No he dicho nada de convertirnos en amantes.

–Trataba de asegurarte que los momentos íntimos
permanecerán en privado –abrió la carta–. Disfrutemos de lo que nos ofrecen hoy. ¿Te has fijado en
que los platos picantes están en color rojo?

Él era el plato más picante.

Laura trató de borrar la imagen que se había creado de él como amante y abrió la carta otra vez.

–Prefiero la comida especiada a la muy picante
–dijo ella, mirando la lista de entradas.

–Muy bien, descartaremos los platos que están
en rojo.

–No hace falta. Pide lo que te apetezca.

–Hay muchas cosas apetecibles, será mejor si podemos compartirlas ¿no crees? Así podremos probar la comida del otro y ampliar la experiencia.

Compartir los diferentes sabores... Laura sintió un nudo en el estómago. Sonaba a algo muy íntimo. Y, de pronto, ya no le importaba que hubiera otros motivos. Quería disfrutar de aquella experiencia con él.

–¡Una idea estupenda! –dijo ella, y sonrió.

–Estás increíblemente bella cuando sonríes –comentó él–. Espero que pueda hacerte sonreír durante toda la velada, sólo por el placer de mirarte.

Ella se rió.

–¡De ninguna manera! Voy a estar muy ocupada comiendo.

–Lo intentaré entre bocado y bocado.

–Babearé sobre la comida.

Él se rió.

–Hablando de eso, ¿qué entradas te apetece probar?

Laura leyó la lista sin dejar de sonreír. Había recuperado el entusiasmo de pasar la velada con Jake. Tenía razón acerca de que debía tomar decisiones por sí misma. Debía confiar en su instinto y hacer lo que consideraba correcto.

# Capítulo 5

**L**A CAMARERA les aconsejó que pidieran un único plato principal y una guarnición de verduras para compartir, puesto que habían pedido dos entrantes diferentes. Las raciones eran grandes y seguramente prefirieran guardar sitio para el postre.

–Sin duda –convino Laura–. Tengo que probar el helado de sésamo con palomitas caramelizadas y chocolate.

–Y yo quiero el cóctel Dessert –dijo Jake–. Parece un postre delicioso.

Laura puso una amplia sonrisa.

–Pareces contenta –comentó Jake, mirándola de forma sensual.

–Me encanta la idea de probar un pedazo de tu postre –soltó ella, consciente de que también deseaba probarlo a él.

–¡Comida, gloriosa comida! –exclamó él.

–Todavía tenemos que decidir el plato principal que vamos a pedir –le recordó.

–Pediremos lo que habías elegido, el revuelto de cerdo, beicon, tofu, ajetes, ajos y aceite de chile, y yo pediré el plato de verduras.

–¿Y qué será?

–Un revuelto de bambú, guisantes y huevos de codorniz con ajo y jengibre.

–Acabaremos con olor a ajo.

–Intentaremos quitárnoslo con vino.

Jake pidió una botella de un vino blanco muy caro.

Cuando la camarera se marchó, Laura suspiró y se relajó en la silla, contenta de disfrutar del ambiente del restaurante y de la compañía del hombre con el que estaba.

–¿Qué tal te ha ido la semana? –preguntó ella.

Él puso una sonrisa sensual.

–Mucho mejor ahora que termina cenando contigo. ¿Y la tuya?

–Extraña.

Él arqueó una ceja.

–No conseguía sacarte de mi cabeza.

Él se rió.

–Me alegro de que el problema no fuera mío. La pregunta es si vas a alimentar tu imaginación o si vas a dejar que se extinga.

–Esta noche estoy dispuesta a alimentarla.

–Yo también.

Su mirada indicaba que él estaba dispuesto a devorarla y Laura no podía negar que también deseaba probarlo. Sin embargo, no estaba preparada para convertirse en su amante sin conocerlo apenas.

–Me refería aquí, en el restaurante, Jake. No te conozco, ¿no crees? –lo miró seriamente–. Es evidente que a mi padre le gustas mucho, lo que no es una gran recomendación. Creo que después de tu visita del domingo, puedes hacerte una idea bastante clara de cómo es mi vida, pero yo no sé nada de ti, aparte de que mencionaste que tu madre falleció. ¿Qué hay del resto de tu familia?

Él se encogió de hombros.

–Mis padres fallecieron cuando yo tenía dieciocho años. Era su único hijo. Desde entonces, he estado solo. Mi vida no tiene la complicación de tener que manejar relaciones familiares, Laura. Como vi que hacías el domingo.

–Tú vas a tu ritmo –dijo ella.

–Sí.

¿No has vivido nunca en pareja?

–No he conocido a nadie con quien me gustara pasar cada día.

Ella asintió. Sabía muy bien a qué se refería.

–La convivencia diaria es mucho pedir. Yo tampoco sé si quiero probarlo.

Él sonrió.

–Prefieres ser un espíritu libre.

–He visto a mi madre comprometerse demasiado –dijo ella.

–No todos los hombres son como tu padre, Laura –dijo seriamente–. Mis padres eran felices en su matrimonio. Yo crecí en un hogar lleno de amor. Ojalá todavía lo tuviera.

–Fuiste afortunado de tener lo que tenías, Jake, pero imagino que echar de menos la vida familiar hace que te sientas muy solo.

–Han pasado diez años, Laura. He aprendido a vivir estando solo.

Ella no pensaba lo mismo. Percibía su sentimiento de rabia ante la pérdida. La imagen de un
lobo solitario en busca de cierta satisfacción invadió
su cabeza.

¿Habría estado buscándola en la profesión que
había elegido? El negocio de la bancarrota se cen-
traba en la pérdida y él había hablado acerca del
trauma que generaba cuando ella le enseñó el jardín
la semana anterior. Laura se había sorprendido. La
idea de que Jake no era como su padre empezaba a
instalarse en su cabeza. Lo que convertía en más
aceptable el placer que podía compartir con él.

—El hombre autosuficiente —dijo sonriendo.

—Que no quiere estar solo esta noche.

Tenía una mirada lobuna que provocó que Laura
se excitara al imaginarse copulando con él bajo las
estrellas, en la cima de una montaña. Algo ridículo,
puesto que estaban en medio de una ciudad, pero el
animal femenino que se ocultaba en su interior estaba completamente excitado y dispuesto a explorar
todas las posibilidades con Jake Freedman.

La camarera regresó con la botella de vino y les
rellenó las copas. Jake levantó la suya para brindar.

—Por que nos conozcamos mejor.

Laura asintió.

—Brindo por ello.

Chocaron las copas y bebieron un sorbo de vino.

—Oí que le contabas a Eddie que entrenabas en el
gimnasio. ¿Vas a menudo?

—Después del trabajo. Es una buena manera de
relajarse.

«Todas las mujeres del lugar se fijarán en él», pensó Laura, preguntándose si también utilizaría el gimnasio para ligar. No podía imaginárselo sin tener una vida sexual muy activa. Y sospechaba que la mantendría completamente separada del trabajo.

–El domingo dijiste que no querías desearme, Jake –le recordó–. ¿Es porque el hecho de que sea la hija de tu jefe hace que afecte a tu carrera profesional?

–Creo que es una complicación que ambos preferimos no tener –se echó hacia delante y la miró fijamente a los ojos–. Cerremos ese tema. Hagamos únicamente lo que nos apetece hacer juntos, al margen de otros asuntos. ¿Eres lo suficientemente valiente como para recorrer ese camino conmigo, Laura? ¿Lo bastante fuerte como para hacer la elección tú misma?

Su manera de retarla provocó que se le acelerara el pulso. ¿Valiente? ¿Fuerte? Ella quería pensar que sí lo era, pero ¿sería cierto? Siempre había huido de las relaciones con implicación emocional, por miedo a cómo podrían afectarla. El par de relaciones sexuales que había tenido se habían debido más al deseo de conocer que al de tener una relación seria.

Jake Freedman provocaba en ella algo incontrolable. Ella deseaba explorarlo, pero no podía obviar la sensación de peligro que le generaba. Hasta el momento había ocupado gran parte de su mente. ¿Se olvidaría de él cuando terminara la pasión o terminaría perdiendo la independencia mental que necesitaba para sobrevivir?

No podía acabar como su madre.

—Me gusta hacer lo que me plazca, Jake —dijo ella—. No creo que me importe unirme a tu camino de vez en cuando, pero...

—Estupendo... Perfecto... Podemos dibujar un mapa y encontrarnos cuando nos convenga a los dos.

Ella se rió con nerviosismo. Él era tan tentador, y tan sexy, que no veía demasiado peligro en mantener una aventura intermitente con él.

La camarera llegó con los entrantes. Laura había escogido un plato de tofu frito con ensalada de cilantro picante y Jake un plato de cordero al estilo del norte con bollitos de hinojo. Ambos platos olían de maravilla.

—Los dividiremos por la mitad, ¿verdad? —dijo ella.

—Compartir era el trato —dijo él—. Adelante. Divídelos.

Jake la observó dividir las raciones con meticulosidad. Le gustaba todo sobre ella, especialmente su actitud decidida para llevar su propia vida. Además, eso hacía que él no se sintiera culpable por buscar lo que deseaba tener con ella. Laura no buscaba un amor para toda la vida. No creía en esa posibilidad.

Teniendo en cuenta lo que había visto en el matrimonio de sus padres, Jake comprendía por qué no quería relaciones serias. Alex Costarella había causado mucho daño a su familia, igual que a muchas otras. Había privado a Jake de sus padres, pero a diferencia de ellos, Laura estaba viva y coleando. Ella sobreviviría. Una relación intermitente con él no debería significar problemas para ninguno de ellos.

–Deberíamos empezar por los bollitos y terminar con la ensalada –dijo ella con tono autoritario.

–Sí, señorita.

Laura soltó una carcajada.

–No pretendía parecer mandona.

Él sonrió.

–No me importa seguir los consejos de una gran conocedora de la comida. Es más, me gustaría que ampliaras mi conocimiento sobre las delicias gourmet.

–Estás bromeando conmigo. Creo que será mejor que me calle y me ponga a comer.

–Disfruta.

Era un placer observar cómo apreciaba los diferentes sabores.

–Por favor, siéntete libre para comentar –dijo él–. No estaba bromeando, Laura. Quiero que compartas conmigo tu opinión sobre estos platos.

–Dime lo que tú piensas –contestó ella.

Él obedeció y ella respondió encantada.

La comida era un placer, no sólo por la gran variedad de sabores, sino por el entusiasmo que mostraba Laura. Su manera de lamerse los labios, la expresión de sus ojos, la manera en que se movían sus pechos cuando suspiraba con satisfacción, las sonrisas con las que provocaba que él deseara devorarla... Jake ansiaba llevársela a la cama y saborear todo su cuerpo.

No recordaba cuándo había disfrutado tanto de una velada con una mujer. Le resultaba imposible hacerse a la idea de que terminara allí. Tenía que convencerla para quisiera lo que él quería. Y no sólo esa noche. Sabía que una sola noche no sería suficiente.

–Ha sido fantástico, Jake –dijo ella cuando terminaron el postre–. Muchas gracias por ofrecerme esta experiencia –dijo Laura, con brillo en la mirada–. Sin duda, ha sido mucho más que mi comida del domingo.

–Aparte de los de Neil Perry, ¿a qué otros restaurantes de cocineros famosos te gustaría ir? –preguntó, decidido a tentarla con su compañía otra vez.

Ella negó con la cabeza.

–No puedo permitirme ir a esos restaurantes, pero espero poder hacerlo algún día. Entretanto, se me cae la baba sobre sus libros de cocina.

–Yo puedo permitírmelos, Laura, pero no quiero ir solo. Y tampoco sé tanto de comida como tú. Estoy dispuesto a pagar para que seas mi acompañante y compartas tu sabiduría y el placer de la buena cocina conmigo. ¿Te parece bien?

Ella dudó un instante y frunció el ceño.

–Una aventura en el mundo de la cocina refinada –insistió él.

–Y tú pagando la cuenta –dijo ella.

–¿Y por qué no? Ha sido idea mía.

–Es como si estuvieras comprándome, Jake.

Él negó con la cabeza.

–En todo caso, compraría tu sabiduría. Para ampliar la mía. Dime que sí, Laura. Será divertido. Igual que lo ha sido esta noche.

Eso era innegable.

–Tienes razón –dijo ella, suspirando a modo de rendición–. No es divertido hacerlo solo. Siento no poder pagar mi parte, pero simplemente no gano bastante dinero con un trabajo a media jornada.

–No te preocupes por eso. Lo consideraré como una inversión para ampliar mis conocimientos sobre la vida. Podrías llevarme una rosa de jardín a nuestro próximo restaurante. Tienes razón acerca de que las de los invernaderos que venden por la calle no tienen olor.

Ella se rió.

–¿Has ido a probar si olían?

–Sí.

–Bueno, entonces, hay esperanza contigo.

–Esperanza, ¿para qué?

–Para que aprendas a ser consciente de los bonitos regalos que nos ofrece la naturaleza.

–Soy plenamente consciente del que tengo justo enfrente de mí –estiró el brazo y le agarró la mano para acariciarle la palma con el dedo pulgar–. Pasa la noche conmigo, Laura. He reservado una habitación en el hotel Intercontinental. Está muy cerca de aquí. Disfrutemos de lo que el domingo no pudimos terminar.

Era directo.

Era sincero.

Y no prometía nada más de lo que decía.

Tenía que ser de esa manera, o no sería.

A pesar de lo mucho que ella le gustaba, seguía siendo la hija de Alex Costarella y eso los separaría cuando llegara el momento de la represalia. Jake llevaba diez años esforzándose para conseguirlo. Tuviera lo que tuviera con Laura, sólo podía ser una aventura.

# Capítulo 6

U NA OLA de diferentes emociones invadió
el corazón de Laura. La respuesta de su
cuerpo ante la propuesta de Jake fue instan-
tánea: su estómago se encogió anticipando el placer
que él le proporcionaría, sus muslos se tensaron
para contener la excitación de su entrepierna y sus
senos se pusieron erectos deseando que los acariciaran, con la misma suavidad con la que él acariciaba su mano.

La respuesta más fácil era un sí.

Ella deseaba irse con él, deseaba conocerlo mejor, pero el deseo era tan intenso que la asustaba.
Aquello no sólo era curiosidad. Ni tampoco un ex-
perimento que pudiera controlar.

Y tenía que tener en cuenta otros aspectos.

Se suponía que iba a pasar la noche en casa de
Eddie. Su hermano se preocuparía si no aparecía,
así que tendría que avisarlo. Un mensaje de texto
bastaría. Sin duda, Eddie le repetiría lo que ya le había dicho antes: *Asegúrate de que sólo se trata de
sexo y de que no te enganchas a él.*

Un buen consejo. Pero Laura tenía la sensación
de que ya se había enganchado. Aunque si Jake lle-

gaba a exigirle demasiado, ella tendría la fortaleza necesaria para separarse. De momento, le ofrecía cenas maravillosas y, probablemente, una relación sexual estupenda. Ella debería ser capaz de aceptar ambas cosas y disfrutar de ellas sin problema.

—¿Qué reservas tienes al respecto, Laura?

El orgullo no le permitía admitir que tenía miedo del poder que tenía sobre ella. De pronto, le parecía tremendamente importante parecer fuerte y valiente, no sólo por él, sino también por ella. Forzó una sonrisa.

—Ninguna. Estaba pensando que no quiero quedarme con la duda, así que ¿por qué no?

Él se relajó y soltó una carcajada.

—Eres una mujer impresionante.

Laura arqueó las cejas con sorpresa.

—¿Por qué?

Él sonrió.

—Antes de conocerte esperaba encontrarme a una princesita o a una mujer calculadora, acostumbrada a conseguir lo que quiere. Fue una sorpresa descubrir que no eres ninguna de las dos cosas. Pero eres muy bella, Laura, y las mujeres bellas tienden a emplear ese poder para ver hasta dónde puede llegar un hombre por conseguirlas.

—No me gustan los juegos de poder —dijo ella, que odiaba cualquier tipo de manipulación.

—No. Eres muy directa diciendo lo que piensas —levantó la copa para brindar—. Por que siempre lo seas.

Ella ladeó la cabeza y lo miró pensativa.

–¿Tratabas de engatusarme con lo de la comida?

Él negó con la cabeza.

–Quiero algo más que una aventura de una noche contigo. Estoy seguro de que disfrutaré de nuestra aventura culinaria.

–Yo también.

–Entonces, estamos de acuerdo respecto a dónde nos encontraremos.

Ella se rió y dijo:

–¿Me disculpas un momento? –dijo ella, poniéndose en pie–. Tengo que ir al lavabo y llamar a mi hermano.

–¿A tu hermano? –preguntó él, frunciendo el ceño.

–Le había dicho que pasaría la noche en su apartamento. No quiero que Eddie se preocupe por mí.

–¡Ah! ¡Por supuesto! No querías que tu padre se enterara. Yo no le contaré nada, Laura –le aseguró.

Ella se detuvo un instante y lo miró fijamente.

–Si no lo cumples, Jake, no volveré a verte.

–Comprendido.

«Una aventura secreta», pensó Laura mientras se dirigía al lavabo. De algún modo era algo menos amenazante que una relación de la que se suponía tendría que hablar. Eddie tendría que enterarse, pero ella sabía que podía confiar en él.

Sin embargo, en cuanto le envió el mensaje de texto, sonó su teléfono. Laura suspiró y contestó, consciente de que Eddie iba a mostrarle su preocupación.

–Dijiste que no te ibas a derretir a sus pies –comentó con desaprobación.

–Estoy en pie y he escogido el camino que quiero. Igual que tú, Eddie –le recordó.

–Eres más joven que yo, Laura. Y no has vivido tanto. Te lo advierto, ese chico sabe jugar a todas las bandas. Deberías estar un poco más en guardia.

Laura sabía que su hermano trataba de sobreprotegerla por la relación que Jake tenía con su padre, pero ella ya se había ocupado de ese tema. Y hasta que no volviera a salir, estaba decidida a ignorarlo y a disfrutar del placer.

–Esto es lo que quiero, Eddie. ¿Está bien?

Eddie permaneció unos segundos en silencio y ella lo imaginó apretando los dientes tras oír sus palabras.

–Está bien –dijo con resignación–. ¿Te veré mañana?

–Si estás en el apartamento cuando vaya a recoger las cosas que he dejado allí, sí.

–Estaré. Espero que esto no sea un gran error, Laura.

–Yo también. Hasta mañana.

Laura se miró en el espejo mientras se retocaba con el pintalabios. Le brillaban los ojos. ¿Por la emoción? Al día siguiente sabría si se había equivocado en su decisión. Eso era mejor que quedarse con la duda.

Jake se puso en pie cuando la vio acercarse de nuevo a la mesa.

–¿Estás preparada para marchar? –le preguntó cuando llegó.

–Sí. ¿Has pagado?

Él asintió.

–Y he dejado propina. El servicio ha sido estupendo.

–Desde luego. No hemos tenido que esperar demasiado para nada.

Él sonrió y la agarró del brazo para atraerla hacia sí.

–Me alegra que no te guste esperar –le susurró al oído.

Laura se estremeció al sentir su cálida respiración. Mientras se dirigían a la salida, respiró hondo para calmarse.

–Me atrevería a decir que nunca te hacen esperar mucho, Jake –dijo ella.

–Te equivocas –la miró con ironía–. Hay cosas para las que he esperado durante años.

–¿Como qué?

–Metas personales, Laura. Supongo que estarás impaciente por iniciar tu carrera profesional, pero tendrás que esperar a tener el título.

–Sería estupendo que consiguiera arrancar por mí misma –convino ella, preguntándose cuáles serían las metas personales de Jake y por qué le provocaban un sentimiento tan intenso. «Un hombre peligroso», pensó ella.

–Estoy seguro de que encontrarás la vida laboral muy gratificante, cuidando del entorno como haces –comento él.

Laura decidió no seguir investigando. Más tarde, durante la noche, cuando bajara la guardia y estuviera más relajado quizá le contara más cosas sobre sí mismo. Podría esperar. O quizá sus metas tuvieran relación con su padre. Y en ese caso, Laura prefería no saberlas. No esa noche. Esa noche quería explorar otras cosas completamente diferentes y no quería que nada la estropeara.

Cuando salieron a la calle, ella agarró el brazo de Jake y sintió sus poderosos músculos. Al instante, una imagen de Jake desnudo invadió su cabeza.

—El hotel está a tres manzanas de aquí —dijo él con una sonrisa—. ¿Podrás caminar tanto con esos zapatos tan eróticos o quieres que llamemos a un taxi?

Ella se rió.

—Puedo caminar, siempre y cuando vayamos dando un paseo y no a marcha forzada.

—Nunca te forzaría a nada, Laura. Esto es elección propia —dijo él muy serio.

Era agradable oír que ella no corría ningún riesgo físico con él. Curiosamente, no se le había ocurrido que pudiera estarlo. Sólo se había preocupado del riesgo emocional.

Ningún hombre la había afectado tanto como Jake.

—¿Y por qué has elegido un hotel? —preguntó mientras caminaban—. ¿No podíamos haber ido a tu casa?

—Mi casa apenas está habitable. Es un ático y estoy en plena reforma. Hay cosas por todos sitios. Espero que cuando lo termine quede precioso, pero para eso falta mucho. Sólo tengo tiempo para trabajar en él los fines de semana.

—¿Estás haciendo tú la reforma?

–No toda. Sólo la carpintería. Mi padre me enseñó el oficio y disfruto mucho haciéndolo.

–¿Tu padre era carpintero?

–No, era ingeniero, pero le encantaba trabajar la madera. Era una afición que compartió conmigo durante mi infancia.

Su tono afectado indicaba que había tenido una relación muy especial con su padre mientras que Eddie sólo había conocido la crítica y la desaprobación por parte de su padre y ella había aprendido a evitar el tipo de contacto que inevitablemente llevaba al enfrentamiento. Habían tenido unas vidas tan diferentes...

Era probable que Jake consiguiera mantener vivo el lazo que había tenido con su padre a través de la carpintería, aunque el domingo anterior también había contado que le gustaba relajarse haciendo algo físico. Ir al gimnasio no era su única manera de relajarse, y a Laura le gustaba la idea de que también hiciera algo creativo.

Jake trabajaba para su padre, pero era evidente que no era como él.

Ella se lo contaría a Eddie al día siguiente.

Entretanto, no pudo resistirse y acarició la mano de Jake.

–No tienes la piel áspera –comentó ella.

–Llevo guantes para hacer el trabajo duro. Tú también deberías hacerlo –le sujetó la mano y se la acarició–. No tienes ni un callo.

–Mi madre me enseñó que las mujeres siempre deben proteger sus manos.

Él se detuvo un instante y le acarició la mejilla. Después, la agarró por la cintura e inclinó la cabeza para besarla. No importaba que estuvieran en una calle del centro de la ciudad rodeados de gente. Laura sintió que el deseo se apoderaba de ella al sentir los labios de Jake sobre los suyos y se estremeció al experimentar una intensa ola de sentimientos que nunca había experimentado antes.

Aquel beso no era un simple beso. Era una total invasión que escapaba de su control y provocaba que ella ardiera de deseo por aquel hombre. Laura estaba consumida por su manera de reaccionar ante él, y su respuesta era demasiado poderosa como para poder racionalizarla.

Lo deseaba.

Más de lo que jamás había deseado nada.

Jake se retiró para cortar el beso, apoyó la cabeza de Laura sobre su hombro y le acarició la espalda.

—No debería haberlo hecho, pero llevaba toda la tarde deseándolo –murmuró–. ¿Estás bien para seguir caminando, Laura?

—Sí –suspiró ella, para tratar de aliviar la tensión que invadía su pecho–, siempre y cuando sigas agarrado a mí.

Él soltó una carcajada muy sexy.

—El problema va a ser tener que soltarte, no seguir agarrado a ti.

—No pensemos en problemas ahora –dijo ella, alzando la cabeza para mirarlo con deseo–. Sólo quiero pensar en lo que podemos tener juntos.

—Yo también –contestó él, acariciándole la mejilla como si fuera algo muy preciado–. Ya no queda mucho para el hotel.

–De acuerdo. Dame tu brazo.

Él la abrazó contra su cuerpo. Laura sintió que el temblor de sus piernas disminuía a medida que seguían caminando en silencio. Se movían envueltos en una bruma de deseo mutuo, impacientes por satisfacerlo.

Una vez en el hotel, se dirigieron a la recepción donde Jake pidió la llave de la habitación. Cuando se dirigían al ascensor, él murmuró:

–He reservado una habitación con vistas al jardín botánico. Pensé que te gustaría disfrutar de las vistas durante el desayuno.

Laura se llenó de felicidad. Él había pensado en ella y había planificado cómo darle placer. Aquello no sólo se trataba de sexo. Iban a compartir algo más. Mucho más. Había tomado la decisión correcta. No le importaba hasta dónde podían llegar ni cuándo terminaría aquello. Él era el hombre con el que ella deseaba estar.

# Capítulo 7

CUANDO Jake abrió la puerta de la habitación se encendieron las luces. Era un lugar elegante y acogedor, pero sobre todo ofrecía un espacio privado completamente separado de sus vidas habituales.

Tenía que ser de esa manera.

Era una lástima que sintiera un deseo incontrolable por la hija de Alex Costarella. Tendría que mantener los límites de aquella relación bien establecidos. No podía permitir que ocupara gran parte de su vida. Pero esa noche podría satisfacer el deseo que lo invadía por dentro y, por suerte, ella estaba dispuesta a hacer lo mismo.

Laura entró antes que él y se acercó al ventanal que había al fondo de la habitación. Él observó el movimiento provocativo de sus caderas y al sentir una fuerte tensión en la entrepierna comenzó a desabrocharse la camisa con impaciencia. Ella dejó el bolso al pasar junto a una mesa. Jake dejó la camisa en la silla, se quitó los zapatos y se fijó en los zapatos de tacón color turquesa y en sus bonitas piernas. La idea de sentirlas alrededor del cuerpo le provocó una erección.

–Hay muchas luces en la ciudad, pero está demasiado oscuro para ver el jardín botánico –comentó ella.

–Por la mañana no estará oscuro –comentó él, desabrochándose el pantalón.

Ella lo miró por encima del hombro.

–Creo que esta vista me gusta más –dijo ella, fijando su interés en su torso desnudo–. Me preguntaba qué aspecto tendrías desnudo.

Él se rió, encantado con la sinceridad de sus palabras. Se quitó el resto de la ropa y la dejó sobre la silla, junto con la camisa.

–Espero que no te haya decepcionado –dijo con una sonrisa.

–Ni una pizca –contestó ella, mirándolo de arriba abajo.

Ella levantó el brazo y se retiró la melena del cuello para poder desabrochar la cremallera del top.

–Déjame –dijo Jake, descubriendo que su nuca era tremendamente erótica y deseando desnudarla del todo.

Se acercó a ella y le desabrochó el top, dejando al descubierto la suave piel de su espalda. La curvatura de su columna era demasiado tentadora y él no pudo evita acariciarla. Al sentir el calor de su piel, ella se estremeció y él sonrió, consciente de que estaba tan excitada como él.

Jake le desabrochó la falda y permitió que cayera al suelo. La imagen de un tanga negro y sexy rodeando su cintura y su trasero, provocó que se le cortara la respiración. Tuvo que contenerse para no abrazarla y acoplar su cuerpo contra el de ella.

Primero prefería quitarle el resto de la ropa. Metió los pulgares bajo la goma del tanga, deslizó la prenda sobre sus nalgas y recorrió sus largas piernas hasta que se enganchó con el broche de sus eróticos zapatos. No podía dejárselos puestos. Podían hacerse daño con los tacones cuando se dejaran llevar por la pasión.

–Siéntate, Laura. Me resultará más fácil quitarte los zapatos.

Él seguía en cuclillas, preparado para liberarle los pies, cuando ella se giró y se sentó junto al ventanal.

El hecho de que sus preciosos senos quedaran a la altura de sus ojos fue una tremenda distracción. Sus aureolas rosadas y sus pezones erectos, una tremenda tentación. Él la miró durante unos instantes antes de poder mirarla a la cara para ver si se estaba insinuando.

Sus ojos azules parecían más oscuros que antes. Ella deseaba que se volviera loco por ella. Y Jake tuvo que acordarse de quién era y de que debía tener mucho cuidado para no quedarse atrapado en la trampa de aquella mujer.

Se concentró en los zapatos y comenzó a desabrochárselos. En pocos momentos podría disfrutar de ella durante toda la noche, pero por la mañana tendría que separarse de ella y mantener una distancia emocional hasta la próxima vez que estuvieran juntos.

Zapatos fuera.

Ambos estaban completamente desnudos, al fin.

Jake estaba a cargo de aquel encuentro. La había llevado a su cueva y controlaría todo lo que sucedería entre ellos. La agarró por la cintura y la levantó en brazos para llevarla directamente a la cama, tumbándose a su lado y colocando su pierna sobre su cuerpo, de forma que la tenía atrapada para poder acariciarle el resto del cuerpo a voluntad.

–Bésame de nuevo –le ordenó ella.

–Lo haré –prometió él, pero no la besaría en la boca.

Sus pezones rosados estaban turgentes, algo que indicaba su excitación. Pero Jake deseaba que estuviera más excitada que él. Inclinó la cabeza y jugueteó con la lengua sobre ellos. Laura le sujetó la cabeza e introdujo los dedos en su cabello, arqueando el cuerpo, pidiéndole que la poseyera.

Él la besó en el vientre y se deslizó hasta su entrepierna, percibiendo el aroma de su deseo mientras acercaba la boca hasta su sexo para acariciarle la parte más íntima de su ser y provocar que ardiera de excitación. Ella comenzó a moverse al ritmo de sus caricias y gimió al sentir que una inmensa tensión se apoderaba de ella. Lo agarró por los hombros y tiró de él para que se colocara sobre su cuerpo.

Él estaba dispuesto a complacerla. Ella lo rodeó con las piernas y comenzó a mover las caderas. Él introdujo su miembro en el húmedo interior del cuerpo de Laura al mismo tiempo que devoraba sus labios, deseando una total posesión de su cuerpo.

Laura recibió el ataque de sus besos con un contraataque, una fusión de calor que convirtió la agresión en una explosión de sensaciones y provocó que él perdiera el control por completo. Ella gimió con cada penetración, agarrándolo fuerte con las piernas durante las más intensas y moviendo las caderas alrededor de su miembro, mientras él se retiraba para introducirse de nuevo en su cuerpo, ansioso por escuchar de nuevo sus gemidos de placer y embriagado por la idea de llevarla al clímax.

Era como si se encaminaran hacia el ojo de un huracán y dependieran uno del otro hasta que pasara, pudiendo por fin permanecer en un lugar donde recuperar la tranquilidad. Jake no sabía cuánto tiempo tardarían... Minutos, o quizá, horas.

Fue un viaje fantástico que finalizó cuando ambos alcanzaron el orgasmo, permaneciendo abrazados hasta recuperar la calma.

Jake inhaló el aroma de su cabello y le acarició la mejilla. Notaba cómo se movían los senos de Laura con cada respiración y la suavidad de sus piernas entre las suyas. De pronto, experimentó la necesidad de averiguar por qué aquella relación sexual había sido tan intensa. Anteriormente, nunca había sentido la necesidad de poseer a una mujer de esa manera. Había tenido aventuras placenteras y relajantes, pero sin tanta intensidad. ¿Cómo podía ser que hubiera tanta química entre Laura Costarella y él?

Sin duda, ella era la mujer más bella con la que se había acostado. ¿Eso había provocado que se excitara más? De alguna manera, no podía creer que eso influyera tanto. Además, no paraba de acordarse de que ella era la hija de Alex Costarella. ¿Influiría también el deseo de venganza que había dominado su vida durante los últimos diez años? ¿O lo que marcaba la diferencia era el hecho de que ella debía estarle prohibida?

Era imposible descubrirlo. Lo único que sabía era que no podía permitir que aquella aventura se convirtiera en una relación seria. Tendría que disfrutar de lo que ella le ofrecía, compañía durante cenas exquisitas y el intenso placer que compartirían después, en la cama.

Después de llegar a esa conclusión, Jake trató de no pensar más en ello e intentó que aquella velada fuera magnífica para los dos.

–¿Te encuentras bien? –preguntó Jake, intrigado por lo que ella estaría pensando y por si se sentía satisfecha con su decisión de dejar al margen sus reservas acerca de él.

–Mmm, muy bien.

Había una sonrisa en su voz.

Jake no necesitaba saber nada más.

Ella comenzó a acariciarle el cuerpo despacio y de manera erótica, provocando que él anhelara acariciarla también, recorriendo cada curva de su cuerpo y disfrutando de su feminidad. Empezaron a besarse mientras continuaban explorándose, despertando el deseo de fusionarse otra vez.

Fue maravilloso. Aunque de manera menos desenfrenada consiguieron el abandono mutuo y un inmenso placer que, poco a poco, fue calmándose y desembocando en un sueño tranquilo.

Laura despertó con la luz de la mañana. La noche anterior se habían olvidado de cerrar las cortinas, demasiado centrados en la pasión que compartían como para pensar en cualquier otra cosa. Ella se giró para mirar al hombre que la había llevado a la cima del placer, un lugar que nunca había imaginado que llegaría a conocer.

Jake seguía dormido. A pesar de que tenía los ojos cerrados estaba muy atractivo y su cuerpo... Ella suspiró pensando en lo perfecto que era. ¡Y en la noche maravillosa que había pasado con él! ¡Estaba segura de que no iba a arrepentirse! Pasara lo que pasara después, había sido una experiencia que no olvidaría jamás.

Con cuidado para no despertarlo, salió de la cama y se dirigió al baño. Quería acicalarse para tener buen aspecto cuando él despertara. Agarró el bolso al pasar junto al escritorio, contenta de haber metido un cepillo y un pintalabios.

Se dio una ducha y se puso un albornoz de los que el hotel ponía a disposición de los clientes. Regresó a la habitación y vio que Jake seguía dormido. Se sentó junto a la ventana y se abrazó las rodillas, tratando de contener los maravillosos sentimientos que había generado durante la noche.

No sólo había sido el sexo, aunque había sido algo increíblemente asombroso. Había descubierto lo maravillosas que podían ser las cosas con el hombre adecuado y eso hacía que se planteara si se equivocaba al no querer una relación seria con Jake. Hasta el momento, le había gustado todo lo que había conocido de él y, por supuesto, deseaba conocerlo mejor. Quizá pudieran tener algo especial.

Las vistas del jardín botánico llamaron su atención. Pasear por ellos sería una manera agradable de continuar el día. También le gustaría ver la casa que él estaba reformando. El tipo de casa en el que uno elegía vivir decía mucho de la persona. Compartir la vida privada de Jake Freedman era una idea emocionante y Laura estaba soñando con ello cuando la voz de Jake hizo que volviera a la realidad.

–¿Te parece mejor la vista esta mañana?

Ella se rió.

–¡Es maravillosa! Hace un sol espléndido y un día precioso.

Él sonrió y se bajó de la cama.

–Pues vamos a comenzarlo. Llama al servicio de habitaciones y pide desayuno para dos mientras yo me acicalo en el baño.

–¿Qué te apetece tomar?

–Tú eliges. Confío plenamente en ti –se volvió sonriendo y se dirigió al baño.

Ella llamó al servicio de habitaciones para pedir el desayuno, confiando en que a Jake le gustara lo que había elegido.

Él salió del baño en albornoz y miró el reloj.

–Son las ocho. ¿Cuánto tardarán en servirnos el desayuno?

–Unos veinte minutos más.

–El tiempo justo para darnos un beso mañanero. Y nada de quitarnos la ropa.

–Tenemos todo el día por delante –dijo ella mientras él la abrazaba.

Él frunció el ceño.

–No. No lo tenemos. Tengo cosas que hacer en la casa antes de que mañana vaya el fontanero.

–¿Puedo ayudarte? –preguntó ella, deseando pasar más rato con él.

Jake negó con la cabeza.

–Serías una gran distracción, Laura. Seré más eficiente si estoy solo.

La besó en los labios, pero no sirvió para calmar la decepción que sentía por el hecho de que él hubiera rechazado su oferta. Separó los labios y lo besó también. Le había dado una noche maravillosa y compartirían más en el futuro. No era necesario que ese día le pidiera más.

Fue un beso sensual y delicado. Jake se retiró antes de que se desatara la pasión y la miró sonriente.

–Gracias por esta noche tan maravillosa. Lo repetiremos pronto –le prometió.

–Gracias a ti. Estaré dispuesta a repetirla –dijo ella, tratando de aceptar la situación con tranquilidad.

–Llamaré a un taxi para que te lleve al apartamento de Eddie cuando terminemos de desayunar –se dirigió hacia el escritorio donde estaba el teléfono–. ¿Dónde vive Eddie, Laura?

–En Paddington.

–Eso está cerca –sonrió Jake mientras descolgaba el aparato–. Podemos compartir el taxi. Te acompañaré hasta su casa antes de seguir hacia la mía.

–¿Dónde vives?

–En el siguiente barrio. Woollahra.

Laura deseaba preguntarle en qué calle vivía, pero se mordió la lengua. Sabía que se sentiría tentada a ir hasta allí y, de pronto, se preocupó por cómo se estaba enganchando a aquel hombre.

Jake no quería una relación seria. Se lo había dicho durante la cena la noche anterior. Era evidente que nada había cambiado para él. Y tampoco debería haber cambiado para ella. No podía permitir que sus sentimientos interfirieran en las decisiones que había tomado sobre su vida.

Un viaje con puntos de encuentro.

Era lo mejor.

Sin embargo, no consiguió disfrutar del desayuno. Era como si no le hubiera sentado bien. Y también odió el trayecto en taxi hasta Paddington, consciente de que Jake continuaría sin ella. A la hora de despedirse de él, tuvo que esforzarse para sonreír. Y después, tuvo que enfrentarse a Eddie y contarle que todo había ido bien.

Era la verdad.

Aunque no toda.

Había sido fantástico, maravilloso, pero demasiado atractivo.

Y era peligroso.

# Capítulo 8

**C**UANDO Eddie le preguntó sobre la noche que había pasado con Jake Freedman, ella contestó:

–La comida estupenda, el sexo estupendo, y ninguno de nosotros contemplamos el matrimonio, así que no te preocupes por el hecho de que pueda convertirme en víctima de un plan oculto. ¡Eso está completamente descartado!

Más tarde, tuvo que tranquilizar a su madre también.

–No se convertirá en una relación seria, mamá. Sólo quedé para cenar, y puede que lo repita o no –añadió con una pícara sonrisa–. Depende de lo bueno que sea el restaurante al que me invite.

Su madre se rió.

–¡Tú y la comida!

A su padre le contó todos los detalles de los platos que había probado y que la compañía de Jake había sido bastante agradable pero nada especial.

Sin embargo, le resultaba más fácil hacer creer a los demás que su relación con Jake no era nada especial que convencerse a sí misma. Su vida no era la misma desde que lo había conocido. Él invadía sus pensamientos, sobre todo por la noche cuando estaba sola en la cama, con el cuerpo impregnado de los recuerdos de su encuentro en la intimidad. Le era imposible no pensar en él durante largo rato y se frustraba cuando no conseguía mantenerlo en la distancia, sobre todo a medida que pasaban los días sin recibir noticias de él.

Jake no le había dado su número de teléfono móvil.

Y el número de teléfono fijo de su casa de Woollahra no figuraba en las guías telefónicas.

Al trabajo no podía llamarlo, por si su padre se enteraba.

Él era quien controlaba la posibilidad de contacto, y ella no era capaz de controlar el deseo de que lo hiciera. Finalmente, él la llamó el viernes por la tarde, y el placer de oír su voz se disimuló entre el resentimiento que ella sentía por el hecho de que él la afectara de ese modo.

—Hola —fue todo lo que ella consiguió decir.

No parecía que él se hubiera percatado de su fría respuesta, y expuso el motivo de su llamada sin hacerle ninguna pregunta personal.

—Llevo toda la semana tratando de reservar una mesa para mañana por la noche en uno de tus restaurantes preferidos. No ha podido ser. Todos están llenos y no ha habido ninguna cancelación. Sin embargo, he conseguido una mesa en Peter Gilmore's Quay para el próximo sábado por la noche. ¿Te parece bien?

¡Peter Gilmore's Quay era uno de los cincuenta mejores restaurantes del mundo!

–Fantástico –dijo ella–. Vi un postre magnífico que se llamaba Snow Egg en un programa de televisión. Era una capa de puré de guayaba mezclada con nata montada. Estaba recubierta por helado de guayaba y acompañado de un merengue con forma de huevo relleno de crema de manzana. Todo con una fina capa de caramelo por encima. ¡Era para morirse!

Él se rió y ella no pudo evitar sonreír.

–¿Quedamos allí a las siete? ¿Igual que la otra vez? –preguntó él.

–Sí.

–¡Estupendo! Te veré entonces, Laura.

Colgó el teléfono.

Eso era todo.

La felicidad que Laura había sentido se desvaneció en un suspiro. Era lo que habían acordado, quedar para aventurarse en la comida exquisita. Jake probablemente pensaba en el sexo como parte del postre. Y ella debería hacer lo mismo. No podía culparlo por no sugerirle que hicieran algo diferente ese fin de semana. El problema era suyo por desear algo más, y tendría que superarlo.

En general, Laura pensaba que lo había manejado bastante bien durante el resto de la semana. Era probable que el hecho de saber que tenían una cita le facilitara concentrarse en otras cosas. Se prometió a sí misma que no esperaría que después de aquella cita la noche se prolongara en compañía de Jake. Después de todo era mejor que mantuviera su independencia y que no se enamorara de aquel hombre.

Pero a pesar de todos sus razonamientos, no podía controlar el entusiasmo que sentía mientras se preparaba para la cita. En un intento de restarle importancia y de demostrarle a Jake que se estaba tomando ese asunto con la misma naturalidad que él, eligió una ropa menos llamativa. Unos pantalones vaqueros y un top, adornado con unos collares que había comprado en un mercadillo. Unas sandalias bordadas con cuentas completaban su aspecto informal.

Había avisado a Eddie de que se quedaría a dormir en su apartamento otra vez. Antes de salir de casa salió al jardín para escoger una rosa de color amarillo. Era una rosa Pal Joey y desprendía un delicioso aroma. Jake quizá no recordara que le había pedido que le llevara una a la próxima cena, pero así le demostraría que cumplía con su parte del trato.

El ferry que cruzaba de Mosman a Circular Quay la dejaba cerca del restaurante. Laura caminó con entusiasmo mientras rodeaba la terminal donde atracaban los barcos grandes para llegar hasta allí. Jake la estaría esperando en la planta superior del restaurante y, sin duda, aquella noche también sería maravillosa.

Jake había necesitado una fuerte disciplina para esperar dos semanas hasta poder ver a Laura de nuevo. La próxima vez sólo tendría que esperar una semana, y la siguiente lo mismo, suponiendo que ella quisiera continuar quedando con él. ¿Por qué no podía disfrutar de ella tanto como quisiera dentro de unos límites? Mientras mantuviera en mente su objetivo, su implicación con ella no se entrometería en su camino. No servía de nada que deseara que no fuera la hija de Alex Costarella. Era algo que no podía cambiarse.

La vio entrar en el restaurante con su cabello negro rizado y unos collares de colores sobre un top que resaltaba la forma de sus senos. Los vaqueros apretados que llevaba acentuaban las curvas de su cuerpo. Inmediatamente, Jake sintió que se le aceleraba el corazón y se le tensaba la entrepierna, como consecuencia del impacto que ella tenía sobre él.

No debería haber empezado aquello.

No debería continuar.

Entonces, ella sonrió y él se levantó de la mesa para saludarla. Justo antes de llegar junto a él, Laura metió la mano en el bolso y sacó una rosa de color amarillo.

–Para que la huelas –con un brillo de coqueteo en la mirada.

Él la miró sorprendido y encantado a la vez, y el placer que sentía se intensificó al acercar la flor a la nariz.

–Mmm... Siempre relacionaré este maravilloso aroma contigo.

Ella se rió.

–Y yo siempre relacionaré contigo la comida deliciosa. No puedo esperar para ver la carta de Peter Gilmore's.

Él se rió y sacó la silla para que se sentara.

–A tu servicio.

Cuando ambos se sentaron, apareció el camarero para ofrecerles la carta. Jake le pidió un vaso de agua para meter la rosa.

En cuanto volvieron a quedarse solos, Laura se inclinó hacia delante con otra sonrisa seductora.

–Me alegro de que te haya gustado.

Él sonrió.

–Tengo planes para esta rosa.

–¿Qué planes?

–Para más tarde –pensaba restregarla sobre su cuerpo e inhalar su aroma mientras la besaba donde más le apeteciera–. He reservado una habitación en el Park Hyatt Campbell Cove...

–Otro hotel –lo interrumpió ella frunciendo el ceño.

–Mi casa sigue hecha un desastre –le explicó él–. No puedo llevarte allí, Laura.

Nunca lo haría. Tenía que mantenerla al margen de su vida real.

–Pero sé que ese hotel es terriblemente caro, Jake. Y si sumamos la cena de esta noche, que sin duda costará un montón...

–El dinero no es problema para mí –le aseguró él.

–¿Mi padre te paga tan bien? –preguntó ella.

Él se encogió de hombros.

–Bastante bien, pero no cuento sólo con él para mis ingresos –«pronto dejaré de trabajar para él», pensó, consciente de que se quedaría sin trabajo cuando demostrara lo corrupto que era su padre–.

Tengo otro negocio que ha resultado ser bastante rentable.

—¿Y qué es?

No pasaba nada por contárselo. Dudaba que ella fuera a contárselo a su padre y tampoco le importaba si Costarella se enteraba.

—Compro casas destartaladas, las reformo durante mi tiempo libre y después las vendo.

—¡Ah! El negocio de la inmobiliaria. Hay un programa sobre eso que a veces veo en la televisión. Es fascinante ver cómo mejoran las casas antes de ponerlas a la venta. ¿Cuántas casas has reformado?

—Estoy haciendo la quinta.

—Me encantaría verla en algún momento. Ver lo que has hecho en ella —dijo ella con verdadero interés.

Jake tuvo que contenerse para no caer en la tentación de compartir con ella la información sobre la reforma que estaba realizando. Le habría gustado conocer su opinión al respecto. Era muy atractiva en diferentes aspectos, pero únicamente podía tener una relación sexual con ella, ya que se arriesgaba a enamorarse de Laura Costarella. Ya era bastante malo que no pudiera acostarse sin desear que estuviera a su lado.

—Quizá más adelante —dijo él—. Ahora no hay nada que ver. Es un completo desastre.

Ella puso una mueca de decepción.

—De acuerdo. Supongo que preferirás sentirte orgulloso a la hora de mostrar tu trabajo. Imagino que habrás ganado una buena cantidad por cada casa que has reformado.

–Lo suficiente como para no preocuparme de pagar lo que sea para pasar una noche estupenda contigo, Laura. Así que no te preocupes por ello. Puedo permitirme lujos como éstos, y compartirlos contigo hace que el placer se duplique.

Ella se relajó y sonrió mientras agarraba la carta.

–En ese caso, estoy encantada de compartir tus placeres. No me cortaré a la hora de pedir todo aquello que quiera probar.

«Tampoco te cortes en la cama», pensó Jake, aliviado al ver que ella no insistía en el tema de la casa. El tiempo que pasaran juntos tenía que quedar fuera de su vida real. No podía plantearse nada más con Laura, por mucho que le gustara que fuera de otro modo.

Laura se regodeó en el placer de estar con Jake. Era un hombre encantador y muy atractivo. No había nada en él que no le gustara. Sin embargo, se le daba muy bien mantener el control y ella no debía olvidarlo. Aunque también tenía su parte positiva. Era evidente que había necesitado mucha fortaleza para superar el trauma de perder a sus padres y centrarse en formarse para tener una carrera profesional.

Las palabras que Eddie le había dicho aparecieron en su cabeza. «Tarde o temprano te decepcionará», le había dicho su hermano, pero Laura no creía que eso pudiera suceder, al menos, no esa noche. De hecho, estaba tan excitada que le resultaba imposible encontrar nada malo en él.

Las conversaciones que mantenían eran diverti-
das. El brillo sexy de su mirada mantenía su excitación. Le encantaba todo acerca de él, y aunque
debía ser cauta al respecto, el entusiasmo se lo im-
pedía.

Una vez más, al hotel se podía ir caminando.
Jake había guardado la rosa que ella le había rega-
lado y la llevaba en la mano. Laura suponía que
quería llevársela a casa para tener un recuerdo romántico de ella.

Sabía que aquélla no debía ser una relación romántica. Probablemente era una locura intentar que
se convirtiera en una, sin embargo, su instinto femenino indicaba que aquel hombre era el adecuado
para ella. Además, Jake no le exigía nada. Era estupendo estar con él.

La habitación del hotel tenía vistas al teatro de la
ópera. Laura no pudo evitar admirar el lujo que
ofrecía, tanto como al hombre que le había hecho
posible disfrutar de aquello. Nada más cerrar la puerta, ella se volvió para abrazarlo y besarlo de forma
apasionada, incapaz de esperar ni un segundo más
para sentir lo que él la hacía sentir.

Al instante ambos estaban ardiendo de pasión.
Ella se separó un instante para desnudarse y se rió
al ver que Jake sujetaba la rosa con los dientes para
liberar sus manos y poder quitarse la ropa.

–Menos mal que le he quitado las espinas –dijo
ella.

–Mmm –fue todo lo que él pudo contestar.

Riéndose, Laura corrió hasta la cama y él la persiguió, tumbándola en la cama y aprisionándola con la pierna para que no se moviera.

–No puedes besarme con esa rosa entre los dientes –bromeó ella, contoneando el cuerpo de manera provocativa.

Jake agarró la rosa con la mano y le acarició el rostro con ella.

–He estado fantaseando toda la noche con hacer esto. Quédate quieta, Laura. Y cierra los ojos. Siente cómo los pétalos acarician tu piel. Respira su aroma.

Hacía falta mucho control para seguir sus instrucciones, pero merecía la pena el esfuerzo, así que Laura trató de concentrarse en las caricias que él le hacía y en los besos con los que cubría su cuerpo. Se sentía como una diosa pagana a la que veneraban, ungiéndola con perfume.

Nunca había sido tan consciente de su cuerpo, desconocía que tenía puntos eróticos bajo las caderas, detrás de las rodillas o en la planta de los pies. Que la acariciaran y la besaran así era una experiencia increíble.

Finalmente, Jake llegó a sus partes más íntimas, acariciándola hasta que Laura no pudo evitar quedarse quieta más tiempo. Arqueó el cuerpo y gimió su nombre, desesperada por que él la llevara al clímax.

Él se apresuró para complacerla y una vez más, el conjunto de sensaciones que experimentaron hasta llegar al orgasmo fue maravilloso.

Laura nunca se había sentido tan feliz. Era afortunada por tener un amante como Jake. Incluso se sentía agradecida hacia su padre por habérselo presentado. Merecía la pena correr aquella aventura y confiaba en que durara mucho tiempo.

A la mañana siguiente, cuando se marchaban del hotel, Jake le preguntó:

–¿El próximo sábado por la noche estarás libre? He reservado una mesa en el Universal, el restaurante de Christine Manfield.

«Para ti estoy libre en cualquier momento», pensó ella, entusiasmada con la idea de no tener que esperar más de una semana para volver a verlo.

–Sería estupendo –dijo ella, tratando de no parecer demasiado ansiosa. Tenía que controlar aquella relación. Jake no estaba deseando quedar con ella en cuanto tenía un momento libre y sería mejor si ella conseguía mantener la distancia también.

–¿A la misma hora? –preguntó él.

–Perfecto.

–¡Estupendo!

Le dedicó una sexy sonrisa y Laura consiguió sonreír también, a pesar de que estaba tensa por dentro. Tuvo que morderse la lengua para evitar poner en voz alta sus pensamientos. «¿Por qué no podemos pasar el día juntos? No interferiré en los trabajos de reforma de tu casa. Te ayudaré. Podemos hablar, reírnos, disfrutar de estar juntos».

Jake no debía enterarse de que ella lo deseaba más que él a ella, ya que si no quedaría en una posición de poder.

¿Su madre habría caído en esa trampa con su padre, al demostrarle lo necesitada que estaba? Si ha-

bía sido así, él se había aprovechado de su vulnerabilidad. Ella no estaba segura de si Jake sería así o
no, pero su instinto le decía que no debía mostrar
ninguna debilidad.

Era mejor mantener lo que habían acordado. Y
si más adelante cambiaba algo, tendría que ser Jake
el que tomara la iniciativa. Y no ella, y mucho menos ese día.

# Capítulo 9

JAKE eligió el restaurante Tetsuya's, listado entre los cincuenta mejores del mundo, para su última noche con Laura. Había tenido que esperar dos meses para conseguir una mesa e incluso había tenido que retrasar sus planes para poder disfrutar de aquella cena especial antes de destrozar a su padre.

Jake miró el reloj mientras esperaba a que Laura llegara, consciente de que no quería perder ni un minuto de aquella última cita. Ni siquiera eran las siete en punto. Sabía que echaría de menos el placer de su compañía, y más aún el fantástico sexo que habían compartido, pero sabía que era ridículo tratar de alargar el tiempo que podían pasar juntos.

Había sido estupendo. Pero ella era la hija de Costarella y una vez que él se vengara, Costarella no podría contener su rencor y también lo pagaría con ella. Acabaría echando a Laura de su casa si no se ponía de su lado. Y aunque ella decidiera no hacerlo y se marchara a casa de su hermano... No, no haría tal cosa. Se quedaría junto a su madre para ahorrarle todo el sufrimiento posible.

Esa noche sería el final de su relación.

No tenía sentido darle más vueltas.

Además, una vez que consiguiera su objetivo querría continuar con su vida y buscar el tipo de relación que habían tenido su madre y su padrastro, formar una familia y compartir buenos momentos con su esposa y sus hijos. Por muy atraído que se sintiera por Laura Costarella, no conseguía encajarla en ese tipo de relación.

Por muy apasionada que fuera en la cama, estaba decidida a continuar con su propia vida sin implicarse en una relación con él. Para Jake eso era la confirmación de que el matrimonio no le resultaba atractivo, algo comprensible si se tenía en cuenta su pasado familiar. Tener una relación de amantes era lo único que un hombre podría conseguir con Laura. Saber que ella no le daba demasiada importancia a la relación hacía que terminar la aventura amorosa que compartían resultara más fácil. Él le había ofrecido placer. Esperaba que el recuerdo de todo aquello no se viera demasiado manchado por el dolor que sus actos provocarían en el hogar de la familia Costarella.

La semana anterior se había planteado si contarle o no lo que iba a suceder y explicarle el motivo. De algún modo le parecía que sería justificarse demasiado y no tenía por qué, no cuando lo que iba a hacer era buscar justicia, y tarde o temprano sería evidente para todo el mundo. Además, desde un principio le había dicho a Laura que no quería desearla.

Todo saldría a la luz muy pronto. Lo mejor para

ambos era que disfrutaran de la última noche juntos.

Laura entró al restaurante con una amplia sonrisa. Llegaba diez minutos tarde por culpa del transporte público que había tenido que tomar para llegar a Kent Street, donde estaba el restaurante, pero por fin había llegado para pasar otra noche con Jake. Y allí estaba él, levantándose de la mesa en la que estaba esperándola.

Laura sintió que se le aceleraba el corazón. Cada vez que lo veía le pasaba lo mismo. Y su manera de sonreír al verla, provocaba que la invadiera la alegría. Quería a aquel hombre y le encantaba estar con él. Deseaba de todo corazón poder compartir con él algo más que una noche a la semana.

Aunque sabía que no sería sensato implicarse demasiado, y menos cuando todavía tenía que sacarse el título universitario. Estaba a mitad de curso. Algunos meses después... ¿Estaría Jake esperando a que finalizara sus estudios para pedirle que tuvieran una relación más seria? Se llevaban bastantes años de diferencia. Quizá él también fuera consciente de eso. Fueran cuales fueran sus motivos para mantener una relación tan limitada, ella confiaba en que, tarde o temprano, eso cambiaría. Juntos lo pasaban de maravilla, demasiado bien como para que aquella relación terminara algún día.

Laura no pudo evitar besarlo en la mejilla antes de sentarse.

–Siento llegar un poco tarde. El autobús ha tardado mucho. No paraba de subir y bajar gente.

–No hay problema –le aseguró él–. Ya estás aquí. He estado mirando el menú y esta cena promete ser una experiencia fantástica.

–¡Vaya! Estaba deseando que llegara este momento.

Él se rió al verla tan emocionada. A Laura le encantaba su manera de reír, y cómo se le iluminaba el rostro al hacerlo.

–Me gustaría que pidiéramos el menú de degustación. Consta de ocho platos. ¿Estás dispuesta? –preguntó él.

–¡Ocho platos!

–No serán muy grandes. Pero ofrecerán una maravillosa variedad de sabores.

–Déjame ver –estiró la mano para que le pasara el menú. La lista de platos que Jake sugería era irresistible–. Me parece muy bien –dijo con decisión.

Una vez más, Jake tendría que pagar una fortuna por la cena pero, como a él no le importaba, Laura se negaba a sentirse culpable. Era su elección. Él sonrió, consciente de que ella estaba encantada de ceder a la tentación.

–Me estás convirtiendo en una niña mimada con todo esto, Jake.

–Tú me has dado más de lo que el dinero puede comprar, Laura. Debería darte las gracias por ser como eres.

¿Eso sonaba como una despedida? Laura frunció

el ceño al oír sus palabras. Sin duda, él sólo intentaba hacerla sentir bien.

—No me cuesta mucho ser yo misma —dijo ella.

Él negó con la cabeza.

—No imagino que pudiera disfrutar tanto cenando con otra persona.

Ella se relajó y sonrió.

—Entonces, debería agradecerte el hecho de que seas como eres, porque yo tampoco creo que disfrutara tanto cenando con otro hombre.

—Me alegro de que estemos de acuerdo en ese punto.

Ella se rió.

—Creo que estamos de acuerdo en muchas cosas.

—Cierto. ¿Pedimos la cena?

Él llamó al camarero mientras Laura se aseguró en silencio que todo iba bien entre ellos.

Una vez más, pasó una estupenda velada con Jake. La cena fue sensacional. Fue divertido disfrutar de los diferentes sabores y compararlos con lo que habían comido en otros restaurantes. Laura se dirigió al baño antes de marcharse del local y, de regreso a la mesa, sintió otro instante de inseguridad.

Jake no estaba mirando a ver si ella regresaba. Estaba pensativo, y con una expresión seria en el rostro. Era evidente que algo iba mal, algo acerca de su vida privada que nunca compartía con ella. ¿No era hora de que lo hiciera? Llevaban casi tres meses compartiendo una relación íntima. Sin duda, ya la conocía lo bastante como para poder confiar en ella y contarle lo que pasaba por su cabeza.

Cuando Laura llegó a la mesa, él sonrió.

–¿En qué estabas pensando, Jake?

Él negó con la cabeza y esbozó una sonrisa mientras se ponía en pie.

–En el pasado. No tiene nada que ver contigo, Laura. He llamado a un taxi. Nos está esperando fuera.

Él la agarró del brazo y ella frunció el ceño al oír su evasiva.

–Quiero saberlo –dijo ella.

–Estaba pensando en mis padres. Y en cómo disfrutaban comiendo juntos.

–¡Oh! –Laura sintió que le daba un vuelco el corazón. Era evidente que Jake se había entristecido por el recuerdo, pero tenía la sensación de que también tenía algo que ver con ella... Quizá lo relacionaba con lo de sus cenas en los restaurantes y con cómo había disfrutado con ella. Tenía la sensación de que su relación era más importante para él de lo que estaba dispuesto a admitir.

–He reservado una habitación en el Park Hotel –dijo él, mientras salían del restaurante.

Otro hotel. Ella sabía que estaba cerca de Hyde Park, en el centro de la ciudad, y que por la mañana sólo tendrían que recorrer un corto trayecto entre Paddington y Woollahra. Siempre se decepcionaba al ver que él no le pedía que fuera a su casa, pero Laura decidió no presionar.

El recorrido en taxi lo hicieron en silencio. Laura tenía la sensación de que él le apretaba la mano más fuerte de lo normal y ella estaba impaciente por meterse en la cama con él.

Era evidente que el deseo que sentía el uno por el otro no había desaparecido. En cuanto cerraron la puerta de la habitación del hotel se abrazaron, besándose como si no existiera el mañana, desnudándose lo más rápido posible para poder satisfacer el deseo que los invadía por dentro.

Hicieron el amor con más intensidad que nunca, y Laura sintió que Jake le importaba de manera más personal, no sólo en el plano sexual. Tardaron mucho tiempo en quedarse dormidos y, por la mañana, ella despertó al notar que la estaban acariciando con ternura. Ella se volvió para abrazar a Jake y él se encargó de excitarla rápidamente. Nunca habían tenido relaciones sexuales por la mañana, pero ese día sí las tuvieron y Laura lo interpretó como que la relación estaba cambiando.

Después de un buen desayuno, se ducharon y se prepararon para marchar. Estaban en la puerta de la habitación cuando Jake se volvió para besarla de nuevo de forma apasionada, provocando que Laura no pudiera olvidar la sensación del beso hasta llegar a la recepción. Tenía la esperanza de que él le pidiera que lo acompañara a casa en lugar de que cada uno continuara su camino.

Un taxi los esperaba en la puerta del hotel. Jake abrió la puerta para que Laura entrara y ella se acomodó en el otro extremo para dejarle espacio a él. Sin embargo, Jake no entró en el taxi, sino que se agachó para hablar con el conductor e indicarle la dirección de Eddie y darle un billete de veinte dólares.

Sorprendida, Laura le preguntó:

—¿No vienes conmigo?

Él la miró a los ojos con una expresión sombría.

—No. Tengo que ir a otro sitio, Laura —dijo con decisión—. Ha estado muy bien —le acarició la mejilla—. Gracias.

Retiró la mano y cerró la puerta del taxi, indicándole al conductor que arrancara.

Laura estaba demasiado asombrada como para reaccionar. Permaneció callada, sintiendo cómo se estrellaban todos sus sueños y expectativas. ¡Había sido un «adiós»! No un «volveremos a vernos». Jake no había mencionado nada acerca de una próxima vez.

Laura trató de comprender por qué. No había motivos para abandonar algo que había estado bien. Él la llamaría durante la semana. Aquello no podía terminar así. Sin embargo, cuanto más pensaba en ello, más sentía que él había estado toda la noche despidiéndose. ¡La última cena, la última relación sexual, el último beso, la última caricia!

Pero quizá se equivocaba. Quizá, quizá...

El taxi se detuvo frente a la casa de Eddie. Laura se despidió del taxista y se bajó del vehículo. Miró el reloj y vio que eran casi las once. Esperaba que Eddie estuviera tomando el *brunch* con sus amigos, porque no le apetecía tener que hablar con él. Y menos cuando experimentaba una gran mezcla de sentimientos negativos.

¡No tuvo suerte!

Él estaba sentado en la mesa del salón, leyendo el periódico con una taza de café en la mano. En cuanto ella entró en el apartamento, la miró y le preguntó:

–¡Hola! ¿Has pasado otra noche estupenda con el chico de oro de papá?

–Sí. Una noche estupenda –dijo ella, con apenas entusiasmo en la voz.

Él la miró extrañado.

–¿Tetsuya no ha cumplido tus expectativas?

–Sí, totalmente –dijo más animada.

–¿Estás enferma? ¿Te pasa algo?

–No.

–Entonces, ¿por qué tienes ese aspecto de moribunda?

Ella suspiró, aceptando que no podría ocultárselo a Eddie.

–Creo que Jake se ha despedido de mí esta mañana, y yo no estoy preparada para decirle adiós –dijo ella, encogiéndose de hombros.

Eddie puso una mueca y se levantó de la silla.

–Ven a sentarte. Te prepararé un café. A lo mejor te anima un poco.

Ella se sentó en una silla, como si estuviera agotada.

–¿Por qué crees que ha sido una despedida? –preguntó Eddie, mientras le servía el café.

Laura recordó la escena.

–Me ha metido en un taxi, me ha acariciado la mejilla y me ha dicho: «Ha sido estupendo, Gracias».

Normalmente comparte el taxi conmigo y me dice dónde nos veremos la próxima vez, pero esta mañana ha cerrado la puerta sin más.

–Ha sido estupendo... –repitió Eddie. Negó con la cabeza, y le llevó el café a la mesa, sentándose frente a ella–. Si dijo que había sido estupendo...

–No. Estoy segura de lo que hablo, Eddie.

–Parece que ha sido una manera muy tajante de decir adiós. ¿Tienes idea de por qué?

–No. Ninguna. Y por eso estoy tan descolocada.

–¿No eres consciente de ninguna cosa negativa que haya pasado entre vosotros? Por ejemplo, ¿que se estuviera aburriendo con la rutina que habíais establecido?

–No soy estúpida, Eddie. Sabría que se estaba aburriendo.

–Está bien. No se estaba aburriendo pero se ha despedido de ti a pesar de los placeres que compartíais. Eso sólo deja una posibilidad, Laura –dijo Eddie.

–¿Cuál?

–Que ya ha cumplido con su propósito.

Ella lo miró confusa.

–¿No comprendo? ¿Qué propósito?

–Te apuesto a que tiene algo que ver con papá.

–Pero hemos mantenido nuestra relación al margen de él –protestó ella.

–Tú sí, pero ¿cómo puedes saber que Jake también?

–Él me prometió...

–Laura, Laura... Desde un principio te advertí que es un hombre que juega a todas las bandas. Por algo se ha convertido en la mano derecha de nuestro padre. Es evidente que se ha esforzado por ganarse la confianza de papá. También por ganarse la tuya. Pero permite que te recuerde que James Bond tiene su propio juego y creo que te ha utilizado según ese dicho de «ámalas y déjalas...».

James Bond. Laura había dejado de pensar en Jake como ese personaje. Él era el hombre que ella quería, al que deseaba, y con el que soñaba compartir el resto de su vida. ¿Había sido tan idiota como para engancharse a él? ¿Y Jake no sentía nada por ella aparte del deseo de llevarla a la cama? ¿Cómo podía ser que los intensos sentimientos que él había provocado en ella fueran unilaterales?

La manera en que habían hecho el amor aquella mañana le había hecho creer que él sentía algo más por ella. Eddie tenía que estar equivocado. A Laura no se le ocurría ningún motivo por el que él hubiese podido utilizarla. Lo más seguro era que tuviera algo importante que hacer aquella mañana, y que deseara haberse quedado con ella. Quizá la llamara durante la semana.

Eddie negó con la cabeza.

—No quieres creerlo, ¿verdad?

—Supongo que el tiempo lo dirá, Eddie —contestó ella—. Vamos a dejarlo, ¿quieres?

—Está bien. Entretanto, quédate con lo positivo. Has disfrutado de varias cenas en restaurantes elegantes, te has alojado en hoteles de lujo, y has tenido una buena dosis de sexo estupendo. No han sido tres meses tan malos, Laura.

Ella puso una sonrisa tristona.

–No, nada malos.

«Pero quiero más. Quiero a Jake Freedman. Y espero conseguirlo».

# Capítulo 10

EL RESTO del domingo transcurrió sin una llamada de Jake.

El lunes, tampoco tuvo noticias de él.

«Lo más probable es que me llame el viernes», pensó Laura, tratando de concentrarse en sus estudios universitarios y de no distraerse pensando en que Jake no la había llamado. Pasara lo que pasara con él, ella debía continuar con su vida y obtener buenas notas. Sin embargo, por mucho que razonara sentía mucha nostalgia y se le formaba un nudo en el estómago cuando pensaba en él.

El martes por la tarde, se sorprendió al ver el coche de su padre aparcado frente a la casa. Él nunca salía temprano de trabajar y ni siquiera eran las cinco. ¿Le habría sucedido algo malo a su madre? ¿Un accidente? ¿Una enfermedad? No podía imaginar un motivo que no fuera una emergencia para que su padre hubiese regresado tan pronto a casa.

Corrió hasta la puerta principal, abrió rápidamente y entró en la casa.

–¿Mamá? ¿Papá? –llamó con nerviosismo.

–¡Entra, Laura! –la voz de su padre resonó desde el salón–. ¡Te estaba esperando!

Ella se detuvo en seco con el corazón acelerado. Su padre estaba rabioso. Completamente furioso.

Se abrieron las puertas del salón. Laura enderezó la espalda y dio un paso adelante.

Al entrar en el salón, Laura encontró a su madre acurrucada en la esquina de uno de los sofás, con el rostro pálido y abrazándose como si tuviera miedo de descomponerse. Su padre estaba de pie detrás de la barra, sirviéndose un whisky con hielo. Tenía el rostro colorado y la botella estaba medio vacía.

—¿Todavía te ves con Jake Freedman? —le preguntó a Laura.

No tenía sentido tratar de escabullirse cuando su padre estaba de ese humor.

—No lo sé —contestó ella con sinceridad.

—¿Qué quieres decir con eso? No te hagas la idiota, Laura.

Ella se encogió de hombros.

—Estuve con él el sábado por la noche, pero no ha vuelto a hacer planes para que nos veamos.

Su padre resopló y dijo:

—Ha tenido su último triunfo acostándose con mi hija.

—Alex, no es culpa de Laura —dijo la madre, mostrando más coraje del habitual—. Tú se lo presentaste.

El padre comenzó a gritar.

—¡El muy canalla ha jugado sus cartas a la perfección! ¡Cualquiera se habría sentido atraído por él!

—Entonces, no culpes a Laura —suplicó la madre.

¿Qué había hecho Jake? Laura no comprendía nada. Se acercó al sofá y se sentó junto a su madre.

–¿Qué ocurre, papá? –preguntó ella.

–Ese bastardo ha llevado todos mis negocios al tribunal de auditores y han suspendido mi actividad en el sector. Estoy pendiente de una investigación.

–¿Suspendido? –por eso estaba en casa tan temprano, pero...–. ¿Una investigación de qué?

–Nunca te ha interesado mi trabajo, Laura, así que no es asunto tuyo.

–Quiero saber de qué te acusa Jake.

Él la señaló con un dedo.

–Lo único que tienes que saber es que él estaba empeñado en destrozar mi negocio durante el tiempo que ha trabajado para mí. Liarse contigo ha sido la guinda para él.

–¿Por qué? Hablas como si fuera una *vendetta* personal.

–Es una *vendetta* personal –la miró de arriba abajo–. Todo lo personal que puede ser que te haya puesto las manos encima y se haya tomado todas las libertades que quisiera.

–¡Alex! –protestó la madre.

Él la ignoró.

–Y tú le dejaste, ¿verdad? ¡Mi hija! –exclamó el padre.

Laura se negó a contestar.

–Él se habrá deleitado cada vez que te hayas rendido a sus pies.

–Esto no trata de mí, papá –dijo ella, todo lo tranquila que pudo–. Está claro que yo soy un asunto incidental. ¿Por qué Jake tiene una *vendetta* personal contra ti?

—¡Por JQE! —exclamó el padre.

—Eso no significa nada para mí —insistió Laura.

Él la miró de forma despectiva, como si su ignorancia fuera otra púa envenenada para su orgullo.

Ella lo miró con desafío.

—Creo que tengo derecho a saber de qué he sido víctima.

—JQE era la empresa de su padrastro —informó el padre de Laura—. Él cree que yo podía haberla salvado y que elegí no hacerlo. El hombre murió de un ataque al corazón poco después de que yo asegurara el cargo del liquidador.

«¡Su padrastro!», pensó Laura.

—¿Tenía un apellido distinto al de Jake?

—¡Por supuesto! Si hubiese sabido que tenían alguna relación, nunca lo habría contratado.

—¿Cuánto tiempo lleva trabajando en tu empresa?

—¡Seis años! Seis malditos años durante los que ha rebuscado en mis archivos para poder denunciarme.

Un hombre con una misión... James Bond... Oscuro y peligroso...

—¿Y podrías haber salvado la empresa de su padrastro, papá? —preguntó ella, deseando saber si Jake buscaba justicia o sólo venganza. Jake adoraba a su padrastro, y era posible que fuera el único padre que había conocido nunca.

—El hombre era un idiota. Incluso con mi ayuda, no estaba en condiciones de rescatar nada. Su esposa estaba muriendo de cáncer. Tratar de continuar con aquello era ridículo.

¿Habría elegido su padre beneficiarse de aquella situación mediante el cobro de grandes cantidades de dinero para llevar adelante el proceso de liquidación?

Laura sabía que no conseguiría que su padre le contara la verdad. Él sólo intentaría conseguir sus objetivos. Siempre lo había hecho.

Y, en cuanto a Jake, debía de haber sufrido mucho cuando sucedió todo aquello. Su madre muriéndose de cáncer, su padrastro en bancarrota y falleciendo después, de un ataque al corazón. Debió de ser muy traumático tener que enterrar a ambos progenitores mientras se vendía todo lo que tenían. Ella había notado amargura en su voz cuando él le contó el lado malo del negocio de la bancarrota, el primer día en el jardín, pero no había imaginado que pudiera tener relación con todo aquello sólo por ser la hija de su padre.

Él padre se sirvió otro whisky y amenazó a Laura con el dedo.

−¡No te atrevas a ponerte de su parte en este maldito asunto o te echaré de esta casa, Laura! Él te ha utilizado para demostrarme que soy todavía más idiota por haber confiado también en él al presentarle a mi hija.

¿Habría sido esa la intención de Jake al tener una aventura con ella? Laura sintió que se le encogía el corazón. Él había controlado todo lo relacionado con sus citas, y había limitado su relación a los sábados por la noche. ¿Se habría deleitado en secreto por tenerla a su disposición? ¿Y por quién era ella?

–Lo que había entre nosotros ha terminado –dijo ella.

–¡Más vale que sea así, mi niña! –dijo con tono amenazante–. Si se pone en contacto contigo...

–No lo hará –Laura estaba segura de ello. Él se había despedido de ella el domingo por la mañana.

–¡No estés tan segura! Sería otro triunfo para él si consigue que vuelvas a su lado.

–No lo hará –repitió ella muy afectada. Lo había amado de verdad y la idea de que él la hubiera utilizado para vengarse de su padre era devastadora.

–Más vale que sea verdad, Laura, porque si me entero de lo contrario, ¡pagarás por ello!

–Estoy segura.

–Estás muy pálida. Es evidente que te gustaba mucho.

Su comentario fue seguido de otro trago de whisky.

–No me encuentro bien –dijo la madre–. ¿Me acompañas a mi habitación, Laura?

–Por supuesto –se levantó para ayudarla.

–Huyes, como siempre –dijo el padre–. Viviremos con esto sobre nuestras cabezas durante meses, Laura. No podrás escapar.

–Ha sido el susto, papá –contestó Laura–. Mamá necesita un tiempo para recuperarse.

–¡Recuperarse! ¡Yo nunca me recuperaré de esto! ¡Nunca! Ese bastardo me ha paralizado.

«No por nada», pensó Laura mientras acompañaba a su madre a la habitación. Jake debía de haber presentado muchas pruebas contra su padre para que hubiesen suspendido su actividad. Y también las habría reunido durante el tiempo que había quedado con ella.

Laura también necesitaba tiempo para recuperarse.

Su madre se sentía muy débil. Laura la ayudó a acostarse y la tapó.

–No es culpa tuya, mamá –le dijo.

Su madre tenía los ojos llenos de lágrimas.

–No creo que pueda soportarlo si tu padre se queda en casa todos los días.

–No hace falta. Eddie te acogerá en su casa. Sólo tienes que pedírselo.

La madre negó con la cabeza.

–No sería justo para él. No lo comprendes, Laura. Tu padre no toleraría que lo abandonara. Haría algo al respecto.

Laura odiaba que su madre sintiera miedo, pero sabía que no había manera de razonar. Eddie y ella lo habían intentado muchas veces.

–Bueno, no creo que papá esté en casa todo el rato. Saldrá para tratar de solucionar esta situación con todo lo que esté en su mano.

–Sí. Lo hará. Gracias, Laura. Siento mucho que Jake...

–No hablemos de ello. Descansa, mamá.

La besó en la frente y salió de la habitación antes de que no poder contener las lágrimas. Unas lágrimas de dolor, sorpresa y pena que había conseguido contener delante de su padre. Y de su madre.

Una vez en su habitación, lloró hasta derramar la última lágrima. Durante mucho rato permaneció tan cansada que no podía pensar en nada pero, poco a poco, comenzó a recordar todo lo que había vivido con Jake y la frase que él le había dicho en el jardín.

«No quiero desearte».

Pero lo había hecho.

La había deseado y, posiblemente, no por quién era, sino a pesar de quién era.

Lo que marcaba una gran diferencia con la interpretación que su padre había hecho acerca del comportamiento de Jake, en relación con ella.

Eso significaba que ella no formaba parte de su plan de venganza.

De forma inocente tenía relación con el hombre que él consideraba como la causa principal de los años más dolorosos de su vida.

Mirando atrás, comprendía por qué Jake no había permitido que su relación se convirtiera en algo serio. Él sabía que no tenía futuro desde un principio, pero la había encontrado tan irresistible como ella lo había encontrado a él, y había aprovechado la oportunidad de disfrutar antes de que las circunstancias se lo impidieran.

«Ha sido estupendo. Gracias».

Él no la había utilizado.

Ambos habían elegido satisfacer sus deseos y lo habían disfrutado. Cuanto más razonaba Laura sobre ello, más se convencía de que la aventura que habían compartido no tenía nada que ver con el camino que Jake había elegido para arruinar a su padre.

Ella recordaba la intensidad con la que habían hecho el amor la noche del sábado, el beso apasionado que habían compartido antes de marcharse del hotel y la expresión de su mirada cuando él le acarició la mejilla en el taxi.

Quizá no quería despedirse.

Quizá él la amaba tanto como ella a él.

Quizá no veía la posibilidad de que pudieran tener un futuro juntos, teniendo en cuenta lo que estaba a punto de hacer.

Eso podía ser cierto... O no.

Dependía de lo que él sintiera por ella.

Tenía que verlo, hablar con él, descubrir la verdad.

# Capítulo 11

A LAURA le hubiera gustado poder emplear el coche de Eddie para recorrer las calles de Woolahra en busca de las casas que estaban reformándose. Habría sido la manera más eficiente de buscar la casa de Jake, pero sabía que su hermano no habría satisfecho su petición. Así que había decidido no pedírselo. Era mejor que recorriera el vecindario a pie, por mucho que tardara.

Cuando le contó a Eddie lo ocurrido, él llegó a la misma interpretación que su padre, insistió en que Laura no debería haberse metido en esa aventura y en que Jake tenía una misión. Era imposible negar lo último, pero Laura no podía evitar la necesidad de volver a verlo.

Al menos, Eddie había quedado con su madre ese día para darle un respiro de la tensión que se acumulaba en su casa. Así, Laura tenía suficiente tiempo libre para cubrir gran parte de la zona de búsqueda, aunque como era domingo no había ningún camión de reformas que pudiera darle una pista. Después de caminar durante tres horas y sintiéndose desanimada por su falta de éxito, decidió parar a comer y a descansar un poco.

Recorrió una calle que llevaba hasta un parque público donde podría sentarse a comer los sándwiches que se había preparado en casa. Laura apenas podía creerlo cuado vio a Jake. Él estaba en el balcón de un ático pintando de color verde la barandilla de hierro. La puerta de entrada y los marcos de las ventanas eran del mismo color, y quedaban muy bien con los ladrillos de color rojo de la casa.

Él también tenía buen aspecto. Ella lo miró un instante, invadida por una terrible sensación de inseguridad. ¿Sería una completa idiota por haber ido hasta allí? ¿Y qué pasaba si lo era? No era tan grave si, después de todo, terminaba sintiéndose humillada.

Jake levantó la cabeza y la vio enseguida.

–¡Laura! –exclamó con cierto tono de angustia–. ¿Qué haces aquí?

–Necesito hablar contigo –soltó ella.

Él negó con la cabeza.

–No voy a hacerte ningún bien –miró hacia una furgoneta que estaba aparcada al otro lado de la calle–. Lleva ahí desde el miércoles. Diría que tu padre me está vigilando y no creo que le gustara que lo informaran de que has venido a verme. Si sigues caminando, a lo mejor no le dan importancia.

La amenaza de su padre invadió su cabeza. «Pagarás por ello».

En esos momentos, a Laura no le importaba. Jake acababa de demostrarle que se preocupaba por ella. Eso era lo más importante de todo. ¿O es que intentaba quitársela del medio lo más rápido posible?

–Tengo que saberlo –dijo ella con decisión–. No me iré hasta que me cuentes la verdad.

Él puso una mueca de dolor y movió la mano como para restar importancia a sus palabras.

–Ya sabías que lo nuestro debía terminar. Recuérdalo por lo que fue y continúa con tu vida.

–¿Qué pasó, Jake?

–También lo sabes –contestó él.

–No, no lo sé. No me contaste nada acerca de lo que era más importante para ti. No sé si te atraía acostarte conmigo mientras planeabas destrozar a mi padre, o si era algo más. Quiero saberlo antes de marcharme.

Jake miró a la mujer a la que nunca debería haber acariciado y percibió el dolor que sentía. Seguía siendo la mujer más bella y deseable que había conocido nunca y odiaba tener que separarse de ella. Tenía que hacerlo, pero ¿era necesario hacerlo de modo que ella despreciara lo que habían compartido?

Jake quería que ella tuviera un buen recuerdo de él. Sin embargo, ¿cómo podía calmar su dolor y protegerla de la ira de su padre al mismo tiempo? Sin duda, los hombres de Costarella lo estaban vigilando e informarían de aquel encuentro. Cuanto más durara, peor sería para Laura cuando regresara a casa.

–Hay un parque al final de la calle –dijo él señalando en la dirección, como si ella hubiera preguntado por aquel lugar.

—¡Lo sé! —exclamó enfadada—. ¿No puedes contestarme sin más?

Él miró hacia la furgoneta.

—Me encontraré contigo allí cuando termine de pintar. Vete, Laura. Ahora.

Centró la atención en el trabajo que estaba haciendo y se agachó para mojar la brocha en el bote de pintura, confiando en que la urgencia de su voz hiciera que ella se marchara. Al cabo de un momento se percató de que Laura se había marchado.

Él continuó pintando despacio, demostrando que no tenía prisa por terminar el trabajo. Aprovecharía para pensar, y para decidir que debería ser escueto con Laura, evitar tomarla entre los brazos y demostrarle que la pasión que había sentido por ella había sido real. Y que seguía siéndolo. Debía ignorar la tensión de su entrepierna. Aquel encuentro debía servir para dejarle las cosas claras y después permitir que se marchara.

El estrecho pasillo que transcurría por la parte trasera de las terrazas de las casas permitiría que se marchara sin que lo vieran. Regresaría por el mismo camino. Un último encuentro. Nada más.

«Sí que le importo», pensó Laura con alegría mientras se dirigía al parque. Jake no tendría por qué molestarse en reunirse con ella si no significara nada para él. Si ella hubiese formado parte de la *vendetta* que él tenía hacia su padre, la habría humillado en la calle. Era evidente que su presencia le había hecho recordar lo que habían compartido, lo que habían tratado de finalizar.

Pero no lo habían conseguido.

Ni para ella, ni para él.

La atracción que había entre ambos era demasiado potente como para pasarla por alto.

Laura estaba segura de ello.

Encontró un banco bajo la sombra de un árbol y se sentó a esperar, sin molestarse en sacar los sándwiches que había preparado. Su corazón estaba hambriento de otro tipo de necesidades. Jake se reuniría con ella pronto. Jake, el hombre al que amaba... y al que siempre amaría. ¿Sentiría él lo mismo por ella?

¿Habría roto con ella únicamente por la situación que tenía con su padre?

Laura no tenía ni idea de cuánto tiempo esperó. Estaba obsesionada con encontrar la manera de poder continuar con la relación, un lugar secreto, lo que fuera necesario para evitar que su aventura no terminara. Cuando vio que Jake se acercaba a paso ligero, se puso en pie, apenas controlando su deseo de correr a sus brazos. Primero tenían que hablar, aunque si él la abrazara...

No lo hizo. Tampoco sonrió al verla, ni le brillaban los ojos. Cuando llegó a su lado, la agarró de las manos y dijo:

—No tenía intención de hacerte daño, Laura. Pensé que podríamos satisfacer nuestros deseos y darnos placer. Nada de eso tenía que ver con tu padre. Eras tú la mujer con quien deseaba estar, y no por el hecho de que fueras su hija.

Le acarició el dorso de la mano y la miró a los ojos.

Laura creía que decía la verdad.

—Deberías haberme contado lo que ibas a hacer, Jake —soltó ella—. No habría sido tan malo que me lo hubieses dicho.

Jake puso una mueca.

—No quería estropear nuestra última noche juntos hablando de tu padre, y de mi pasado. Y si te lo decía tampoco iba a cambiar nada.

—Me habría preparado.

—Sí. Eso lo veo ahora. Lo siento. Pensé que lo comprenderías. Lo que tuvimos fue un paréntesis en nuestras vidas, Laura —le apretó las manos—. Debes olvidarlo y continuar.

—No quiero hacerlo, Jake. Fue demasiado bueno como para olvidar. Tú deberías sentir lo mismo —suplicó.

Jake negó con la cabeza.

—No hay manera. Tu padre se enterará, y resistirse a él sólo servirá para que os lo haga pasar peor a tu madre y a ti. Me dijiste que ella te necesita. Y todavía tienes que sacarte la licenciatura. Cualquier relación conmigo te costará demasiado.

Si él estaba bajo vigilancia... Sí, sería demasiado arriesgado. Ya tenían bastante tensión en casa. Sin embargo, dejar escapar la relación que tenía con Jake... Todo su cuerpo se negaba a abandonar.

–¿Y qué pasará cuando todo haya terminado, Jake? ¿Podríamos retomar la relación?

Él negó con la cabeza pero, al contestar, puso una mueca de dolor.

–El proceso para acusar a tu padre por corrupción puede durar años, Laura.

–¿Es culpable?

–Sin duda.

–¿Irá a la cárcel?

–Lo expulsarán del sector. Dudo que tomen otro tipo de medidas.

Su madre no tendría alivio alguno. Ni escapatoria, a menos que...

–Cuando consiga mi licenciatura y un buen trabajo, me independizaré. Quizá pueda convencer a mi madre para que se venga a vivir conmigo. Así nos libraremos de mi padre.

–Quizá... –dijo él, pero su mirada mostraba incredulidad.

La esperanza que Laura tenía acerca de poder mantener una relación con él en un futuro se veía truncada.

–¿De veras quieres que esto sea un adiós, Jake?

–No. Pero no veo ninguna otra alternativa.

–Tienes mi número de teléfono móvil. Podrías llamarme de vez en cuando, ver cómo van las cosas –sugirió ella, tratando de no mostrar su desesperación.

Jake dejó de mirarla a los ojos y se fijó en sus manos entrelazadas. La acarició de nuevo y murmuró:

–Deberías olvidarte de mí, Laura. Conocerás a otro hombre que no te haga la vida tan difícil a causa de su pasado.

–No conoceré a nadie más como tú –dijo ella, luchando por un amor que quizá no volviera a sentir nunca.

Él suspiró y susurró.

–Yo tampoco –la miró a los ojos otra vez–. No voy a llamarte de vez en cuando. No quiero retenerte. Cuando termine con tu padre, pase el tiempo que pase, me pondré en contacto contigo para ver qué ha pasado con tu vida y qué es lo que sentimos el uno por el otro.

–Prométeme que lo harás, Jake. Pase lo que pase hasta entonces, prométeme que volveremos a vernos.

–Lo prometo –se inclinó hacia delante para besarla en la frente–. Se fuerte, Laura –murmuró.

Antes de que ella pudiera contestar, él la soltó de las manos y se marchó. Ella observó cómo se alejaba, sintiendo que la distancia se incrementaba entre ambos con cada paso que daba.

Le había prometido que se volverían a ver.

Quizá fuera muchos años después, pero no creía que el tiempo cambiara lo que sentía por él.

Y tenía muchas cosas por conseguir. Tenía que finalizar los estudios y tratar de convencer a su madre de que se podía vivir de otra manera, libre de abusos y represión.

No sería un tiempo perdido.

Estaría mejor preparada para continuar su aventura con Jake Freedman cuando se volvieran a encontrar... Sería mayor, más fuerte y estaría en unas condiciones más parecidas a las de él. Podría esperar a que llegara ese momento.

# Capítulo 12

SE FUERTE...»
Laura se repitió esas palabras muchas veces,
cuando trataba de minimizar el salvajismo de
su padre durante las siguientes semanas, prote-
giendo a su madre todo lo que estaba en su mano.
Esperaba que su padre se hubiese enterado de su visita a casa de Jake, pero no sucedió nada al respecto.
O bien, no estaban vigilando a Jake o no habían in-
formado sobre el incidente porque no lo considera-
ron significativo.

Curiosamente, después de la promesa de Jake se
sentía más tranquila. Le resultaba más fácil concentrarse en sus proyectos de paisajismo que cuando lo
veía todas las semanas. Saber qué estaba haciendo
él y por qué, era de gran ayuda. Además, tenía la
esperanza de poder compartir un futuro con él. Era
algo que había guardado para sí, y que no había
compartido con su madre ni con Eddie.

Pasaba mucho tiempo con su madre, todo lo que
le permitían los estudios y su trabajo a media jornada. Nick Jeffries pasaba por la casa dos o tres veces a la semana. Al parecer, tenía muchas cosas que
hacer y su madre aprovechaba la excusa para salir

al jardín y supervisar su trabajo. Era un hombre animado y su compañía era muy agradable, justo lo contrario a su padre, que en los últimos tiempos estaba insoportable.

Una tarde, Laura estaba en la cocina con su madre ayudando a preparar la cena cuando él gritó desde el pasillo:

–¡Laura!

Ella sintió que le daba un vuelco el corazón. ¿Qué había hecho mal?

–¡Estoy en la cocina, papá! –contestó.

«Se fuerte...», pensó.

Continuó cortando las zanahorias y levantó la vista al oír que él decía:

–¡Tienes un buen cuchillo! A lo mejor quieres clavárselo a alguien, Laura.

¿A él, por ejemplo? Tenía una amplia sonrisa en el rostro y la miraba con satisfacción.

–He estado vigilando a Jake Freedman –le anunció.

¡La visita a casa de Jake! Pero había pasado mucho tiempo. No tenía sentido que su padre sacara el tema tanto tiempo después.

Alex le mostró un sobre.

–Aquí tienes las pruebas de lo canalla que es –dio un paso adelante y sacó unas fotos del sobre, colocándolas frente a Laura–. Pensé que te gustaría ver a la amante habitual de Jake, Laura –dijo con tono de mofa y señalando a una mujer rubia, vestida con unas mallas apretadas, que estaba abrazando a Jake como si fuera a besarlo.

Laura sintió un nudo en el estómago al verlo con otra mujer.

–La ve en el gimnasio tres veces a la semana.

Sus palabras le corroían el corazón.

Su padre le mostró la siguiente fotografía.

–Después va a su casa para hacer un poco más de ejercicio.

La rubia aparecía con el cabello suelto. Era muy guapa. Estaba abriendo la puerta de una casa, sonriendo. Jake estaba parado al pie de las escaleras que subían al porche.

–La mujer trabaja en un club los sábados por la noche –continuó el padre–. Muy conveniente. Así él podía quedar contigo. Esto muestra que es un bastardo en todos los aspectos.

Ella no dijo nada. No podía articular palabra. Se sintió aliviada al ver que su padre no esperaba que hiciera comentario alguno.

–Necesito una copa –murmuró él, y se marchó para servirse un whisky. Dejó las fotos en la cocina y provocó que Laura perdiera toda la confianza que tenía en Jake y en el amor que sentía por ella.

Laura las miró de nuevo. Sólo había pasado un mes desde su encuentro en el parque. Un encuentro que él no quería mantener, pero con el que se aseguró que ella no volvería a molestarlo. Ella había aceptado sus motivos y había creído su promesa, sin embargo, él se veía con otra mujer, disfrutaba de su compañía y se acostaba con ella.

Era un hombre de doble cara.

Por supuesto, tenía que serlo para haber podido engañar a su padre.

Un hombre oscuro y peligroso... Debería haberse fiado de su instinto, debería haberle dicho que no, haber evitado que jugara con ella con sus propias reglas.

Las lágrimas se agolparon en sus ojos. Su madre se acercó a ella para abrazarla y ella apoyó la cabeza en su hombro. No tenía fuerza. Se abandonó al llanto y permaneció abrazada a su madre, disfrutando de su verdadero amor.

–Siento que te haya hecho tanto daño –murmuró su madre–. Siento que te hayan metido en los asuntos de tu padre cuando no tenías nada que ver con ellos.

–Lo amaba, mamá. Y pensaba que él me quería. Me prometió que volveríamos a vernos cuando terminara todo esto.

–Quizá era una manera más suave de dejarte que decirte la verdad. Eres una persona maravillosa, Laura. Incluso él se habrá dado cuenta, y seguro que le importabas un poco.

–¡Oh, mamá! ¡Todo es un desastre! –levantó la cabeza y forzó una sonrisa–. Soy un desastre. Gracias por estar a mi lado.

Su madre sonrió también y le secó las lágrimas de la mejilla.

–Igual que tú, también estás a mi lado. Pero, por favor, no pienses que tendrás que estar siempre a mi lado. Quiero que tengas tu propia vida, fuera de aquí. Igual que Eddie.

–Bueno, hablaremos de ello cuando termine la

universidad. Ahora terminemos la cena. No quiero que papá se entere de que estoy triste.

El orgullo hizo que recuperara la fuerza. Recogió las fotografías y dijo:

—Las llevaré a mi cuarto como recuerdo de mi estupidez, me asearé un poco y bajaré a ayudarte. Y no te preocupes por mí, mamá. Estaré bien.

Laura dejó las fotografías sobre la cama, pensando en lo sencillo que había sido para Jake y en lo vulnerable que había sido ella a su atractivo. Era probable que él hubiese salido con aquella mujer desde el principio. Pero aunque aquella rubia fuese una adquisición reciente para su vida sexual, era evidente que él no sentía una fuerte implicación emocional con la hija de Alex Costarella.

Lavándose la cara, Laura deseó poder borrar a Jake Freedman de su mente.

«Sé fuerte...».

Lo sería. Tenía que serlo. Nadie iba a destrozarle la vida. Ni su padre, ni Jake, ni cualquier otro hombre. Aquella rotunda decisión sirvió para que durante la cena pudiera esquivar los comentarios de su padre con buen humor. Y la ayudó a enfrentarse de nuevo a las fotografías cuando regresó a su habitación.

Las guardó de nuevo en el sobre en el que su padre se las había dado. Escribió la dirección de Jake, contenta de que la búsqueda de su casa le hubiese servido para algo. Quería que él se enterara de que ella sabía lo de la otra mujer y que ya no consumiría ni un minuto más de su tiempo.

Para resaltar ese hecho, le escribió una nota.

*Si algún día quieres que volvamos a vernos, Jake, tendrás que silbar para llamar mi atención. Voy a continuar con mi vida.*

No había angustia en sus palabras. Metió la nota en el sobre, lo cerró y lo guardó en su bolso para enviarlo al día siguiente. Todo había terminado. Su vida le pertenecía otra vez.

Jake revisó su correo y frunció el ceño al ver un sobre con la dirección escrita a mano. Curioso por su contenido, abrió el sobre y sacó las fotografías y la nota de Laura.

Un enorme peso se instaló en su corazón.

Había sido engatusado por la bailarina del gimnasio. Y sin duda trabajaba para Costarella. Él no había sospechado nada cuando ella se agarró a él a la salida del gimnasio y le contó que tenía mucho miedo de que la asaltaran de regreso a casa y que, por favor, la acompañara durante algunas manzanas hasta un lugar donde se sintiera segura. No era mucho pedir y a él no le suponía demasiado esfuerzo acompañarla.

Una semana más tarde, ella se acercó a él y lo abrazó para darle las gracias. Él se retiró ya que no le gustó el gesto y no deseaba implicación alguna con aquella mujer. Pero eso no se mostraba en la fotografía. Costarella no estaba interesado en mostrarle a Laura cuál había sido su reacción.

Jake llevó el correo a casa y lo dejó sobre el banco de la cocina, antes de dirigirse al jardín trasero donde daba el sol. Se sentó en una silla y releyó la nota de Laura.

—«Voy a continuar con mi vida».

Era lo que él le había pedido que hiciera y, probablemente, lo mejor que podía hacer para terminar la relación entre ambos. Costarella no iba a permitir ningún contacto futuro entre ambos. Y aunque le explicara la verdad sobre esas fotografías y ella lo creyera, Costarella buscaría la manera de separarlos.

Sin duda, era mejor que lo que había tenido con Laura terminara para siempre.

No tenían futuro juntos.

Jake dobló la nota y la guardó en el bolsillo de su camisa.

A pesar de que en todo momento sabía que así era como debía ser, le resultaba muy difícil de aceptar.

A pesar de que había conseguido lo que se había propuesto hacerle a Alex Costarella, se sentía vacío. Igual que después de la muerte de su madre y de su padrastro. Pero había conseguido seguir hacia delante. Y lo conseguiría de nuevo.

Debía notar el calor del sol.

Sin embargo, no notaba nada.

El vacío que inundaba su interior era muy frío.

# Capítulo 13

DURANTE el resto del año Laura se centró tanto en sus estudios que no sólo consiguió la licenciatura, sino que se graduó con matrícula de honor en todas las asignaturas. Eso le daba facilidades a la hora de entrar en el mundo laboral por primera vez. Enseguida la llamaron para una entrevista en un estudio de arquitectura donde buscaban a un paisajista para completar sus diseños. Era maravilloso sentir que todos sus esfuerzos se veían recompensados y que estaba a punto de comenzar la profesión que había elegido.

La primera semana de diciembre recibió la llamada de teléfono mediante la que le notificaron que la habían contratado y que tenía que estar en el estudio el lunes siguiente. Laura corrió al jardín para contárselo a su madre, que estaba con Nick Jeffries revisando el riego automático.

–¡Mamá! ¡Lo tengo! ¡Me han dado el trabajo! –exclamó con una sonrisa–. ¡Y quieren que empiece la semana próxima!

–¡Eso es fantástico, Laura! –exclamó su madre.

–¡Maravilloso! –repitió Nick, sonriendo–. ¡Enhorabuena!

–Y antes de Navidad –dijo la madre, aliviada. Se volvió para mirar a Nick y le acarició el brazo de una manera extrañamente familiar–. ¿Lo hacemos?

Él asintió.

–Cuanto antes, mejor.

–¿El qué? –preguntó Laura, asombrada.

Nick agarró a su madre del brazo y miró a Laura.

–Tu madre se va a separar de tu padre y se va a venir a vivir conmigo. Estábamos esperando a que tuvieras libertad de elección, Laura, y ya estás colocada.

Laura se quedó paralizada. ¿Su madre y Nick? Nunca lo había imaginado. Sabía que Nick era viudo desde hacía años, pero siempre había sido muy respetuoso con su madre, preocupándose de lo que necesitaba pero sin tomarse ninguna libertad.

–Veo que estás impresionada –dijo la madre con un suspiro.

Laura protestó al ver su expresión de decepción.

–¡No! ¡No! ¡Estoy sorprendida! Y contenta –añadió con una sonrisa.

–Alicia no está bien aquí –dijo Nick, pidiéndole comprensión.

–Estoy segura de que mi madre será mucho más feliz contigo que con mi padre –dijo Laura–. A Eddie y a mí siempre nos has caído bien, Nick. Y te agradezco lo mucho que has animado la vida de mi madre. Creo que es estupendo que te la lleves de aquí, pero te advierto que mi padre se lo tomará muy mal. No sabe perder.

Nick le dio una palmadita en la mano a la madre de Laura.

–Alicia no necesita llevarse nada de aquí. Yo puedo mantenerla.

–Hay muy pocas cosas que me gustaría llevarme de esta casa, Laura. Nick puede meterlas en su furgoneta –dijo la madre, animada al ver que su hija aceptaba la decisión–. Pero tú tendrás que mudarte el mismo día. O venirte con nosotros o irte con Eddie hasta que puedas permitirte tener tu propia casa. No puedo dejarte aquí, y menos cuando tu padre se entere de que lo he abandonado.

–No, eso será mejor no verlo –dijo Laura–. Iré a casa de Eddie para permitir que empecéis tranquilos vuestra vida, juntos –decidió ella–. No será mucho tiempo. En cuanto cobre mi primera paga buscaré un apartamento cerca de mi trabajo.

–Tenemos que contárselo a Eddie –dijo la madre, mirando a Nick.

–Sí, tiene que formar parte del plan.

–No hay problema. Lo llamaré para contárselo –dijo Laura–. Y no te preocupes, mamá. Eddie estará encantado.

La madre negó con la cabeza.

–He de contárselo yo, cariño. Es lo correcto.

–De acuerdo. Sólo quería ahorrarte problemas, mamá.

–Lo sé. Es lo que llevas haciendo durante años –dijo con tristeza–. Ya no más.

–Eso será mi trabajo a partir de ahora –dijo Nick con una sonrisa–. Lo único que tienes que hacer,

Laura, es escoger lo que quieres llevarte contigo, empaquetarlo, y estar preparada para cuando Alicia decida el día.

–Será un día en el que esté segura de que tu padre estará fuera. No voy a enfrentarme a él. Le dejaré una carta y permitiré que descargue su rabia con una casa vacía.

–Será lo mejor –dijo Nick–. Lo creo capaz de emplear la violencia física y no quiero que Alicia tenga que arriesgarse a ello.

–Sin duda será lo mejor –dijo Laura–. ¿Qué tal el viernes, mamá? Estoy segura de que es el día que papá dijo que tenía la reunión con su abogado para recurrir las acusaciones que han presentado en su contra.

–Sí, ¡el viernes será buen día! –exclamó la madre con entusiasmo.

El día de la libertad.

Ella se volvió hacia el hombre que cambiaría su vida.

–Alex no se perderá esa reunión por nada del mundo. En cuanto salga de casa te llamaré, Nick.

–Y vendré enseguida –le aseguró él.

Era enternecedor ver cómo Nick se preocupaba por su madre. Laura tuvo que tragar saliva para deshacer el nudo que tenía en la garganta y poder hablar.

–Ahora que ya está todo arreglado, me voy a mi habitación para escoger lo que quiero llevarme conmigo. Vosotros dos podéis empezar a planear vuestro futuro.

Besó a ambos en las mejillas y se marchó contenta con la idea de que su madre pudiera empezar una nueva vida. Ya no tendría que soportar más abusos, ni tener miedo, ni sufrir miserias. Nick Jeffries no era un hombre rico ni muy atractivo, pero era evidente que su madre se sentía muy atraída por su personalidad.

Y quizá fuera eso lo que ella debería buscar en un hombre.

Y olvidar el fuerte atractivo de Jake Freedman.

Olvidar todo aquello que le había encantado de él.

Un hombre bueno nunca la habría utilizado como Jake había hecho.

La siguiente semana comenzaría una nueva fase de su vida y, probablemente, eso la ayudaría a olvidar a Jake. Estaría muy ocupada forjándose un futuro sin tener que preocuparse del bienestar de su madre, ¡y podrían disfrutar de unas Navidades sin tensiones familiares!

Sonriendo, Laura subió a su habitación para empezar a organizar su mudanza. Tras mirar el contenido de su armario decidió que necesitaría bolsas de basura grandes para trasladarlo todo con más facilidad. Miró los zapatos de color turquesa que Jake había calificado de eróticos en su primera cita. Eran un regalo de su madre. ¿Pero podría volver a ponérselos sin acordarse de él y de lo que había sucedido después de que se los quitara en el hotel?

Llamaron a la puerta y Laura volvió a la realidad.

–Soy yo –dijo la madre.

–Pasa –contestó Laura, deseando pasar tiempo a solas con su madre.

–Nick ha dejado algunas cajas en el cuarto de la lavadora para nosotras –dijo la madre.

–Mamá, ¿estás segura de lo que vas a hacer? –preguntó Laura–. ¿No estarás eligiendo una salida fácil a esta situación?

–No, cariño. Estoy segura –se acercó a la cama y se sentó–. Con tu padre he perdido mi identidad. Quiero encontrar a la persona que podría haber sido y Nick me permitirá hacerlo. Sé que con él soy diferente, y me gusta esa diferencia. Él hace que me sienta bien, Laura, de un modo que nunca me había sentido antes.

Laura se sentía bien con Jake hasta que... Pero no era el momento de pensar en él. Tenía que dejar de pensar en él.

–Eso es estupendo, mamá –dijo ella–. Supongo que todavía estoy un poco sorprendida. ¿Cuándo empezasteis a tener una relación?

–Justo después de mi cumpleaños.

«El diez de octubre», pensó Laura.

–Tu padre se había portado especialmente mal conmigo y yo estaba sentada en el banco del jardín, junto al estanque, llorando sin parar y deseando estar muerta. Nick había venido a trabajar y me encontró allí. Fue muy amable conmigo y trató de consolarme. Hablamos y hablamos...

Ella suspiró y negó con la cabeza como si le resultara demasiado difícil explicarlo, pero la sonrisa de su rostro indicaba el inesperado placer que encontró aquel día.

—En cualquier caso, cuanto más hablábamos más me daba cuenta de que deseaba estar con él, y que él deseaba que estuviera con él. Ambos creíamos que podríamos crear un bonito mundo, juntos. No te lo puedes imaginar, Laura. Todo es muy diferente con Nick. Tan diferente...

Sí, podía imaginarlo. No tenía ningún problema para imaginar cómo era o cómo podría ser. Se acercó a su madre y le dio un abrazo.

—Me alegro mucho por ti, mamá. Asegúrate de contarle todo a Eddie para que no se preocupe por ti.

—Lo haré, cariño. Y ambos deberíais venir a casa de Nick en Navidad. Este año tendremos una bonita celebración.

—Mmm —sonrió Laura—. Podremos divertirnos juntos.

—Sí, ¡nos divertiremos! —exclamó la madre, y salió de la habitación para ir a contárselo a Nick.

Durante los días siguientes Laura y su madre empaquetaron en secreto todo aquello que querían llevarse y lo guardaron en la habitación de Laura, donde su padre nunca se aventuraba a entrar. Eddie apoyó el plan sin dudarlo y también la idea de que lo llevaran a cabo sin que su padre se enterara para evitar cualquier tipo de enfrentamiento.

El viernes por la mañana, Alex Costarella salió de casa para asistir a su reunión. Nick llegó a los pocos minutos de que lo llamaran. Laura y él metieron las cajas y las bolsas en la furgoneta mientras su madre recogía sus papeles personales de la caja fuerte de su padre, y comprobaba que no se olvidaba nada importante.

Nadie se arrepentía de dejar aquella casa. Era como si les hubieran quitado un gran peso del corazón. La sensación de libertad era tan intensa que se reían de todo lo que decían. Laura llamó a Eddie desde su teléfono móvil para contarle que todo había ido bien. Él los estaba esperando en la calle cuando llegaron al edificio donde estaba su apartamento.

Entre todos metieron las pertenencias de Laura en la habitación de invitados y, cuando terminaron, Eddie y ella acompañaron a Nick y a su madre hasta la furgoneta para despedirse de ellos y desearles lo mejor. Su madre sacó un sobre con nerviosismo y se lo entregó a Laura.

—No sé si está bien que te dé esto —le dijo—. Estaba en la caja fuerte de tu padre y lo vi mientras buscaba mis papeles. Contiene más fotos de Jake Freedman, unas que no te mostró, Laura. Creo que te mintió acerca de las que te dio. Quería separarte de Jake y haceros daño. Siempre quiere hacer daño cuando no se sale con la suya. Quizá, si ves estas fotos disminuya un poco tu sufrimiento. Espero que así sea, cariño.

Laura se sentía como si le hubieran clavado un cuchillo en el corazón. Sin embargo, se esforzó para sonreír y dijo:

—No te preocupes, mamá. Lo hecho, hecho está, y ya es pasado. Vete con Nick. Sé feliz.

Una vez se marcharon, ella permaneció mirando a lo lejos. Eddie se percató de su nerviosismo y la agarró por los hombros.

–Puede que sea el pasado, pero no lo has superado, ¿verdad, Laura? Sé que todavía te acuerdas de él. Vamos dentro y veamos lo que hizo papá para destruir vuestra relación.

Eran las fotografías previas y posteriores a las que su padre le había enseñado para que rechazara al hombre que amaba. Jake no había entrado con la mujer rubia a la casa. Ella había entrado sola. Incluso en las fotos en las que aparecían caminando por la calle no se veía ningún gesto de intimidad. Sólo a un hombre acompañando a una mujer.

En cuanto al beso del gimnasio, era evidente que la mujer se había lanzado a los brazos de Jake. Había fotos en las que aparecía su cara de sorpresa, de impaciencia y rechazo, cosas que no eran visibles en las fotos que su padre le había mostrado.

–Ha sido una encerrona –murmuró Eddie–. He visto a esta mujer en otras ocasiones. Sin duda papá le habrá pagado bien por el trabajo.

–Ni siquiera le di a Jake la oportunidad de explicarse –dijo Laura–. Le envié las fotos con una nota, diciéndole que iba a continuar con mi vida.

–No te preocupes, Laura. Estoy segura de que Jake es lo bastante inteligente como para darse cuenta de que papá no iba a permitir que tuvierais una relación. Es probable que Jake pensara que te ahorraría sufrimiento separándose de ti.

–No confié en él. No fui lo bastante fuerte –se quejó.

Eddie frunció el ceño.

–¿Crees que él sentía algo sincero por ti?

–¡Sí! Era la situación lo que complicó las cosas. Me prometió que volveríamos a vernos, pero lo he estropeado todo, Eddie. Por confiar en papá en lugar de en él. ¡Lo he estropeado todo!

–No necesariamente. Debes de tener su dirección si pudiste enviarle la carta –dijo su hermano–. Ahora te has librado de papá, Laura, y mamá también. ¿Por qué no vas a visitar a Jake y descubres qué piensa de ti? Es mejor saberlo que no saberlo.

–¡Sí! –se levantó de la mesa donde habían extendido las fotografías, decidida a intentar solucionarlo–. Iré. No tengo nada que perder, ¿no crees?

Él asintió.

–Si crees que tienes que ir, ve.

Y eso es lo que hizo.

La esperanza invadió su corazón durante el trayecto, hasta que llamó a la puerta de la casa de Jake y abrió una mujer con un bebé en brazos.

–Hola. ¿Eres una de nuestras nuevas vecinas? –preguntó la mujer.

–No. Estaba buscando a Jake Freedman –dijo Laura.

–Oh, lo siento. Me temo que ya no vive aquí y no tengo su nueva dirección. Le compramos la casa hace dos meses y se mudó la semana pasada. No tengo ni idea de dónde puedes encontrarlo.

–Está bien. Gracias. Que seáis felices aquí.

En la casa que Jake había construido y que después había vendido.

Laura no tenía ni idea de dónde podía haber ido.

«Pero esto no es el final», pensó mientras regresaba caminando a Paddington. El juicio contra su padre estaba visto para sentencia en marzo del año siguiente, tres meses después. Jake era èl testigo principal de la acusación. Tendría que asistir a juicio y presentar pruebas para terminar la misión que había provocado que se separaran.

Un juzgado era un sitio público.

Podría ir allí.

Iría.

# Capítulo 14

EL PRIMER día de juicio Laura se vistió con el traje negro que empleaba para las reuniones de trabajo. Deseaba que Jake la viera como una mujer adulta, establecida en su carrera profesional y capaz de mantenerse por sí misma. El traje acentuaba su silueta y Laura se dejó el cabello suelto para parecer sexy. Quería que él recordara los momentos de placer que habían compartido.

Tenía toda la semana para entrar en contacto con él, puesto que había pedido días libres en el trabajo, pero prefería hacerlo cuanto antes. Llegó temprano a los juzgados y miró en la sala de espera y en los pasillos, pero no lo encontró. Entró en la sala de juicios y se acomodó en uno de los bancos, convencida de que allí lo vería en algún momento.

Su padre estaba sentado junto a su abogado. Él la vio y la fulminó con la mirada antes de volver la cabeza.

A Laura no le importaba lo que él pensara. Sólo le importaba lo que pensara Jake.

Comenzó el proceso. Jake no había entrado en la sala. Laura escuchó las preguntas que su padre debía contestar. Aquello era en lo que Jake había estado trabajando en secreto, a lo que había dado más importancia que a su relación.

Nombraron dieciséis empresas, y JQE estaba entre ellas. Empresas que podían haberse salvado gracias a créditos puente pero que su padre había elegido destruir, aprovechándose para cobrar mucho dinero gracias a sus servicios como liquidador.

El juez lo describió como una actuación basada en intereses personales.

El día transcurrió sin rastro de Jake, ni en la sesión de la mañana, ni en el descanso para comer, ni en la sesión de la tarde.

Su padre fue el único testigo convocado. Admitió que había ganado entre cuatro y seis millones de dólares al año gracias a las empresas en quiebra, pero insistió en que el proceso había sido el adecuado y en que era inocente. Laura odiaba tener que oír sus palabras. No dejaba de mirar a su alrededor, tratando de buscar a Jake y deseando que apareciera.

¿Por qué no estaba allí?

Sin duda, aquello era la culminación de su misión.

¿No debía escuchar lo que su padre decía para poder refutarlo?


Jake estaba sentado en uno de los despachos, esperando a que el abogado de la acusación le informara sobre la sesión de la tarde. Estaba seguro de que Alex Costarella sería castigado por corrupción.

La puerta de cristal le permitía ver la entrada de la sala de juicios. Al ver que entraba en ella un grupo de gente supo que había terminado la sesión.

Jake reconoció a los periodistas que habían intentado entrevistarlo. El caso estaba teniendo bastante repercusión en la prensa de economía. Y eso era bueno. Cuanta más gente supiera lo que sucedía, más gente podría prevenirlo.

¡Laura!

Jake se puso en pie asombrado de verla entre los asistentes. Se preguntó qué estaría haciendo allí y deseó acercarse a ella para estrecharla entre sus brazos. Había pasado casi un año, pero su imagen había provocado que su cuerpo ardiera de deseo otra vez.

Estaba muy guapa. El traje negro que llevaba resaltaba su silueta y su suave melena pedía que la acariciaran. Jake notó una fuerte tensión en la entrepierna. Nunca había deseado tanto a una mujer. Si se acercaba a ella, ¿respondería de forma amistosa o...?

Lo más probable era que lo rechazara, teniendo en cuenta que se había creído la historia que su padre le había contado acerca de las fotografías que ella le había enviado después. Sin duda, estaba allí para apoyar a su padre.

Observó cómo se detenía frente al ascensor y esperó a que las puertas se cerraran detrás de ella. Un sentimiento de pérdida lo invadió por dentro.

Al día siguiente tenía que presentarse como testigo. Si Laura asistía al juicio otra vez... Conseguiría que creyera todas sus palabras, todas las declaraciones acerca de su padre. Quizá él no ganara nada a nivel personal pero, al menos, ella no continuaría apoyando a su padre, el hombre que había estropeado la posibilidad de que forjaran un futuro juntos.

El segundo día...

Laura acababa de sentarse en la última fila de la sala cuando su padre se puso en pie, empujando de manera violenta la silla que ocupaba en la mesa de su abogado. La miró furioso y se acercó a ella por el pasillo, con intención de buscar enfrentamiento.

Ella permaneció sentada, dispuesta a lidiar con su ira. Desde que su madre y ella se habían marchado de casa, antes de Navidad, ningún miembro de la familia había tenido contacto con él. Su padre ya no tenía poder sobre ellas. No podía hacerle nada, y menos en público. Pero si las miradas mataran, ella ya habría muerto.

—¿Qué diablos estás haciendo aquí? —preguntó él muy enfadado.

—Escuchar —contestó ella con tono cortante.

—¿Has vuelto con Jake Freedman?

—No

—Lo estás buscando.

—Me mentiste acerca de él, papá. He venido a escuchar la verdad.

—¡La verdad! —exclamó él—. Tú te beneficiaste también de la ruina de su padrastro. Ésa es la verdad. Y Freedman no lo olvidará con facilidad.

La aparición del juez obligó a que el padre regresara a la mesa del abogado. Laura estaba temblando tras el encuentro. Confiaba tanto en poder retomar su relación con Jake que no había valorado otros factores. Laura seguía siendo la hija de su padre y era posible que Jake hubiese conseguido olvidar todo lo que sentía por ella, sobre todo después de que lo hubiese acusado de algo falso.

Al oír que llamaban a Jake, enderezó la espalda y apretó las piernas con fuerza. Jake vestía un traje gris y estaba tan atractivo que ella sintió un nudo en el estómago al verlo. Incluso el sonido de su voz provocó que los recuerdos íntimos aparecieran en su mente.

Él miró alrededor de la sala antes de sentarse. Durante un instante, posó la mirada sobre ella. No sonrió, ni cambió la expresión de su rostro al verla. Ella tampoco sonrió. Los sentimientos que la invadían eran demasiado intensos. Deseaba que Jake supiera que estaba allí por él. Al instante, Jake miró al abogado de la acusación y se acomodó en la silla.

No volvió a mirar a Laura.

Ni una vez.

Laura escuchó su testimonio y comprendió que la actuación de su padre no tenía en cuenta el interés de las empresas. Se había dedicado a facturar grandes sumas de dinero a los empleados, incluso a la chica que preparaba los cafés. En una reunión con los acreedores, el precio del café que les sirvieron ascendía a unos ochenta dólares la taza.

–No está mal –dijo el juez con ironía.

–No es plato de buen gusto cuando los acreedores nunca llegaron a obtener lo que les correspondía –contestó Jake, con la misma ironía.

Continuó presentando la lista de pruebas y respaldándolas con cifras que sólo daban lugar a un claro caso de corrupción. Laura se sintió avergonzada por ser la hija de un hombre al que no le preocupaba hacer daño a la gente mientras él consiguiera ganar más dinero. Ella sabía que era un hombre cruel, pero no imaginaba que su desprecio por los demás llegara tan lejos.

Comprendía por qué Jake tenía tanto interés en que aquello sucediera, sobre todo teniendo en cuenta lo que le había pasado a sus padres. Hacía bien en delatar a su padre, así evitaría que otras personas sufrieran situaciones similares. Lo admiraba por ello. Pero su padre tenía razón. Ella seguía siendo su hija y por tanto también había disfrutado de los beneficios que él había obtenido a costa de su familia. No era culpa suya pero, para Jake, también estaría manchada por el delito.

«No quiero desearte», Laura recordó sus palabras.

Y no había muestra alguna de que él continuara deseándola. Ni siquiera había vuelto a mirarla, y probablemente odiaba que ella estuviera allí para recordarle sus momentos de debilidad.

«Sé fuerte...».

Su manera de comportarse, su voz, su exposición de los hechos, todo ello había demostrado la fortaleza de Jake. Era evidente que no iba a tratar de retomar la relación con ella. Laura salió de la sala en cuanto terminó la sesión de la tarde. No tenía sentido que regresara al día siguiente. Era evidente que Jake había pasado página y ella debía hacer lo mismo.

Se dirigió al ascensor y apretó el botón de bajada. Otras personas se detuvieron a su lado para esperar al ascensor. Estaban comentando la sesión y decían que su padre era un gran estafador. Nadie mostraba lástima por él.

De pronto, Laura decidió que no podía permitir que Jake pensara que estaba allí para apoyar a su padre. Llegó el ascensor, y se echó a un lado para que pasara la gente. Era lo último que le quedaba por hacer, por respeto a sí misma.

Jake salió de la sala de juicios con su abogado. Laura decidió que no le importaba si interrumpía algo importante. Lo que tenía que decir era breve y muy importante para ella. Apretó los puños, alzó la barbilla y se acercó a ellos.

Jake levantó la vista al sentir que se acercaba. La miró fijamente y escuchó lo que le decía su abogado. Jake gesticuló con la mano como para quitarle importancia y continuó mirando a Laura. Ella se detuvo a poca distancia.

—He descubierto que mi padre mintió sobre las fotografías. Siento que dejara que influyeran en mi opinión sobre ti, Jake. Te deseo lo mejor.

Eso fue todo.

Se volvió y se dirigió hacia el ascensor, donde

otro grupo de gente esperaba a que llegara. Ya podía marcharse, después de haber reconocido que se había equivocado con Jake. Y le había deseado lo mejor. Era un buen hombre.

¡Ella no lo odiaba!

La barrera que Jake había erguido a su alrededor para proteger sus sentimientos hacia Laura Costarella se rompió de golpe. ¿Qué quería decir con aquellas palabras? Ni siquiera le había dado tiempo a responder. Se había marchado sin esperar a que hablara.

¿Desde cuándo sabía que su padre la había engañado? Si hubiese sido antes del juicio, no habría ido allí para apoyarlo. ¿O es que había ido por curiosidad, para conocer todo acerca de lo que había puesto límites a su relación con él? Sin duda, no se habría molestado a menos que todavía sintiera algo por él.

«Te deseo lo mejor», recordó sus palabras.

Era una despedida.

Pero Jake no quería que así fuera. Deseaba...

Se abrió la puerta del ascensor. Laura entró con el resto de personas que estaban esperando. Se estaba marchando y él no podía permitir que ocurriera.

Sin pensarlo, se llevó los dedos a la boca y emitió el silbido más penetrante que había emitido nunca.

# Capítulo 15

EL SILBIDO sobresaltó a todos los que andaban por allí. La gente dejó de hablar por un momento y se volvió para mirarlo. Laura, recordó de inmediato la nota que le había enviado a Jake.

«Si algún día quieres que volvamos a vernos, Jake, tendrás que silbar para llamar mi atención. Voy a continuar con mi vida».

¿Había sido él? Por favor... Que fuera cierto que quería reunirse con ella otra vez.

La gente entró en el ascensor, pero Laura permaneció fuera, otra vez. Se volvió para comprobar si había sido Jake el que había silbado.

Jake se dirigía hacia ella con decisión y mirándola fijamente a los ojos.

–Ha pasado mucho tiempo –le dijo, deteniéndose a su lado.

–Sí –contestó ella, confusa por la mezcla de sentimientos.

–Hay una buena cafetería en la esquina del siguiente bloque. ¿Puedo invitarte a un capuchino?

Ella tragó saliva para deshacer el nudo que tenía en la garganta.

–Me encantaría –contestó.

–¡Bien! –dijo él, y la rodeó para apretar el botón del ascensor. Jake le dedicó una sonrisa–. Yo también te deseo lo mejor, Laura. Siempre lo he hecho.

Ella asintió.

–¿Sigues viviendo con tu padre?

–No. Trabajo a jornada completa en un estudio de arquitectura, como paisajista. Tengo mi propio apartamento.

–¿Y tu madre?

–Se mudó al mismo tiempo que yo. Está bien. Mucho más feliz.

–¿Vive contigo?

–No. Con Nick Jeffries, el jardinero de nuestra casa. Él es viudo, y están muy enamorados.

–¡Vaya! –exclamó Jake, sorprendido–. Supongo que ya no tienes que preocuparte por ella.

–No. Nick ha hecho que se convierta en una mujer resplandeciente y positiva.

–¡Eso es magnífico!

Jake parecía alegrarse de verdad. ¿Porque no quería que nadie fuera víctima de su padre o porque se alegraba de que ella se hubiera independizado y quizá pudiera retomar la relación con él? ¿Era eso? Ella seguía siendo la hija de Alex Costarella. Eso no podía cambiarse.

Cuando llegó el ascensor, Jake gesticuló para que Laura pasara primero. Eran los únicos que bajaban en ese viaje. Jake permaneció en silencio. Laura era demasiado consciente de su presencia como para pensar algo que decir. Los besos apasionados y las deliciosas caricias que habían compartido invadían su cabeza. Tuvo que apretar las piernas para detener el ardiente deseo que se apoderaba de ella por momentos.

Mientras caminaban por la calle, ella deseaba que él la agarrara de la mano, pero él no mostraba ningún interés por acercarse a ella. Una vez en la cafetería, Jake la guió hasta una mesa y esperó a que ella se sentara para ocupar la silla de enfrente.

—Como en los viejos tiempos —comentó ella.

—Ha llovido mucho desde entonces. ¿Estás contenta con tu profesión?

Laura asintió.

—Me encanta. ¿Y tú, Jake? ¿Has empezado a reformar otra casa?

—Sí. Vendí la última que hice.

—Lo sé.

Él la miró intrigado y ella se sonrojó al darse cuenta de que se había delatado.

—El día que nos marchamos de casa, mi madre me entregó un sobre con las fotografías que había encontrado en la caja fuerte de mi padre. Entonces me di cuenta de que te había tendido una encerrona y me había contado una historia falsa...

—Te dijo que yo era un mentiroso —Jake terminó la frase por ella—. No te culpo por haberlo creído, Laura. Fue culpa mía. No debería haberte tocado jamás. Hice que quedaras en una posición muy mala mientras yo me ocupaba de arreglarlo todo para enfrentarme a tu padre.

—En cualquier caso, yo me sentí muy mal por ha-

berte echado de mi vida sin más y me dirigí a Woollahra para pedirte disculpas. Pero ya te habías marchado de allí. No tenía manera de encontrarte, y por
eso vine al juicio. Me alegro de haberlo hecho. Oír
todo lo que se ha dicho ha hecho que comprenda
por qué necesitabas enfrentarte a mi padre. Tenías
motivos para hacerlo. Y te deseo lo mejor, Jake.

El camarero se acercó para tomarles nota y Jake
pidió dos capuchinos. Le preguntó a Laura si quería
algo de comer, pero ella negó con la cabeza. Sentía
un nudo en el estómago. Cuando el camarero se
marchó, Jake la miró durante unos instantes.

–No ha terminado, Laura –dijo él–. Durante los
próximos días se dirán cosas muy feas sobre mí.

–¿Y serán ciertas? –preguntó ella.

–No a nivel profesional. Él no puede negar la evidencia que hay en su contra. Confío en que nada cambie el resultado final. Lo han echado del sector, a pesar de lo que diga en mi contra para desacreditarme.

–¿Sabes lo que va a decir?

Jake puso una mueca.

–Tú eras mi única debilidad, Laura. Imagino que
atacará mi forma de ser relacionándola con la relación que tuve contigo.

Ella frunció el ceño.

–Pero eso no tiene nada que ver con cómo ma-
nejó su negocio.

–Supongo que intentará relacionarlo.

Laura deseó que se demostrara lo canalla y mentiroso que había sido su padre, y que fuera él quien
sufriera por una vez.

Se inclinó hacia delante y dijo:

–Me he tomado una semana libre en el trabajo. Podría testificar a tu favor. Yo sé que no me hiciste nada malo, Jake.

–Ésta no es tu batalla, Laura. Cometí un error al ponerte en la línea de fuego y no volveré a hacerlo.

–Sí es mi batalla –se quejó ella–. Me he llevado las balas y quiero devolverlas. No me avergüenzo de haber tenido una relación contigo. Tendremos mucha más fuerza si nos enfrentamos a esto juntos. Imagino que te darás cuenta de que todo lo que mi padre crea que puede sacar gracias a nuestra relación, dejará de tener sentido si seguimos juntos.

–¿No hay ningún otro hombre en tu vida, Laura?

La pregunta hizo que se sobresaltara.

–No. Estoy libre.

De pronto, se le ocurrió que quizá él no lo estuviera. No la había tocado. Sólo porque su recuerdo hubiera impedido que ella se fijara en otros hombres no significaba que a él le hubiera pasado lo mismo.

–Lo siento. No pensé que... –se sonrojó antes de terminar la frase–. Si tienes otra relación, por supuesto que esto no funcionará.

–No la tengo –dijo él, y estiró la mano para acariciarla–. No hay nada que me atraiga más que volver a salir contigo, Laura. Sólo quiero estar seguro de que a ti te parece bien.

Una intensa felicidad invadió su corazón. Ella lo miró, incapaz de creer que podría tener otra oportunidad con él. El calor de su mano se extendió por su cuerpo, prometiéndole el amor que anhelaba.

–¿Me enseñarás la casa que estás reformando?

Era una pregunta crítica, con la que valoraría hasta qué punto él estaba dispuesto a comprometerse.

Jake puso una sonrisa y el brillo iluminó su mirada.

–¿Será demasiado pronto si vamos cuando terminemos el café?

Ella se rió.

–No, no es demasiado pronto. ¿Dónde está?

–En Petersham. A diez minutos en tren de Town Hall, y a un corto paseo de la estación. Tiene buena conexión con el centro de la ciudad.

–¿También es un ático?

–No. Una casita de dos habitaciones con jardín. Lleva abandonada varios años –sonrió–. A lo mejor puedes darme alguna idea acerca de qué hacer con el jardín.

Era tan maravilloso que él quisiera compartir su proyecto con ella que Laura no pudo evitar sonreír.

–Me encantaría diseñar un jardín al estilo antiguo. Hasta ahora, todo lo que he hecho han sido paisajes modernos.

–Entonces tendrás que acompañarme a comprar plantas –dijo él–. Aconsejarme para que compre lo mejor.

Laura estaba feliz con la idea de compartir más tiempo con él.

–Por supuesto –le aseguró, convencida de que volvería a amar a aquel hombre.

El camarero regresó con los capuchinos y Jake

le soltó la mano. Acababa de comenzar otra aventura, una que prometía ser mucho más intensa que la primera que habían compartido. Laura no recordaba ningún café que hubiera tenido tan buen sabor.

Jake apenas podía creer lo afortunado que era. Laura no había rehecho su vida con otro hombre. Y tampoco había desperdiciado el tiempo que habían estado separados. Se había independizado de su padre y había dejado claro que nunca volvería estar influenciada por él. Ya era irrelevante que fuera la hija de Alex Costarella. Simplemente era Laura, la mujer fuerte, bella y encantadora que él amaba. Y lo único que importaba era que podía volver a tenerla a su lado.

Se fijó en que tenía espuma del capuchino en el labio superior y deseó lamérselo para quitársela. Ella se adelantó y se relamió para limpiarse. Lo miró con brillo en los ojos, como si supiera lo que él había pensado.

–No he deseado a ninguna mujer desde que estuve contigo, Laura –dijo él. Era la verdad y necesitaba que ella la supiera. Las malditas fotografías podían haber hecho que ella dudara de lo que él sentía por ella. Aquél era un nuevo comienzo y no podría soportar que nada lo estropeara.

Ella sonrió.

–A mí me ha pasado lo mismo, Jake, aunque he pensado muchas cosas malas sobre ti.

–La mujer de la fotografía... Me dijo que tenía

miedo que la asaltaran de camino a casa y me suplicó que la acompañara después del gimnasio. Fue un acto de amabilidad, Laura, nada más.

–Me gustan los hombres amables. Nick es muy amable con mamá. Papá nunca se portó así con ella.

«Ni contigo. Todo eran exigencias y abusos, si no las cumplías».

Jake comprendía por qué el matrimonio no era algo atractivo para Laura. Pero quizá pudiera conseguir que cambiara de opinión, si conseguía pasar suficiente tiempo con ella.

Deseaba formar una familia en un futuro. Y deseaba hacerlo con ella.

Laura dejó la taza en la mesa y preguntó:

–¿Hemos terminado? ¿Nos vamos?

El deseo se apoderó de Jake. No pudo darse más prisa en salir de la cafetería. Se dirigieron a Town Hall agarrados de la mano. La acera estaba llena de gente y, en un momento dado, Jake echó a Laura a un lado y la abrazó.

–Llevo deseando hacer esto desde que te vi ayer –murmuró él.

–¿Ayer?

–Pensé que habías venido para apoyar a tu padre. Si hubiese sabido que venías por mí...

Él no podía esperar. Igual que el primer día en el jardín, necesitaba besarla y es lo que hizo. Ella lo rodeó por el cuello y lo besó también, provocando que el deseo se apoderara de ellos de forma desenfrenada.

Pero no podían satisfacerlo en un espacio público.

Tenían que continuar.

Y eso es lo que hicieron.

Juntos.

EMMA
DARCY

# BIANCA™

# EMMA DARCY

## UNA OFERTA INCITANTE

HARLEQUIN™

Capítulo 1

**E**S COMO la vela de un barco, mamá! –exclamó Theo cuando llegaron al edificio más famoso de Dubai, el hotel Burj al-Arab, el único hotel de siete estrellas del mundo.

Tina Savalas sonrió, mirando a su precioso hijo de cinco años.

–Sí, es verdad.

Construido en una isla artificial, la enorme estructura blanca tenía la elegancia de una gigantesca vela movida por el viento. Su hermana, Cassandra, le había dicho que era absolutamente fabuloso, algo que tenían que ver mientras estaban en Dubai, de paso hacia Atenas.

En realidad, alojarse en el hotel costaba miles de dólares por noche y solo los multimillonarios, para quienes el precio era irrelevante, podían permitírselo. Gente como el padre de Theo. Sin duda, Ari Zavros habría ocupado una de las lujosas suites con mayordomo privado mientras iba de Australia a Grecia, olvidando por completo su «encantador episodio» con ella.

Tina intentó apartar de sí tan amargo pensamiento. Ari Zavros la había dejado embarazada, pero era culpa suya. Había sido una ingenua al creer que estaba tan enamorado como lo estaba ella. Además, ¿cómo iba a lamentar haber tenido a su hijo?

Theo era el niño mas adorable del mundo y, de vez en cuando, pensar en todo lo que Ari estaba perdiéndose le daba una perversa satisfacción.

El taxi se detuvo en la entrada de seguridad, donde varios empleados se encargaban de que solo entrasen los clientes, y su madre sacó la reserva que demostraba que iban a tomar el té allí. Bueno, en realidad no era un té, sino un almuerzo completo. Incluso eso costaba ciento setenta dólares por persona, pero habían decidido que era una experiencia única en la vida.

El guardia de seguridad le hizo un gesto al taxista para que atravesara el puente que llevaba a la entrada del hotel.

—¡Mira, mamá, un camello! —gritó Theo.

—Sí, cariño, pero no es de verdad. Es una estatua.

—¿Puedo sentarme en él?

—Preguntaré si puedes hacerlo, pero más tarde, cuando nos marchemos.

—Y hazme una foto para que pueda enseñársela a mis amigos —insistió el niño.

—Tendrás montones de fotos que enseñar de este viaje —le aseguró Tina.

Bajaron del taxi para entrar en un vestíbulo fabuloso, tanto que se quedaron parados mirando los techos artesonados y las enormes columnas. Había balcones en cada planta, pero tantos que no podían contarlos.

Los techos estaban pintados en azul agua, verde y dorado, con miles de lucecitas incrustadas que titilaban como estrellas.

Cuando por fin bajaron la cabeza, delante de ellos y dividiendo dos grupos de ascensores, había una maravillosa cascada de fuentes con los mismos colores que el techo. Los ascensores estaban flanqueados por enormes acuarios de peces tropicales que nadaban entre las rocas y el follaje acuático.

—¡Mira los peces, mamá! —exclamó Theo.

—Esto es asombroso —murmuró la madre de Tina.

—Desde luego —asintió ella.

—A tu padre siempre le gustó la arquitectura del viejo mundo. En su opinión, nada podía ser más hermoso que una catedral o un palacio europeo, pero esto es absolutamente espléndido. Ojalá pudiese verlo...

Su padre había muerto un año antes y su madre seguía llevando luto. Y Tina también lo echaba de menos. A pesar de haberle dado un disgusto al quedar embarazada sin haberse casado, su padre la había apoyado y había sido un maravilloso abuelo para Theo, orgulloso de que le hubiera puesto su nombre.

Era una pena que no hubiese vivido lo suficiente para ver a Cassandra casada. Su hermana mayor lo había hecho todo bien: había tenido éxito en su carrera como modelo sin dar nunca el menor escándalo, se había enamorado de un fotógrafo... griego, además, que quería que su boda tuviese lugar en Santorini, la más romántica de las islas griegas.

Su padre se habría sentido orgulloso de llevar a Cassandra, su «hija buena», al altar. Pero al menos la «hija mala» le había dado la alegría de llevar un hijo a la familia. No tener hijos varones había sido una desilusión para él, pero Tina se decía a sí misma que lo había compensado con Theo. Y ella lo había ayudado mucho en el restaurante, haciendo las cosas como las hacía él cuando se puso enfermo.

Pero, aunque creía haberse redimido a ojos de su padre, no podía olvidar la pena de haberse entregado a Ari Zavros y que él se hubiera marchado sin mirar atrás. Solo Theo había conseguido que no se hundiera.

Él hacía que la vida mereciese la pena. Además, había muchas cosas de las que disfrutar... como aquel fabuloso hotel, por ejemplo.

El ascensor los llevó al Bar SkyView, en el piso veintisiete, y atravesaron un corredor de mosaicos con una interminable alfombra en forma de pez. Su madre iba señalando los jarrones con rosas colocados por todas partes, cientos de ellas...

Todo era increíblemente opulento, increíblemente fabuloso.

En el vestíbulo fueron recibidos por un empleado que los llevó al salón de té. Allí la decoración era en tonos verdes y azules con cenefas blancas, como si fueran blancas crestas de olas. Fueron sentados en cómodos sillones cerca de un ventanal desde el que había una fabulosa vista de la ciudad de Dubai y la isla de Palm Jumeirah, donde los más ricos del mundo tenían mansiones frente al mar.

Nada que ver con Sídney, pensó Tina. Pero aquel día estaba disfrutando de aquella vida de ensueño, se dijo, sonriendo al camarero, que les ofrecía una carta interminable.

Tina no sabía si iba a poder comer tanto, pero estaba decidida a disfrutar todo lo posible.

Su madre estaba sonriendo.

Theo no dejaba de mirar por la ventana, entusiasmado.

Aquel era un buen día.

Ari Zavros estaba aburrido. Había sido un error pedirle a Felicity Fullbright que lo acompañase a Dubai aunque, por otra parte, eso había dejado claro que no podría soportarla como compañera durante mucho tiempo. Felicity *tenía* que hacer ciertas cosas y no había manera de convencerla de lo contrario. Como, por ejemplo, tomar el té en el hotel Burj al-Arab.

–He tomado el té en el Ritz y el Dorchester en Londres, en el Waldorf Astoria en Nueva York y en el Empress de Vancouver. No puedo perderme este hotel –había insistido–. Además, la mayoría de los jeques han sido educados en Inglaterra, ¿no? Seguramente saben más de té que los propios ingleses.

Nada de relajarse entre conferencias sobre el proyecto de construcción en Palm Jumeirah, pensó Ari. No, tuvieron que visitar la famosa pista interior de esquí, el acuario Atlantis y, por supuesto, las tiendas en las que Felicity esperaba que le comprase todo lo que se le antojaba.

No se contentaba con su compañía y Ari estaba harto de ella. Lo único bueno de Felicity Fullbright era que al menos en la cama cerraba la boca.

Por eso le había pedido que lo acompañase a Dubai, pero la esperanza de que fueran compatibles en otros aspectos se había ido por la ventana prácticamente en cuanto subieron al avión.

Lo bueno de Felicity no compensaba lo malo y estaba deseando librarse de ella. Una vez que llegasen a Atenas, la enviaría de vuelta a Londres para no volver a verla nunca más. No pensaba invitarla a la boda de su primo en Santorini. Su padre podía protestar todo lo que quisiera sobre su soltería; no iba a casarse con la heredera Fullbright.

Tenía que haber alguna mujer en el mundo a quien pudiese tolerar como esposa, pero debía seguir buscando.

Su padre tenía razón: era hora de que formase una familia. Además, él quería tener hijos... en realidad, siempre había disfrutado mucho con sus sobrinos. Pero encontrar a una mujer que pudiese darle hijos y con la que se llevara bien no parecía ser tarea fácil.

Estar locamente enamorado como su primo George no era necesario. De hecho, después de haber sufrido por culpa de una pasión loca en su juventud, Ari no quería volver a pasar por ello. Y, con ese objetivo en mente, había desarrollado una armadura de acero alrededor de su corazón para no volver a perder la cabeza por ninguna mujer.

Una relación debía satisfacerlo a todos los niveles para que fuese viable y su insatisfacción con Felicity aumentaba por segundos.

En aquel momento estaba poniendo a prueba su paciencia haciendo millones de fotografías en el vestíbulo del hotel. No era suficiente con mirar y disfrutar. No, ella usaba la cámara hasta agotarla, haciendo fotografías que éxaminaba al detalle para luego descartar la mayoría de ellas.

Otra costumbre suya que detestaba. A él le gustaba vivir el momento.

Por fin llegaron al ascensor y, unos segundos después, un camarero los acompañaba a una mesa en el bar SkyView.

¿Pero se sentó Felicity para disfrutar de la vista? No, la situación no era perfecta para ella.

–Ari, no me gusta esta mesa –susurró, sujetándolo del brazo.

–¿Qué le pasa a la mesa? –preguntó él, intentando contener su irritación.

Felicity le hizo un gesto, indicando la mesa de al lado.

–No quiero sentarme al lado de un niño. Seguramente se pondrá a gritar y nos estropeará la tarde.

Ari miró al grupo familiar sentado a la mesa. Un niño de unos cuatro o cinco años miraba por la ventana. A su lado había una mujer muy guapa con una estructura ósea como la de Sophia Loren y el ondulado pelo oscuro con mechones grises que no se molestaba en teñir, seguramente porque no le hacía falta. Probablemente la abuela del niño. Al otro lado, de espaldas a él, había otra mujer de pelo negro cortado a la moda, mucho más joven y esbelta. Seguramente sería la madre del niño.

–No te va a estropear el té, Felicity. Además, el resto de las mesas están ocupadas.

Habían llegado tarde... más tarde de lo que deberían debido a las fotografías que Felicity había insistido en tomar en el vestíbulo. Tener que soportar las manías de aquella mujer estaba poniendo a prueba su paciencia.

–Pero si se lo pides al maître, seguro que podrá arreglarlo –insistió ella.

–No voy a hacer que nadie se levante de su silla –le advirtió Ari, molesto–. Siéntate y disfruta del té.

Felicity hizo un puchero mientras echaba su rubia melena hacia atrás pero, por fin, se sentó.

El camarero les sirvió dos copas de champán y charló brevemente con ellos mientras les ofrecía la carta.

–¿Por qué tienen todas esas hamacas colocadas en fila, *yiayia*?

Era el niño quien había preguntado y Felicity volvió a hacer un puchero, irritada.

Ari reconoció el acento australiano y eso despertó su curiosidad.

–La playa es del hotel, Theo. Y las hamacas están colocadas así para que los clientes se pongan cómodos –respondió su abuela, con acento griego.

–En Bondi no están así –insistió el niño.

–Porque Bondi es una playa pública.

–¿Puedo bajar a la playa, *yiayia*?

–Solo se puede bajar a la playa si te alojas en el hotel, cariño.

–Entonces, Bondi es mejor –concluyó el crío, volviéndose de nuevo hacia el ventanal.

Un australiano igualitario incluso a tan temprana edad, pensó Ari, burlón.

Felicity suspiró.

–Vamos a tener que oírlo charlotear toda la tarde.

No sé por qué la gente trae niños a sitios como este. Deberían dejarlos con las niñeras.

–¿No te gustan los niños? –le preguntó Ari.

En realidad, esperaba que dijese que no. Esa sería una excusa perfecta para romper con ella.

–En su sitio y en su momento –respondió Felicity.

O sea: lejos, donde no molestasen.

–Yo creo que la familia es muy importante –insistió Ari–. Y cuando tenga hijos, los llevaré a todas partes.

Eso la calló momentáneamente.

Pero aquella iba a ser una tarde muy larga.

Al escuchar la voz del hombre que estaba sentado en la mesa de al lado, Tina sintió que se le erizaba el vello de la nuca.

Esa voz tan masculina le recordaba otra que la había seducido; la que la había hecho creer que era más especial que ninguna otra mujer en el mundo.

Pero no podía ser Ari.

Además, era absurdo pensar en él. Seis años antes, Ari Zavros había desaparecido de su vida y nunca había vuelto a Australia porque no tenía el menor interés en seguir en contacto con ella.

No, imposible, no podía ser él.

En cualquier caso, sería mejor seguir dándole la espalda. Si era Ari la y la reconocía... no quería ni pensar en ello. No estaba preparada para encontrarse con él, especialmente estando con su madre y con Theo.

Aquello no podía pasar, era cosa de su imaginación. El extraño estaba con una mujer a la que había oído protestar por la presencia de Theo; una queja absurda porque su hijo era un niño muy bien educado. En fin, no debería perder el tiempo pensando en ellos, se dijo.

Suspirando, Tina tomó la taza de té y respiró su aroma. Perlas de Jazmín se llamaba. Y olía a jazmín, como si lo hubieran hecho destilando esa flor.

Ya habían tomado una deliciosa carne Wellington servida con puré de remolacha, pero al lado de la mesa había un carrito con más aperitivos, servidos en bandejas de colores. En una de ellas había sándwiches de huevo hilado, de salmón ahumado, de crema de queso con pepino. En otra, *vol-au-vents* de marisco, carne, pollo...

¡Era imposible comérselo todo!

Como era de esperar, Theo quiso probar el pollo y su madre cualquier cosa que llevara queso, de modo que ella podía tomar el marisco que tanto le gustaba.

Un camarero se acercó con una nueva bandeja, pero los tres la rechazaron porque aún les quedaba el menú degustación de postres, que incluía bollos con pasas, nata y varias mermeladas... incluso una de fruta de la pasión que Tina no había probado nunca.

No iba a dejar que Ari Zavros le quitase el apetito, pensó.

En la mesa de al lado, era la mujer quien hablaba sin parar, comparando aquel té con otros que había disfrutado en famosos hoteles del mundo. El hombre se limitaba a emitir murmullos de asentimiento.

–Cuánto me alegro de que hayamos parado en Dubai –dijo su madre–. La arquitectura de esta ciudad es asombrosa. Y pensar que lo han hecho todo en treinta años... eso demuestra lo que se puede hacer en estos tiempos.

–Si hay dinero para hacerlo y se paga una miseria a la mano de obra –le recordó Tina.

–Bueno, al menos ellos tienen dinero. Y estas construcciones atraen a muchos turistas que generan beneficios.

–Sí, claro –Tina sonrió–. Yo también me alegro de que hayamos venido. Es un sitio asombroso.

Su madre se inclinó hacia delante para decirle en voz baja:

–En la mesa de al lado hay un hombre guapísimo. Yo creo que debe de ser una estrella de cine o algo así. Míralo, a ver si tú lo reconoces.

A Tina se le encogió el estómago. Ari Zavros era un hombre increíblemente guapo, pero no podía ser él. En fin, una miradita rápida aclararía el asunto del todo...

Pero la sorpresa de ver al hombre al que no había esperado volver a ver nunca la dejó sin aire.

–No creo que sea un actor –consiguió decir cuando por fin pudo recuperar el aliento.

Afortunadamente, él no estaba mirándola en ese momento.

¡Ari!

Seguía siendo un hombre muy apuesto, con su espesa melena de color castaño claro, la piel morena, sus fuertes facciones masculinas suavizadas por unos labios perfectos y unos ojos de color ámbar... unos ojos que Theo había heredado. Gracias a Dios, su madre no había notado el parecido.

–Bueno, pues debe de ser alguien conocido –insistió Helen.

–No lo mires, mamá –murmuró Tina.

–Pero si es él quien no deja de mirarnos.

¿Por qué?, se preguntó ella, angustiada.

¿Su acento australiano le habría recordado los tres meses que pasó en Sídney?

No podía haberla reconocido de espaldas. Además, antes su pelo era largo y ondulado.

¿Se habría dado cuenta del parecido de Theo?

No, imposible. ¿Cómo iba a pensar que el niño se parecía a él? A menos que fuera dejando niños huérfanos de padre por todo el mundo...

Tina intentó calmarse. Ari había usado preservativos y no podía imaginar que el «sexo seguro» no había sido tan seguro después de todo.

Como Ari y su acompañante habían llegado después, era inevitable que ellos se fueran antes. Tendría que pasar al lado de su mesa y, si la miraba a la cara...

Tal vez no la recordaría, pensó. Al fin y al cabo, habían pasado seis años y tenía un aspecto diferente. Además, Ari habría tenido tantas relaciones desde entonces que seguramente ni se acordaría de ella. Pero si la reconocía... no quería ni pensar en las complicaciones.

Tina no quería saber nada de Ari Zavros. Esa era una decisión que había tomado antes de revelar el embarazo a sus padres y sería insoportable que cuestionase la paternidad del niño o que quisiera compartir las responsabilidades con ella... entrando y saliendo de su vida, haciéndola sentir como una tonta por haberlo amado tan ciegamente.

No había sido fácil mantenerse firme cuando su padre exigió saber el nombre del padre de Theo, pero lo hizo. Fuera acertada o no esa decisión, era algo que no había lamentado nunca.

Incluso recientemente, cuando Theo le preguntó por qué él no tenía un padre como los demás niños, no se había sentido culpable al responder que algunos niños solo tenían madres. Estaba convencida de que Ari podría ser una terrible influencia en sus vidas y ella no quería darle esa oportunidad.

Pero aquel horrible truco del destino podría ser una catástrofe, de modo que tenía que evitar una confrontación.

Tina intentó contener el pánico. Aquello no tenía por qué ser una catástrofe. Ari estaba acompañado y no iba a ponerse a discutir con ella en un sitio público. Además, era más que posible que no la reconociera. Pero, por si acaso, tendría que hacer que su madre se llevase a Theo.

No podía arriesgarse.

# Capítulo 2

**E**L RESTO de la tarde fue una pesadilla para Tina. Le resultaba imposible concentrarse en los fabulosos platos que servía el camarero e incluso, más difícil, apreciar los sabores. Se sentía como Alicia en la fiesta del sombrerero loco, con la reina a punto de ordenar que le cortasen la cabeza.

Su madre estaba probando la tarta de higos y un pastel de té verde mientras Theo disfrutaba de una tarta de chocolate y ella se esforzaba por probar una de caramelo. Pero enseguida el camarero se acercó con otra bandeja de tentaciones: fresas mojadas en chocolate blanco, tarta de merengue de limón, una bola de fruta de la pasión con un centro líquido y más y más...

Tina debía fingir que estaba disfrutando mientras tenía el estómago encogido por la inesperada presencia de Ari a su lado.

Le dolía la cara de tanto sonreír como si no pasara nada y, en silencio, maldijo a Ari Zavros por estropear la que debería haber sido una experiencia fabulosa. El miedo de que pudiese estropearla aún más la tuvo angustiada hasta que, por fin, su madre decidió que habían comido suficiente y sugirió que

volviesen al vestíbulo para seguir admirando el hotel.

—Quiero ver el pez otra vez, *yiayia* —dijo Theo—.
¡Y quiero sentarme en el camello!

Aquel era el momento que Tina había temido,
pero incluso había planeado lo que iba a decir:

—Lo mejor sería que fueses al baño antes de mar-
charnos, cariño. ¿Te importa llevarlo, mamá? Quiero
hacer unas cuantas fotografías desde el ventanal.

—Muy bien, como quieras —asintió Helen.

—Nos vemos en los ascensores.

—Vamos, Theo.

Misión cumplida, pensó Tina. Si pudiera pasar
al lado de Ari sin que la reconociera, sería fantástico. Pero si ocurría lo peor y la reconocía, al menos
lidiaría con la situación sin tener que pensar en Theo.

Con el bolso colgado al hombro, tomó la cámara
e hizo unas cuantas fotografías desde el ventanal. Y
luego, con el corazón dando saltos dentro de su pecho, se volvió por fin con la intención de pasar al
lado de la mesa a toda velocidad.

Pero Ari Zavros estaba mirándola fijamente y, de
inmediato, supo que la había reconocido. Y esa mirada la dejó clavada al suelo, como un conejo ce-
gado por los faros de un coche.

—Christina... —Ari pronunció su nombre con tono
de sorpresa mientras se levantaba de la silla.

No había posibilidad de escapar, pensó ella. Sus
pies no parecían recibir los mensajes que enviaba
su cerebro.

Ari se disculpó con la mujer que lo acompañaba,
que se volvió para mirarla con cara de irritación.

Rubia, de pelo largo, ojos azules y complexión de porcelana. Sí, definitivamente una mujer muy guapa. ¿Otro «grato recuerdo» para Ari o sería algo más serio?

Daba igual. Lo único que importaba era terminar con aquello cuanto antes.

Pero Ari se acercó con una mano extendida y una sonrisa en los labios.

—Te has cortado el pelo —le dijo, como si eso fuera una vergüenza.

La vergüenza en la que la sumió su partida no parecía importarle en absoluto.

—Me gusta corto —replicó Tina, recordando a su pesar cómo le gustaba a Ari jugar con sus rizos, enredarlos en sus dedos, besarlos.

—¿Qué haces en Dubai?

—Estoy de paso. ¿Y tú?

Ari se encogió de hombros.

—He venido por un asunto de negocios.

—Mezclados con el placer —dijo ella, burlona—. Pero no quiero interrumpirte. Después de tanto tiempo, ¿qué más podemos decirnos?

—Solo que me alegro de volver a verte. Incluso con el pelo corto —replicó Ari, con una de esas sonrisas que una vez la habían dejado sin aliento.

¿Cómo se atrevía a flirtear con ella estando acompañado? ¿Cómo se atrevía a flirtear con ella cuando la había utilizado para olvidarla después?

Lo odiaba por decir que se alegraba de verla cuando ella se sentía tan angustiada. Le gustaría borrar esa sonrisa de sus labios, darle una bofetada por tener la arrogancia de dirigirse a ella, pero lo más digno, lo más sensato, era despedirse.

–Ahora soy una persona diferente –le dijo, sin embargo–. En fin, si me perdonas... mi madre está esperándome.

Por fin, sus pies obedecieron la orden de moverse... pero Ari la tomó del brazo, mirándola a los ojos como si no entendiera por qué parecía tan enfadada.

–Ese niño... ¿te has casado?

Tina apretó los dientes. Debería decir que sí y marcharse. Dejarlo pensar que estaba casada y no había sitio para él en su vida, así se libraría de Ari Zavros para siempre.

«¡Hazlo!», le pedía su cerebro.

Pero otra vocecita le decía: «Cuéntale la verdad».

Aquel era el padre de Theo y debería enfrentarse con esa verdad. Sin pensar, incapaz de contenerse, le espetó:

–No estoy casada y sí, Theo es mi hijo.

Ari frunció el ceño.

Ah, claro, no le gustaba que fuese madre soltera. No era libre, estaba atada a un niño. Y a Ari Zavros no le gustaban las ataduras.

Eso la enfureció aún más y, sin pensar, le echó a la cara la amarga verdad:

–Y es hijo tuyo.

Él la miró, estupefacto.

La sonrisa seductora había desaparecido por completo.

Experimentando una fiera y primitiva satisfacción, Tina pasó a su lado para dirigirse a los ascensores. Estaba segura de que no la seguiría. Aparte de haberlo dejado de una pieza, estaba con otra mujer y, además, no creía que quisiera complicarse la vida con un hijo ilegítimo.

En cualquier caso, tenía que salir del hotel lo antes posible. No iban a quedarse admirando el vestíbulo. Le diría a su madre que no se encontraba bien... y era cierto, además. Tenía el estómago revuelto.

No debería haberle contado que Theo era hijo suyo, pensó. Había sido una locura. Además, no contaba con cuánto seguía afectándola aquel hombre. Pero, con un poco de suerte, eso no cambiaría nada. Para empezar, Ari no querría creerla. Los hombres solían negar las demandas de paternidad... aunque ella no tenía la menor intención de pedirle nada. En cualquier caso, había sido una estupidez abrir esa puerta cuando lo que quería era que no volviese nunca a su vida.

«Por favor, que no venga tras de mí».

«Que siga adelante con su vida y me deje en paz para vivir la mía».


Ese niño... ¿era hijo suyo?

¿Su hijo?

Cuando por fin se recuperó de la sorpresa, Ari se dio la vuelta para mirar a la mujer que acababa de anunciar que era la madre de su hijo.

Christina Savalas no había esperado para capitalizar esa información. Después de soltar la bomba, se alejaba de él como si no quisiera volver a verlo.

¿Sería verdad?

Ari hizo un rápido cálculo... había estado en Australia seis años antes y el niño parecía tener unos cinco. Pero tendría que saber su fecha de nacimiento para estar seguro del todo.

Christina había dicho que se llamaba Theo.

Theo... un niño que se parecía a él cuando era pequeño.

Ari sintió un escalofrío. Si Theo era hijo suyo, eso significaba que había dejado embarazada a Christina. Que había abandonado a una mujer embarazada. Pero ¿cómo podía haber ocurrido si siempre habían usado preservativos? Ni una sola vez en su vida se había arriesgado a mantener relaciones sin protección. ¿Habría habido alguna ocasión... una que él no recordase?

Sí recordaba que Christina era inocente y eso había sido algo inesperado y delicioso. No se había sentido culpable después de llevarse su virginidad. El deseo había sido mutuo y le había dado placer... un buen comienzo para una vida sexual. Cualquier hombre vería a Christina como una mujer deseable y lo más natural era que ella se hubiese sentido atraída por alguno en esos años.

Pero si la había dejado embarazada... eso habría destrozado sus planes de vida. Y esa podría ser la razón por la que Christina lo había mirado con tal odio.

Pero si ese niño era hijo suyo...

¿Por qué no se había puesto en contacto con él? ¿Por qué había tenido al niño sin decirle nada? ¿Y por qué se lo había contado de repente, durante un encuentro fortuito?

Había muchas preguntas y ninguna respuesta.

–¿Qué haces ahí? –lo llamó Felicity–. Esa mujer se ha ido.

Se había ido, pero él no la había olvidado.

—Estaba recordando cuando nos conocimos en Australia —Ari tuvo que hacer un esfuerzo para volver a su silla y portarse de manera civilizada.

—¿Qué hacías en Australia?

—Visitando la industria vitivinícola del país. Quería saber si podía mejorar la bodega de Santorini.

—¿Y esa mujer está conectada con la industria del vino?

Ari se encogió de hombros.

—Trabajaba en una campaña de publicidad de la marca Jacob's Creek.

—Ah, una modelo.

—Lo era entonces.

—Y tú lo pasaste bien con ella, claro —dijo Felicity.

Ari hizo una mueca.

—Fue hace mucho tiempo. Sencillamente, me ha sorprendido verla en Dubai.

—Bueno, pues ahora tiene un hijo —le recordó Felicity, con una sonrisa de satisfacción—. No creo que sea muy divertida.

—No, no creo que sea muy divertido ser madre soltera —replicó él, intentando contener su enfado.

—Muchas estrellas de cine son madres solteras y parecen disfrutar de ello.

Ari decidió cortar la conversación.

—¿Y yo qué sé? Solo soy un hombre.

Felicity rio, alargando una mano para ponerla sobre su pierna.

—Y uno muy guapo, cariño. Por eso no me gusta que te alejes de mí, ni un segundo siquiera.

El deseo de seguir a Christina Savalas había sido inmediato. Estaba harto de mujeres egoístas como Felicity y el recuerdo de su tiempo con ella, un tiempo dulce y encantador, había hecho que se levantara de la silla. Pero no era la Christina a la que él había conocido. ¿Cómo iba a serlo después de seis años? Era una persona diferente, ella misma lo había dicho. Pero si era la madre de su hijo tendrían que conocerse de nuevo.

La buscaría, decidió. Parecía estar haciendo turismo y seguramente no volvería a Australia en unas semanas. Sí, sería mejor esperar a que hubiese vuelto a Australia. Mientras tanto, tenía que cortar con Felicity, acudir a la boda de su primo en Santorini y luego buscar unos días libres para poder solucionar aquello.

¿Sería Theo Savalas hijo suyo?

Si la respuesta era afirmativa, tendría que hacer cambios en su vida.

Y Christina Savalas tendría que acomodarse a ello, le gustase o no.

Un padre tenía ciertos derechos y Ari no tendría el menor reparo en exigirlos.

Al fin y al cabo, la familia era la familia.

# Capítulo 3

ESPUÉS de haber visto a Ari Zavros en el hotel, Tina estuvo tensa durante el resto de su estancia en Dubai.

Aunque no pensaba que fuera a exigir sus derechos como padre y un segundo encuentro con él sería casi imposible, solo se sintió a salvo en el autobús turístico, mientras los llevaban a los sitios más interesantes de Dubai: el mercado del oro, los famosos centros comerciales, los mercados de especias.

Fue un alivio subir al avión que los llevaría a Atenas al día siguiente sin haber vuelto a saber nada de él.

En el aeropuerto los recibió su tío Dimitri, el hermano mayor de su padre, que los llevó a su restaurante debajo de la Acrópolis, donde se habían reunido todos los parientes griegos para darles la bienvenida a casa. No era el hogar de Tina y Theo ya que los dos habían nacido en Australia, pero fue interesante y divertido conocer a la familia de sus padres.

Su madre estaba feliz y Theo fue un éxito, pero Tina no podía dejar de sentirse como una extraña. Las mujeres hablaban de ella en tercera persona, como si no estuviera allí...

–Tenemos que encontrar un marido para tu hija, Helen.

–¿Por qué se ha cortado el pelo? A los hombres les gusta el pelo largo.

–Evidentemente, es una buena madre. Eso es lo más importante.

–Y si está acostumbrada a ayudar en el restaurante de su padre...

No, ayudar no, a *llevar* el restaurante, pensó Tina, observando a su tío Dimitri, que estaba continuamente vigilando a los camareros y dándoles ordenes. Todos los clientes recibían un pedazo de sandía al final de la cena, un detalle en una noche tan calurosa. La gente se marchaba contenta y eso significaba que volverían y que seguramente hablarían del restaurante a sus amistades. Era algo que podía copiar en casa, pensó.

La mayoría de las mesas estaban en la terraza, bajo árboles o sombrillas, y le gustó poder relajarse y disfrutar de Atenas.

Había un mensaje de Cassandra en el hotel diciendo que George y ella se reunirían con la familia en el restaurante y Tina los esperaba con impaciencia, deseando ver a su hermana y su prometido.

Cass había llevado a George a Sídney seis meses antes para presentarlo, pero desde entonces había estado trabajando sin descanso. Acababan de llegar de Londres y pensaban pasar la noche en Atenas antes de ir a la isla de Patmos, donde vivía la familia de su novio.

–¡Aquí están! –exclamó su madre.

Tina levantó la mirada...

Y se quedó helada.

Allí estaba su hermana, tan guapa como la modelo que era.

A su lado estaba George Carasso, sonriendo a su prometida.

Y, a su lado, Ari Zavros.

Su madre se volvió hacia ella.

—¿No es el hombre que vimos en Dubai, Tina?

Ella escuchó la pregunta, pero no pudo responder. Ya era suficientemente angustioso volver a verlo ahora que sabía que Theo era hijo suyo.

La gente se levantó y hubo intercambio de saludos, besos y abrazos. Ari fue presentado como primo hermano de George, el padrino en la boda.

¡El padrino! Y ella era la dama de honor de Cass.

La pesadilla en la que se había metido sin darse cuenta era más horrible por segundos y no parecía haber final. Sería imposible disfrutar de la boda de su hermana al lado de Ari...

Si no hubiese abierto la boca en Dubai, podría haberlo tratado como a un simple conocido. Pero a juzgar por cómo la miraba Ari, con un brillo retador en los ojos, ya no era posible.

—¿Y esta es tu hermana? —estaba diciendo.

—Sí, Tina —respondió Cassandra, abrazándola—. ¡Cuánto me alegro de verte, cariño! George y yo nos alojamos en el apartamento de Ari esta noche y, cuando le dijimos que íbamos a reunirnos todos, insistió en venir para que no os sintierais como extraños en la boda.

Extraños.

De modo que no había contado nada.

Tina esperaba con todo su corazón que no lo hiciera.

Cass tomó a Theo en brazos.

—Este niño tan guapo es mi sobrino, que va a llevar los anillos en la boda.

Ari le sonrió.

—Tu tía Cassandra me ha dicho que la semana que viene es tu cumpleaños.

Theo levantó los cinco dedos de una mano.

—Cumplo cinco años —anunció, orgulloso.

—Este mes también es mi cumpleaños —dijo Ari—. Así que los dos somos Leo.

—Soy Theo, no Leo.

Eso hizo reír a todos.

—No se refería a tu nombre, cariño —le explicó Cassandra—. Vuestro signo del zodíaco es Leo, que es un león. Y los dos tenéis los ojos de color ámbar, como los leones.

Theo señaló a Ari.

—Tienes los ojos del mismo color que yo.

Tina contuvo el aliento. Su corazón latía con tal violencia que casi le hacía daño.

—Los dos somos leones, así que me alegro mucho de conocerte —dijo Ari, volviéndose hacia ella—. Y a tu madre.

Tina suspiró, aliviada. No iba a decir nada, tal vez no lo haría nunca. Debería saludarlo, pero estaba tan nerviosa que no era capaz de articular palabra.

—¿Tina es el diminutivo de Christina?

—Sí —consiguió responder ella, con un hilo de voz.

Ari estrechó su mano y fue como recibir una descarga eléctrica, recordándole la química sexual que habían compartido en el pasado. Pero eso hizo que se rebelase. No pensaba pasar por eso otra vez, no iba a ser débil y tonta. Si iba a haber una batalla por la custodia de Theo, no pensaba dejar que Ari Zavros tuviese ningún poder sobre ella, de modo que apartó la mano a toda velocidad.

Cass y George se sentaron al lado de su madre y el tío Dimitri sacó una silla para Ari, a su lado. Era imposible protestar y, además, Ari ya había declarado su intención de «conocerla».

La situación exigía una conversación amable. Si no lo hacía, sus familiares sospecharían que ocurría algo raro. Y, aunque odiaba tener que hablar con él, intentó fingir que eran extraños.

–¿Cuándo conociste a mi hermana?

Era una buena pregunta. Necesitaba información y la necesitaba lo antes posible.

–Esta noche –respondió él, con una sonrisa–. Sabía de ella, por supuesto, pero en la familia siempre nos referíamos a ella como Cassandra, ya que así es conocida en el mundo de la moda. No sabía que su apellido fuese Savalas –añadió–. Me he enterado esta tarde, por casualidad.

–Ah, ya veo –murmuró Tina. De modo que había sabido que iba a encontrarse con ella cuando llegase al restaurante–. ¿Vives en Atenas?

–No, tengo un apartamento aquí porque me resulta conveniente. Puede usarlo cualquiera de la familia, por eso mi primo George ha decidido pasar allí la noche con Cassandra. Es más privado que ir a un hotel.

–Muy considerado por tu parte –dijo Tina, irónica–. ¿Dónde vives normalmente?

Lo único que sabía de él cuando lo conoció era
que pertenecía a una rica familia griega que tenía
algo que ver con la industria del vino. Durante el
tiempo que pasaron juntos, Ari había estado más interesado en conocer Australia que en hablar de sí
mismo.

–Tengo varios negocios, de modo que viajo a menudo, pero el hogar de mi familia está en Santorini.

–Nosotros vamos a Santorini –intervino Theo,
que parecía fascinado por Ari.

–Sí, lo sé. Y tal vez podríamos hacer algo especial para tu cumpleaños.

A Tina se le encogió el estómago. Tenía intención de acercarse a su hijo, eso era evidente.

–¿Como qué? –preguntó el niño.

–Será mejor esperar a que lleguemos allí –respondió Tina, asustada–. Has dicho que tu familia
vivía en Santorini. ¿Significa eso que estás casado?

–No, no, para disgusto de mi padre aún sigo soltero. Me refería a la casa de mi familia.

–No estás exactamente soltero –le recordó Tina.

Si pensaba volver a jugar con ella, engañando a
la rubia con la que lo había visto en Dubai, sería una
gran satisfacción rechazarlo.

–Te aseguro que lo soy, Christina –replicó él, sin
parpadear.

Tina apretó los labios. La había llamado así a
propósito, para recordarle momentos íntimos...

–¿Otro encantador episodio fácil de olvidar? –le
preguntó.

Ari frunció el ceño, como si no entendiera. Y probablemente habría olvidado cómo había descrito él mismo su relación con ella.

Pero lo recordase o no, la miró con gesto decidido.

—No tan encantador. De hecho, estar con ella ha sido una tortura –respondió, mirando a Theo–. Tal vez debería sentar la cabeza y tener hijos.

Tina tuvo que contener el deseo de levantarse. Aquello era lo último que deseaba...

—Yo no tengo padre –anunció Theo entonces–. Tuve un abuelo, pero se puso enfermo y se fue al Cielo.

—Lo siento mucho –dijo Ari.

—La gente debería saber que la responsabilidad de ser padre es algo que dura para siempre –intervino Tina.

—Estoy de acuerdo contigo –asintió él.

—Las personas que no están dispuestas a asumir su responsabilidad no deberían intentarlo siquiera. Tener hijos no es para los tarambanas.

—¿Qué son «tarambanas», mamá?

Fue Ari quien respondió:

—Gente que va y viene sin quedarse mucho tiempo en ningún sitio. No se quedan a tu lado como hacen tu mamá y tu abuela... y tus amigos. ¿Tienes amigos, Theo?

—Tengo muchos amigos –respondió el niño.

—Entonces debes de ser muy feliz...

—Muy feliz –lo interrumpió Tina, diciéndole con la mirada: «sin ti».

—Y tú debes de ser una madre muy especial, Christina –replicó Ari–. No creo que haya sido fácil criarlo sola.

–No estaba sola. Mis padres me han ayudado mucho.

–Ah, la familia –murmuró él, asintiendo con la cabeza–. Uno nunca debería darle la espalda a la familia.

El reto que había en sus ojos hizo que Tina se inclinase un poco para hablarle al oído:

–Tú le diste la espalda primero.

–Nunca le he dado la espalda a un pariente mío –replicó él, molesto–. Hay dos maneras de hacer esto, Christina, y sugiero que nos lo pongamos fácil el uno al otro.

–¿Hacer qué?

–Tú sabes a qué me refiero –Ari suspiró–. Enfrentarnos por su custodia no es en interés del niño.

–Entonces, dejemos las cosas como están.

–¿Esperas que me olvide de su existencia?

–¿Por qué no? Te has olvidado de la mía.

–Un error que pienso corregir.

–Algunos errores no se pueden corregir.

–Eso ya lo veremos.

Evidentemente, Ari estaba decidido a solicitar la custodia de Theo. No había manera de evitarlo.

Tina tuvo que hacer un esfuerzo sobrehumano para sonreír a su hijo, que estaba comiendo un trozo de sandía.

–¿Está rica? –le preguntó Ari.

Theo, con la boca llena, asintió con la cabeza y Tina torció el gesto, irritada. Seis años antes también había sido encantador con ella y no había significado nada. Pero era imposible explicarle eso a un niño de cinco años.

—Cassandra me ha dicho que ahora llevas un restaurante en la playa de Bondi –dijo Ari entonces.

—Sí, era de mi padre –respondió Tina–. Me entrenó para llevarlo cuando ya no podía hacerlo él mismo.

Otro momento duro de su vida, pensó. Pero, afortunadamente, el restaurante funcionaba a las mil maravillas.

—Imagino que trabajas muchas horas. Y, siendo madre, debe de ser difícil.

Tina lo fulminó con la mirada. ¿Qué había querido decir, que podría estar descuidando a su hijo?

—Vivimos en un apartamento encima del restaurante. Theo va a preescolar durante el día y, cuando no está conmigo, está con mi madre. Y la playa le encanta. Como tú mismo has dicho, es un niño feliz.

«Y no te necesita para nada».

—Mi mamá y yo hacemos castillos de arena –le informó Theo.

—En las islas griegas hay montones de playas –dijo Ari.

—¿Podemos ir a alguna?

—Claro, la mayoría son playas públicas. Puede ir todo el mundo.

—¿Y tienen hamacas colocadas en fila como en Dubai?

—En las playas privadas, sí.

—Pero yo no puedo ir a las playas privadas.

—Hay una muy grande donde yo vivo, en Santorini. Allí podrías construir muchos castillos de arena.

—¿Y tú me ayudarías?

Ari rio, encantado de llevarse tan bien con el niño.

—No creo que tengamos tiempo para eso —se apresuró a decir Tina.

—Tonterías —replicó él—. Cassandra me ha dicho que vais a pasar cinco días en Santorini y el cumpleaños de Theo es dos días antes de la boda. Te aseguro que haré todo lo posible para que lo pase bien. Por ejemplo, un viaje en tranvía, un paseo en burro...

—¡Un burro! —exclamó Theo.

—... un viaje en barco por las islas.

—¡Un viaje en barco, mamá! —el niño la miraba con los ojos como platos.

—Y también podemos ir a la playa para hacer castillos de arena.

—¿Podemos ir, mamá?

Theo estaba tan emocionado que llamó la atención de su madre.

—¿Qué quieres hacer, cariño?

—¡Montar en burro y dar un paseo en barco por mi cumpleaños, *yiayia*!

—Le he prometido que haremos todo eso —le explicó Ari—. Su cumpleaños en Santorini será memorable.

—Qué amable por tu parte.

Helen miraba con una sonrisa embelesada a aquel hombre que parecía una estrella de cine y que se mostraba tan amable con su nieto.

Le había tendido una trampa, pensó Tina. Con Theo y su madre del lado de Ari, tendría que apretar los dientes y soportar su presencia. No podía ser una aguafiestas porque entonces tendría que dar explicaciones que no quería dar. Tal vez en el futuro tendría que hacerlo, pero mantendría aquello entre los dos mientras fuera posible.

Además, Cass no merecía que nadie estropease el día de su boda por una situación que nunca debería haberse dado. Ese impulso loco de contarle la verdad cuando se lo encontró en Dubai podía costarle muy caro... pero el daño estaba hecho y debía contenerlo en lo posible. Al menos hasta después de la boda.

Con toda la familia mirándolos, Tina tuvo que sonreír.

—Sí, muy amable.

—Cassandra me ha dicho que os alojaréis en el hotel El Greco —dijo él, con tono arrogante, como si hubiera ganado una batalla—. Me pondré en contacto contigo en cuanto lleguéis a Santorini.

—Muy bien, de acuerdo.

Una vez decidido, Theo se dedicó a hacerle preguntas sobre la isla, que eran respondidas con buen humor por parte de Ari.

Tina se quedó en silencio, odiando a Ari Zavros por su encanto y odiándose a sí misma por haberle contado la verdad sobre el niño.

Por fin, Cass y George se excusaron para volver al apartamento y, afortunadamente, Ari se levantó también. Y cuando le ofreció su mano tuvo que aceptarla porque todos estaban mirando.

–Gracias por confiarme el cumpleaños de Theo, Christina.

–Estoy segura de que harás lo posible para que lo pase bien –respondió ella–. Durante un tiempo limitado –añadió, en voz baja.

Y eso le decía bien claro lo poco que confiaba en él.

Podría haberse ganado la confianza de Theo por un día, pero a ella no se la había ganado en absoluto.

–Ya veremos –dijo Ari, con tono arrogante.

Después de las despedidas, por fin desapareció. Pero había dejado atrás su presencia, con su madre hablando de él sin parar y Theo encantado con aquel hombre tan simpático.

No había forma de salir de la trampa.

Y Tina tenía la horrible impresión de que no la habría nunca.

# Capítulo 4

MAXIMUS Zavros estaba sentado bajo un emparrado en el patio de la casa, con vistas al mar Egeo. Era el sitio en el que solía desayunar y donde esperaba que se sentara con él cuando estaba en Santorini. Aquel día no era una excepción, pero no sentía alegría alguna; algo evidente por su ceño fruncido y la expresión furiosa con que fulminó a Ari.

–¡De modo que has vuelto a casa sin una mujer! –su padre dobló el periódico que estaba leyendo y golpeó la mesa con él, exasperado–. Tu primo George tiene dos años menos que tú, no es tan apuesto y no tiene tu dinero. Y, sin embargo, ha encontrado una esposa que lo acompañará el resto de su vida. ¿Se puede saber qué te pasa?

–Tal vez he perdido el barco –replicó él mientras se sentaba a su lado.

–¿Qué significa eso?

Ari se sirvió un zumo de naranja. Aquella iba a ser una larga conversación y tenía la boca seca, de modo que tomó un trago antes de responder:

–Significa que conocí a la mujer con la que debería haberme casado hace seis años, pero la dejé escapar y ahora tengo que recuperarla. Y no va a ser fácil porque se muestra muy hostil.

–¿Hostil? –repitió su padre–. ¿Por qué se muestra hostil? Tu madre y yo te hemos enseñado a tratar bien a las mujeres. ¿Y por qué tienes que casarte con ella? Casarte con una mujer de la que no estás enamorado no va a hacerte feliz, hijo. Pensé que tenías más sentido común.

–La dejé embarazada –dijo Ari entonces–. Sin saberlo, te lo aseguro. El niño tiene ahora cinco años...

–¡Un nieto! –exclamó Maximus. Pero luego se quedó pensativo durante unos segundos–. ¿Estás seguro de que es hijo tuyo?

–Sin la menor duda –respondió él–. El niño se parece a mí y la fecha de nacimiento coincide con el tiempo que estuve con Christina.

–¿Es posible que ella hubiera estado con otro hombre en esas fechas?

–No, estoy seguro de que no es así. Entonces teníamos una relación muy apasionada... y era virgen, papá. La conocí cuando estuve en Australia.

–¿En Australia?

Ari asintió con la cabeza.

–Christina estaba empezando una prometedora carrera como modelo... era joven, guapísima, cautivadora. Pero cuando resolví el asunto que me había llevado a Australia, me despedí de ella. No tenía planes de matrimonio en ese momento y pensé que ella tenía toda la vida por delante y no estaría interesada en atarse a un hombre.

–Australia... –su padre frunció el ceño–. ¿Cómo habéis vuelto a veros? Tú no has vuelto a Australia.

–Cuando George y su prometida se alojaron en mi apartamento de Atenas, descubrí que Cassandra y Christina eran hermanas –respondió Ari, sin hablarle del encuentro en Dubai–. Christina será la dama de honor en la boda y su hijo, Theo, mi hijo, llevará los anillos. He cenado con ellos en Atenas.

–¿Y la familia sabe que tú eres el padre de ese niño?

–No, no lo sabe nadie. Pero yo no puedo ignorarlo, papá. Aunque Christina no tiene el menor interés en compartir a Theo conmigo, he notado que la situación la tiene angustiada.

–Quiere quedarse al niño para ella sola.

–Eso es.

–Pues vas a tener que hacer que cambie de opinión.

Era un alivio que su padre hubiera llegado a esa conclusión, aunque habiendo un nieto de por medio era predecible.

–Pienso empezar a intentarlo mañana mismo. Theo cumplirá cinco años y he conseguido convencerla... o más bien manipularla para que pasaran el día conmigo.

–¿Has tenido que manipularla?

–Le he hecho una oferta que no ha podido rechazar. Que no quiera contarle a su familia que yo soy el padre del niño me da cierta ventaja. Al menos, hasta la boda de George. Sospecho que no quiere estropearle la boda a Cassandra.

–Ah, entonces le preocupa la familia. Eso me gusta. ¿Tú crees que será una buena esposa?

–Al menos le gustan los niños, algo que no se puede decir de Felicity Fullbright. Además, Christina sigue pareciéndome una mujer muy atractiva –Ari se encogió de hombros–. ¿Qué quieres que diga, papá? Lo que ha ocurrido es culpa mía.

–¿Cuándo llegan a Santorini?

–Hoy mismo.

–¿Y dónde se alojarán?

–En El Greco.

–Llamaré al director personalmente y me haré cargo de todos sus gastos –dijo Maximus–. Pediré que les pongan fruta fresca y flores en la habitación... y una selección de los mejores vinos de Santorini. Regalo de la familia Zavros. El dinero suele hacer que la gente vea las cosas de manera más positiva.

Ari se guardó su opinión al respecto, aunque su padre podría tener razón. La generosidad podría inclinar la balanza a su favor, pero él conocía lo suficiente el carácter australiano como para saber que solían ser gente práctica en cuanto al estatus social. El dinero que tuvieses en el banco no te hacía mejor que a los demás, según ellos.

Aparte de lo cual, Christina ya había demostrado ser una persona independiente y dudaba que pudiera ser comprada.

–La madre de Christina se llevará una impresión favorable –comentó–. Se llama Helen y es viuda. Estaría bien que mamá y tú os interesarais por ella durante la boda.

Su padre asintió con la cabeza.

–Naturalmente. Como abuela que es, entenderá que nosotros también queramos relacionarnos con el niño. Pienso dejar bien claros mis sentimientos sobre ese asunto.

–Helen es griega, como lo era su marido. Sus dos hijas nacieron en Australia, pero imagino que ella conoce bien las antiguas costumbres del país sobre los matrimonios concertados entre familias. Y si entiende que lo mejor para Christina y Theo sería contar con nuestro apoyo...

–Déjamelo a mí, yo me ganaré a la madre. Tú encargarte de ganarte a Christina y a su hijo. Es intolerable que nos hayan dejado fuera de su vida durante tanto tiempo.

Ese era el asunto, pensó Ari, que era el padre de Theo.

Y haría lo que tuviese que hacer para ser un buen padre.


Diez horas en un ferry desde Atenas a Santorini eran muchas horas. Pero Theo estaba fascinado por las olas, de modo que Tina pasó gran parte del tiempo en cubierta con él mientras su madre se relajaba en el camarote leyendo un libro.

Pasaron frente a muchas islas, la mayoría de ellas desiertas y poco atractivas. En opinión de Tina, no eran tan bonitas como las islas tropicales de su país, de modo que resultaba decepcionante. Claro que esas islas no eran una atracción turística como Mykonos, Paros, Naxos y, sobre todo, Santorini.

Pero cuando el ferry llegó a puerto entendió por fin la atracción de un paisaje creado por erupciones volcánicas que habían devastado antiguas civiliza-

ciones. El agua era de un azul precioso y los pue-
blecitos blancos, tan típicos de las islas griegas, brillaban bajo el último sol de la tarde.

Le gustaría que Ari Zavros no viviese en aquella
isla. Tina había estado deseando llegar a Santorini y
decidió disfrutar a pesar de él. Si tuviese un poco de
vergüenza, se olvidaría del tema de la paternidad y
entendería que no había sitio en la vida de Theo para
él después de tantos años. Y, por supuesto, ella no tenía el menor deseo de hacerse un sitio en la suya.

En la terminal del ferry los esperaba un minibús
y Theo se mostró encantado al ver cómo tomaba
las terribles curvas de la carretera que los llevaría a la
cima del acantilado. Afortunadamente, el minibús
parecía muy seguro y la vista era magnífica.

El hotel El Greco estaba al otro lado de la isla,
construido en terrazas naturales que iban descen-
diendo por la ladera de la montaña, con piscinas en
cada una de ellas. Todos los edificios estaban pintados en azul y blanco y los jardines parecían casi
tropicales, con montones de buganvillas y flores de
hibisco.

El área de recepción era fresca y espaciosa, ele-
gantemente decorada y con vistas al mar. Un sitio
muy atractivo, pensó Tina. Un sitio para relajarse...
pero la relajación terminó en cuanto llegaron al mos-
trador de recepción.

–Ah, señora Savalas, un minuto, por favor. Debo
informar al gerente de su llegada –el recepcionista
les obsequió con una sonrisa que a Tina le pareció
exagerada mientras levantaba el teléfono–. Acaba
de llegar la familia Savalas.... sí, muy bien.

Un hombre con traje de chaqueta salió de la oficina y se acercó a ellos con una sonrisa parecida a la del recepcionista.

–¿Hay algún problema? –le preguntó su madre, sorprendida.

–No, en absoluto, señora Savalas. Les hemos alojado en habitaciones de la primera terraza para que tengan más fácil acceso al bar y al restaurante. Si necesitan algo, solo tienen que pedírmelo.

–Qué amable –su madre sonrió, aliviada.

–Tengo instrucciones del señor Zavros para tratarlos con especial atención.

–Sí, pero... –Helen miró a Tina, que había apretado los puños instintivamente al escuchar el apellido Zavros–. Es muy amable por parte de Ari Zavros pero...

–No, no, es Maximus Zavros quien ha dado la orden –la corrigió el gerente–. Tengo entendido que el sobrino del señor Zavros va a casarse con su hija y la familia es la familia. No tendrán que pagar nada durante su estancia en El Greco, así que guarde su tarjeta de crédito, señora Savalas. Aquí no la necesitará.

Su madre sacudió la cabeza, incrédula.

–Pero si ni siquiera conocemos a Maximus Zavros.

–Han venido ustedes a la boda de su sobrino, ¿no?

–Sí, claro. Pero no sé si puedo aceptar esto...

–¡Debe hacerlo! –exclamó el gerente, horrorizado–. El señor Zavros es un hombre muy poderoso en Santorini. Es el propietario de la mitad de la isla y se sentiría ofendido si no aceptasen su hospitalidad. Y me culparía a mí si así fuera, señora Savalas.

Por favor... le suplico que disfrute de su estancia aquí sin preocuparse por nada.

–Bueno... –su madre estaba desconcertada, pero miró a Tina con gesto decidido–. Hablaremos con Ari mañana.

Ella asintió, pero sabía que su sueño de que Ari Zavros desapareciera y la dejase en paz estaba cada vez más lejos. No podía creer que aquello fuera simple hospitalidad griega. La frase «la familia es la familia» había sido como un puñetazo en el estómago para ella. Tenía la horrible impresión de que Ari le había contado la verdad a su padre... solo así tendría sentido que se mostrase tan atento con unos desconocidos.

–Permitan que las acompañe a sus habitaciones –se ofreció el gerente–. No se preocupen por el equipaje, el botones se encargará. Quiero comprobar que todo está a su gusto.

Las dos habitaciones eran preciosas, cada una con un balcón en el que había una mesa y varias sillas para tomar el aire. Las bandejas de fruta, los vinos del país y los enormes ramos de flores también parecían ser un regalo de los Zavros.

Su madre estaba encantada, pero Tina lo miraba todo con expresión recelosa y Theo solo estaba interesado en bajar a la piscina.

Cuando llegó su equipaje, Tina dejó a su madre en la habitación que compartiría con Cassandra antes de la boda y llevó a Theo a la suya. En unos minutos habían encontrado los bañadores en la maleta y, deseando salir de la habitación que parecía oler a los Zavros, bajó con su hijo a la piscina.

Mientras Theo chapoteaba, riendo, ella tuvo una horrible premonición.

El hijo de Ari. El nieto de Maximus Zavros.

¿Pensaban solicitar oficialmente la custodia del niño?

A la gente como ellos seguramente no le importaba destrozar la vida de los demás. Si querían algo, lo conseguían. Como las habitaciones en el hotel. Casi cualquier cosa podía ser manipulada con dinero.

Y Tina no podía evitar sentir miedo del futuro. Estaría en una isla, la isla de los Zavros, durante los próximos cinco días y sería imposible no conocer a la familia de Ari porque, naturalmente, acudirían a la boda.

Irónicamente, haberle echado en cara en Dubai que era el padre de su hijo ya no era un error mayúsculo porque se hubiera enterado en la boda de cualquier modo. Aparentemente, desde que Cassandra se prometió con George había sido inevitable que se encontrase con Ari.

La cuestión era cómo lidiar con ello.

¿Debería contarle a su madre la verdad?

Le dolía la cabeza al pensar en lo que podría pasar si revelaba su secreto. No, sería mejor esperar, decidió. Al menos hasta el día siguiente, después de haber hablado con Ari. Entonces se habría hecho una idea de qué quería y qué podía hacer ella al respecto.

Al día siguiente era el cumpleaños de Theo.

El primero que pasaría con su padre.

Tina sabía que iba a odiar cada minuto.

ESTABAN a punto de ir al restaurante a desayunar cuando Ari llamó a su habitación. Nerviosa, Tina insistió en que su madre fuera con Theo mientras ella hablaba con «aquel hombre tan simpático» para saber con qué iba a tener que lidiar ese día.

–Le has contado a tu padre lo de Theo, ¿verdad?

–Sí, lo he hecho –respondió él–. Mi padre tiene derecho a saberlo, como lo tengo yo. Un derecho que tú me has negado durante cinco años, Christina.

–Tú dejaste bien claro que no querías saber nada de mí.

–Y tú podrías haber intentado localizarme. Mi familia es muy conocida en Grecia y una simple búsqueda en Internet...

–Sí, claro –lo interrumpió Tina–. Puedo imaginar cuánto te habría gustado que una mujer de la que no querías saber nada te persiguiera. Cualquier contacto por mi parte y habrías salido corriendo.

–No si me hubieras dicho que estabas embarazada.

–¿Me habrías creído?

Ari vaciló durante un segundo y esa vacilación confirmó las dudas de Tina.

–Habíamos usado protección. No pensé que esto pudiera pasar –dijo Ari después, intentando justificarse–. Pero al menos habría intentado averiguar si era verdad.

–Ah, claro. Habrías desconfiado de mí.

–En cualquier caso, la situación ahora es diferente y no pienso estar alejado de mi hijo por más tiempo.

Su tono implacable dejaba bien claro que iba a solicitar la custodia legal de Theo. Pero necesitaba tiempo, pensó. Intentando controlar el pánico, Tina decidió negociar con él.

–En Atenas dijiste que podríamos hacer esto de la manera más fácil o más difícil –le recordó.

–Y lo decía en serio. ¿Quieres sugerir algo?

–Una vez me cambiaste la vida y supongo que nada podrá evitar que vuelvas a hacerlo. Pero por favor, no estropees la boda de mi hermana. Eso sería muy egoísta... algo típico en ti, por cierto. Pero si no le cuentas nada a nadie, intentaré ponértelo fácil para que conozcas a tu hijo en los próximos días.

El silencio que siguió a su oferta le estaba destrozando los nervios, pero Tina apretó los dientes.

–¿Cuándo fui egoísta contigo mientras estábamos juntos, Christina? –le preguntó Ari entonces, indignado.

–Me hiciste creer algo que no era verdad... para tu propio beneficio –le espetó ella–. Y si le haces eso mismo a Theo, te juro que lo pagarás muy caro.

–¡Ya está bien! –exclamó él entonces–. Acepto el acuerdo: no diré nada durante la boda. Pero nos veremos en el hotel en una hora y pasaremos el día juntos, con nuestro hijo.

Después de decir eso cortó la comunicación y Tina colgó el auricular con manos temblorosas. Al menos no estropearía la boda de Cass, pensó. En cuanto al resto... lo único que podía hacer era lidiar con aquella situación día a día.

Ari estuvo una hora recordando el ofensivo comentario de Christina, furioso y resentido. Él no estaba acostumbrado a que lo insultasen y tampoco a sentirse tan agitado por una mujer. Era por Theo, razonó. Era natural que cualquier cosa relativa a su hijo lo afectase.

En cuanto a Christina, su hostilidad hacia él no era razonable en absoluto. Ari recordaba haberle hecho regalos, haberle dicho las cosas que todas las mujeres querían escuchar... ningún otro hombre podría haber sido mejor amante para ella.

¿Era culpa suya que el preservativo hubiera fallado, dejándola embarazada?

Él no había querido arruinar su vida. De haberlo sabido, habría lidiado de manera honorable con la situación. Christina podría haber vivido rodeada de lujos durante esos años y siendo parte de una familia en lugar de lidiar sola con la maternidad.

Había sido su decisión tener a Theo sola. No había dejado que él tuviese nada que ver, de modo que si alguien merecía ser criticado por aquella situación, era ella. Había sido muy egoísta por parte de Christina negarle la paternidad de Theo.

Sin embargo, no había nada egoísta en no querer arruinar la boda de su hermana.

Y no recordaba que Christina hubiera sido egoísta en absoluto mientras estaban juntos. Nada que ver con Felicity Fullbright. De hecho, todo lo contrario; una delicia de persona en todos los sentidos.

Poco a poco, se calmó lo suficiente como para recordar sus palabras de condena: «Me hiciste creer algo que no era verdad para tu propio beneficio».

¿Qué le había hecho creer?

La respuesta era muy sencilla, por supuesto. Christina era entonces joven e inexperta y posiblemente habría interpretado sus cariñosas palabras como genuino amor por ella. De modo que cuando se marchó de Australia debió de sentirse dolida. Tanto que probablemente no había querido hablarle del embarazo porque no podía soportar la idea de volver a verlo.

Y seguramente también habría temido que le hiciese daño a Theo... fingiendo quererlo para abandonarlo después.

Tenía que hacerla cambiar de opinión sobre él, decidió. Hacerla entender que él nunca abandonaría a su hijo, demostrarle que Theo sería recibido en su familia con los brazos abiertos.

En cuanto a convencerla para que se casaran... eso no iba a ser tan fácil. Ella lo fulminaría con esos ojos negros suyos si intentaba seducirla.

Entonces ¿qué podía hacer?

Christina acababa de ofrecerle un trato.

¿Por qué no ofrecerle uno a ella?

Un trato tan atractivo que no pudiese rechazarlo.

Ari iba dándole vueltas a la cabeza mientras se dirigía al hotel...

—Parece un dios griego —comentó su madre con tono admirativo cuando Ari Zavros entró en la terraza del restaurante.

A Tina se le encogió el estómago. Ella había pensado eso mismo una vez: un dios griego con reflejos dorados en el pelo, brillantes ojos de color ámbar y una piel que brillaba como el bronce. Y, por supuesto, seguía siendo así.

Los pantalones y la camisa blanca que llevaba aquella mañana le daban un aspecto aún más atractivo, destacando su físico atlético, la masculina fuerza de sus brazos y sus piernas, el ancho torso. Era un hombre increíblemente carismático, debía reconocerlo.

Pero esta vez, Tina no estaba a punto de caer a sus pies.

—Y trae regalos —murmuró, mirando el paquete que llevaba bajo el brazo.

—¿Para mí? —exclamó Theo.

Ari sonrió.

—Sí, es tu regalo de cumpleaños. Feliz cumpleaños, Theo.

—¿Puedo abrirlo? —preguntó el niño, que no podía contener su emoción.

—Antes deberías darle las gracias, cielo —le recordó Tina.

—Muchas gracias, Ari —dijo Theo.

–De nada. Es algo para que construyas cuando no tengas nada que hacer.

Era una estación de tren de la marca Lego, descubrió Theo, encantado.

–Le gustan muchos los juegos de construcción –dijo su madre, cada vez más entusiasmada con el dios griego.

–Lo había imaginado –replicó Ari–. Mis sobrinos tienen la habitación llena de ellos.

–Hablando de familia –dijo su madre entonces–, tu padre parece insistir en pagar los gastos de nuestra estancia aquí, pero...

–Es un placer, señora Savalas –la interrumpió él, con una sonrisa en los labios–. Si se hubieran alojado en Patmos, la familia de George habría hecho lo mismo. Aquí, en Santorini, mi padre es su anfitrión y me ha pedido que los invitase a cenar esta noche en casa. Así no serán extraños durante la boda.

Su madre se derritió, por supuesto.

–Qué amable.

Tina fulminó a Ari con la mirada. ¿Había mentido sobre el acuerdo? ¿Y sus padres? ¿Les habría advertido que no debían revelar su parentesco con Theo?

Como siempre, Ari tenía su propia agenda y no estaba segura de que fuese a respetar la suya. De modo que, en lugar de derretirse como su madre, Tina apretó los puños, dispuesta a la batalla.

Pero Ari seguía sonriendo.

–Le he contado a mi madre que hoy es tu cumpleaños, Theo, y ella ha decidido hacer una tarta con cinco velas para que las soples y pidas un deseo. Tienes todo el día para pensar qué deseo vas a pedir.

Todo el día para meterse en el corazón de su hijo con su encanto y su carisma, pensó Tina. Ella sabía muy bien que Ari podía ser maravilloso durante un tiempo limitado. Lo que la preocupaba era el futuro, lo constante que podría ser con sus afectos.

–¿Va a venir de excursión con nosotros, señora Savalas? –preguntó luego, probablemente para intentar ponerla de su lado.

–No, no, yo prefiero ir al pueblo paseando. Quiero ver la iglesia en la que tendrá lugar la ceremonia, hacer algunas compras, visitar museos... –su madre sonrió, mirándolo con una expresión que no le gustó nada–. Es mejor que los jóvenes os vayáis sin mí.

Tina tuvo que hacer un esfuerzo para no poner los ojos en blanco. Evidentemente, su madre estaba haciéndose ilusiones: un hombre muy guapo, una hija soltera, una isla griega...

–Pero, por supuesto, iré a la cena esta noche –añadió.

Tina contuvo un gemido.

No había manera de escapar.

Había aceptado dejar que Ari entrase en sus vidas a cambio de su silencio hasta después de la boda, pero si él o sus padres contaban la verdad tendrían que oírla por poner sus intereses por encima de todo lo demás.

Después de volver un momento a su habitación para dejar el regalo y recoger sombreros y bañadores, Tina y Theo se encontraron con Ari en la puerta del hotel y fueron caminando hasta el pueblo más cercano, Fira, que estaba a cinco minutos.

Tina había colocado al niño entre los dos delibe-radamente, de modo que Theo iba de su mano y, sin saberlo, de la mano de su padre. Se preguntó enton-ces cómo iba a contarle la verdad... y cuál sería la reacción de su hijo.

–¿Tus padres saben de nuestro acuerdo? –le pre-guntó.

–Lo sabrán cuando llegue el momento –respon-dió él.

Tenía que creerlo, no podía hacer otra cosa. Y es-peraba que esa promesa no fuera tan falsa como las palabras que le había dicho a ella en el pasado. ¿Ju-garía limpio esta vez?, se preguntó. Esperaba que así fuera porque lo importante no eran ellos sino Theo, un niño de cinco años.

La vista de los acantilados era espectacular desde el camino y Theo, emocionado, señaló dos esplén-didos barcos que surcaban el mar.

–¿Vamos a ir en uno de esos barcos?

–No, esos son cruceros. Son tan grandes que no pueden acercarse a la costa –respondió Ari–. Noso-tros iremos en uno más pequeño... incluso podrás llevar el timón un rato.

Theo no daba crédito.

–¿De verdad?

Ari soltó una carcajada al ver la expresión incré-dula del niño.

–Tú serás el capitán, aunque yo te diré lo que de-bes hacer.

–¿Has oído eso, mamá? Voy a ser el capitán del barco.

–¿Tu barco, Ari? –le preguntó Tina, convencida de que su intención era malcriar al niño dándole todo lo que quisiera.

–Es el barco de la familia.

Su familia. Su rica familia. ¿Cómo iba a evitar que sedujera a Theo con su dinero? Él era un niño inocente, como lo había sido ella cuando lo conoció. Theo se quedaría impresionado y el resultado sería una guerra entre los dos para conseguir su cariño.

Se le encogió el corazón mientras paseaban por el pueblo. Sería tan fácil para Ari ganarse el afecto de Theo como lo había sido ganarse el suyo seis años antes. Incluso ahora, sabiendo que era un mentiroso, tenía que hacer un esfuerzo para contener la atracción que sentía por él.

Después de Ari, ningún otro hombre le había interesado, ni uno solo en esos seis años. Mientras él había salido con una interminable cantidad de mujeres tan guapas como la rubia de Dubai... y probablemente docenas más como ella.

Ari Zavros había sido el único hombre en su vida, pero ella no había significado nada para él. Solo se mostraba interesado porque era la madre de su hijo.

En el camino que llevaba a la iglesia encontraron una tienda de recuerdos con un burrito de piedra en la puerta. El animal estaba pintado de rosa y tenía un buzón para que los turistas echasen sus postales.

–¿Puedo subirme al burro? –le preguntó Theo–. Al final, no me subí al camello en Dubai.

–Pronto te subirás a uno de verdad. ¿No es mejor eso? –sugirió Tina.

Theo negó con la cabeza.

–Pero no será rosa. Hazme una foto, mamá.

–Tenemos que hacer lo que quiera porque hoy es su cumpleaños –intervino Ari, tomando al niño en brazos para sentarlo sobre la grupa del burro.

Los dos estaban sonriendo y se parecían tanto que, mientras hacía la fotografía. Tina tuvo que contener su emoción.

–Ahora, si te pones al lado de Theo, os haré una foto juntos –sugirió Ari.

–¡Sí, mamá!

Tina se colocó al lado de su hijo.

–Sonríe –la animó Ari.

Ella intentó sonreír, aunque no le resultó fácil.

Después de hacer la foto, Ari sacó un IPod del bolsillo para hacerles otra. Seguramente para enseñársela a sus padres, pensó Tina.

«Esta es la madre de Theo y este es vuestro nieto». Eso saciaría su curiosidad sobre ellos, pero solo se fijarían en Theo al notar el parecido. Sería un Zavros, no un Savalas.

–Tienes una sonrisa preciosa, Christina –dijo Ari mientras bajaba al niño del burro.

–No sigas por ahí –murmuró ella, mirándolo con hostilidad. No podía soportar que la halagase cuando probablemente estaba preparando un golpe para robarle la custodia de su hijo.

Él la miró con el ceño fruncido.

–¿Por qué?

Theo estaba distraído mirando las postales y eso le dio la oportunidad de hablar con él a solas.

–No me gusta que me hagas cumplidos.

–Solo estaba diciendo la verdad.

–Esos cumplidos me recuerdan lo tonta que fui contigo, pero no voy a dejarme engañar otra vez, Ari.

Él hizo una mueca.

–Siento mucho que creyeras que nuestra relación era algo más de lo que yo pretendía, Christina.

–¿Y qué pretendías exactamente cuando me decías que yo era especial, que no habías conocido a nadie que se pareciese a mí? –replicó ella.

La mirada masculina hizo que sintiera una ola de calor desde el pelo a la punta de los pies.

–Eras especial, Christina. Entonces yo no estaba preparado para mantener una relación seria, pero ahora sí lo estoy. Y quiero casarme contigo.

El corazón de Tina se detuvo durante una décima de segundo. Eso era completamente inesperado. Era por Theo, le decía el sentido común. Ari pensaba que era la manera más fácil de conseguir su custodia. Lo que ella quisiera era irrelevante.

–Olvídalo –le dijo–. No voy a cambiar de vida para tu conveniencia.

–Podría hacerlo conveniente para ti también –replicó él.

–¿Ah, sí? ¿Cómo?

–Tu vida sería mucho más fácil si estuvieras casada conmigo. No tendríamos que pelearnos por Theo y tendrías la oportunidad de hacer lo que quisieras.

–El matrimonio no es garantía de nada. No vas a convencerme.

–¿Y si te diera garantías? Firmaremos un acuerdo antes de casarnos por el que Theo y tú tendréis seguridad económica durante el resto de vuestras vidas –Ari sonrió, irónico–. Puedes verlo como un pago por lo mal que te lo he hecho pasar.

–Yo puedo mantener a Theo sola. No te necesito para nada.

–Pero no puedes darle todo lo que puedo darle yo.

–El dinero no lo es todo en la vida –replicó Tina–. Además, no quiero casarme contigo. Ese matrimonio sería un desastre.

Ari frunció el ceño.

–Yo recuerdo el placer que sentíamos al hacer el amor. Y puede volver a ser así, Christina.

Ella se puso colorada al recordar cómo lo había amado entonces...

–¿Crees que una luna de miel es un matrimonio? –replicó, sin embargo–. Casarnos sería algo absurdo. Lo único que quieres es tener acceso a tu hijo y, cuando tengas eso, lo demás te dará igual. Conocerás a otras mujeres «especiales» y olvidarás que estás casado.

–No tiene por qué ser así.

–¿De verdad puedes prometer que eso no ocurriría?

–Si formamos una familia, seré un marido fiel –prometió Ari.

–¿Cómo voy a creerte?

–Esta noche conocerás a mis padres. Su matri-

monio fue concertado entre las dos familias, pero
están locos el uno por el otro. No veo por qué nosotros no podemos hacer lo mismo... por el bien de
nuestro hijo.

–Yo no confío en ti –insistió Tina–. No tengo razones para confiar en ti.

–Entonces, podemos firmar un acuerdo prematrimonial.

–No te entiendo.

–Si pidieras el divorcio por una infidelidad mía,
te quedarías con la custodia de nuestros hijos, además de recibir una compensación económica.

Tina volvió a quedarse asombrada.

–¿Irías tan lejos?

–Sí –respondió Ari–. Eso es lo que te ofrezco,
Christina. Piénsalo.

# Capítulo 6

ARI ESTABA profundamente enfadado consigo mismo. Christina lo había empujado a hacer un ofrecimiento absurdo... debería haberse limitado a la compensación económica y no incluir que se quedase con la custodia de sus hijos si no le era fiel. Si seguía mostrándose fría y antipática con él, se habría condenado a sí mismo a una relación insoportable, pero ya no podía dar marcha atrás.

El deseo de ganar era algo que llevaba en la sangre, pero normalmente el sentido común le advertía del precio que iba a pagar por cada victoria.

¿Por qué no se había parado a pensar en aquella ocasión? Era como si Christina lo hipnotizase con ese fiero deseo de luchar contra él a cada paso, haciendo que la deseara a cualquier precio.

Pero se jugaban mucho. Él quería la custodia de Theo; quería que viviera en su casa, no al otro lado del mundo. Pero también quería ganarse el afecto de Christina.

Tal vez porque el instinto le decía que podía ser una esposa con la que sería feliz. Desde luego, había demostrado ser una madre cariñosa y preocupada por su hijo. En cuanto a compartir cama... estaba seguro de que podrían llegar a un acuerdo.

Una vez, Christina había sido masilla entre sus manos; una joven virgen cuyos pétalos había ido abriendo poco a poco hasta verla florecer del todo. Pero ahora era una mujer adulta y el poder de su pasión lo excitaba. Era una pasión negativa hacia él, desde luego, pero si pudiese darle la vuelta, si pudiese convencerla de que su intención era buena...

Tenía una sonrisa preciosa, además. Le gustaría que sonriera para él y querría ver sus magníficos ojos castaños brillando de placer... por él.

La cama matrimonial no tenía por qué ser fría. Tenía que seducirla o acababa de firmar el peor acuerdo de su vida.

Mientras paseaban por el pueblo iba observando a aquella nueva Christina. El pelo corto le quedaba bien, destacando sus altos pómulos y su largo cuello. Tenía los labios gruesos, como los de Angelina Jolie, aunque no tan pronunciados. No era tan delgada como su hermana Cassandra, ni tan alta. De hecho, era voluptuosa, sus pechos más grandes que seis años atrás, su cintura y sus caderas no tan estrechas, probablemente por el parto. Y resultaba provocativamente femenina.

Aquel día llevaba un top de rayas blancas y amarillas cortado al bies. Parecía de diseño, pensó; posiblemente un regalo de Cassandra. Lo llevaba con un pantalón pirata blanco... y desde luego tenía piernas para lucirlo: unas piernas que Ari quería a su alrededor lo antes posible.

Sería una buena esposa, pensó, una de la que estaría orgulloso y a la que no engañaría si conseguía que respondiera a sus caricias.

Y él haría que así fuera.

De una forma o de otra, lo conseguiría.

¡Casarse! Nunca, ni en sus más locos sueños había imaginado que Ari Zavros le pediría que se casara con él desde que se marchó de Australia, destrozando cualquier ilusión romántica por su parte. Pero aquello no era un romance, era un trato calculado para conseguir lo que quería y probablemente pensaba que podría engañarla en cuanto a lo de ser fiel.

¿Cómo iba a creer que Ari Zavros le sería fiel?

Mientras paseaban por las callejuelas del pueblo, llenas de tiendas, las mujeres se lo comían con los ojos. Y cuando se detuvieron en una tienda para comprar un bonito pañuelo, la dependienta no dejaba de mirarlo a él en lugar de mirarla a ella.

Era un imán para las mujeres, evidentemente. Pero lo peor de todo era que, pesar de cómo la había dejado, Tina no era inmune a su atractivo y eso hacía que el posible acuerdo fuese doblemente peligroso. Casarse con él sería una locura, pero lo mejor sería fingir que lo estaba pensando hasta después de la boda de Cass.

Entonces podría contar la verdad sin disgustar a nadie. Incluso podrían hablar sobre derechos de visita. No le negaría que viese al niño ya que parecía tan decidido a abrazar su recién descubierta paternidad, pero para eso tendría que ir a Australia. Grecia no era el hogar de Theo y ella no pensaba dejar que eso cambiase.

Poco después llegaron al otro lado del pueblo, donde un tranvía llevaba a los turistas al puerto. Aunque también se podía bajar en burro. Tina habría preferido tomar el tranvía, pero Ari estaba decidido a darle a Theo todos los caprichos y no protestó mientras elegía tres burros para hacer el recorrido; el más pequeño para Theo, el más grande para él mismo y uno de tamaño normal para ella.

Ari sentó a Theo sobre el animal, pero Tina rechazó su ayuda, usando una banqueta para subirse. No quería que la tocase ni tenerlo demasiado cerca. Su ridícula oferta de matrimonio ya la había afectado más que suficiente.

Ari sonrió mientras subía a su burro, seguramente convencido de que iba a salirse con la suya.

—Yo iré al lado de Theo —se ofreció—. Si tú vas detrás de nosotros, podré controlar a los tres animales.

—¿Por qué? ¿Es fácil que pierdan el control? —preguntó Tina, alarmada.

—Les dan de comer abajo y algunos tienen tendencia a ir más deprisa de lo que deberían.

—Ah, vaya, qué bien.

Ari sonrió.

—No te preocupes, yo cuidaré de vosotros. Te lo prometo, Christina.

En sus ojos había un mensaje claro: era una promesa de futuro.

Pero Tina no estaba dispuesta a dejarse convencer. Aunque debía admitir que logró controlar a los tres burros mientras bajaban por un camino serpenteante hasta el viejo puerto. Y, mientras tanto, respondía a las preguntas de Theo con la paciencia de un padre indulgente.

Su hijo lo estaba pasando en grande y, cuando lo bajó del burro, Theo lo abrazó impulsivamente.

—Tomaremos el tranvía para volver —anunció Ari, sin poder disimular una sonrisa.

—Muy bien.

—¿Cuál es tu barco? —preguntó Theo, deseando empezar la aventura.

Ari lo señaló con el dedo.

—Ese de ahí, el que está entrando ahora mismo en el puerto.

—Parece que ya tienes un capitán —comentó Tina.

—A Jason no le importará dejarle el timón mientras prepara el almuerzo —dijo Ari—. Cuando nadie de mi familia está usando el barco, solemos alquilarlo para los turistas, hasta ocho personas por viaje. Y hoy Jason solo tendrá que cuidar de tres.

Tina no dijo nada más. Además, estaba segura de que lo tenía todo preparado para impresionar a Theo. Su misión era hacerlo creer que era un hombre maravilloso.

Había sido maravilloso con ella durante los tres meses que estuvieron juntos, pero eso no había durado.

El barco era tan brillante que parecía nuevo. Un toldo blanco y azul daba sombra a la cubierta, que tenía bancos con cojines de los mismos colores. Tina se sentó en uno de ellos e intentó relajarse mientras Jason se encargaba del timón y Ari llevaba a Theo a ver los camarotes.

La cena de esa noche no sería fácil para ella, pensó mientras intentaba concentrarse en el paisaje, pero al menos su madre estaría allí. Y a pesar del estrés que le provocaba conocer a los padres de Ari, se dijo a sí misma que necesitaba ver su casa y el ambiente en el que vivía para comprobar si era un buen sitio para las visitas de Theo... si llegaban a un acuerdo.

–No puedo beber Coca-Cola –estaba diciendo su hijo–. Mi madre dice que no es buena para mí. Pero puedo beber un zumo.

«Bienvenido al mundo de los padres, Ari. No todo son juegos y diversión. Ser prudente y estricto con tu hijo es importante también».

¿Se preocuparía Ari de que Theo comiese de manera sana y de que hiciera sus deberes o se limitaría a contratar a una niñera?

Eso era algo de lo que debería hablar con él.

–Muy bien, ¿qué te apetece? –le preguntó Ari.

–Zumo de naranja.

–¿Y qué toma tu mamá?

–Agua. Bebe mucha agua.

–¿No bebe vino?

«No desde que tú pusiste embriagadoras burbujas en mi cerebro».

–No, bebe agua, café o té –respondió Theo.

–Bueno, después de este paseo, yo creo que un vaso de agua fresca le gustará.

–Sí –asintió el niño.

Ari llevó las bebidas mientras Theo llevaba vasos y cubiertos de plástico que colocó sobre la mesa. Luego, Ari volvió a la cocina y reapareció con una bandeja de quesos, galletas saladas, frutos secos, aceitunas y uvas.

–Espero que os guste.

–A mí me gustan mucho las aceitunas –anunció Theo.

–Ah, como a un auténtico griego –dijo Ari, orgulloso.

–Theo es australiano –lo contradijo Tina inmediatamente.

–Pero la abuela es griega, mamá.

–Definitivamente, tiene sangre griega –afirmó Ari, mirando a Tina con gesto desafiante.

–Sí, es cierto –admitió ella, pensando que lo mejor sería discutir el asunto cuando el niño no estuviera presente.

Pero Theo era un ciudadano australiano y los jueces australianos se pondrían de su lado. Al menos, tenía eso a su favor.

Ari le hablaba a Theo del volcán mientras navegaban hacia lo que quedaba de él, contándole que había estallado y destruido todo a su paso. El niño lo escuchaba, fascinado y deseando pisar el cráter en cuanto llegasen a él.

Nadaron en los manantiales de agua caliente de Palea Kameni, otra aventura emocionante para Theo. Tina no quería ponerse en biquini, pero le gustaba menos dejar a su hijo solo con Ari. Era *su hijo* y temía que él tomase las riendas sin su supervisión.

Desgraciadamente, Ari en bañador era aún más peligroso. Su cuerpo perfectamente proporcionado le llevaba recuerdos de la intimidad que había habido entre los dos...

Le encantaba estar con él en la cama, tocarlo, sentirlo, mirarlo. Le encantaba el intenso placer que le daba con sus caricias. Había sido el mejor momento de su vida y le dolía que solo hubiera sido un «episodio encantador» para él. Y le dolía más no poder controlar su traidora reacción.

Podría hacerlo si se casaba con él, pensó. Pero acostarse con él no sería igual que antes. No podría entregarse por completo sabiendo que no era el amor de su vida como una vez había creído. Habría demasiadas sombras en su cama.

Resultó más fácil apartar los recuerdos cuando volvieron al barco vestidos. Ari con ropa no era tan devastadoramente seductor.

Theo y él sujetaban juntos el timón, jugando a ser capitanes mientras iban hacia el pueblo de Oia, y era evidente cuánto estaba disfrutando su hijo.

Jason había preparado pescado fresco a la plancha y una ensalada y, después de tanta actividad y con el estómago lleno, Theo se quedó dormido.

—No hay nada más agradable que dormir en el mar —dijo Ari.

—Sí, claro —asintió Tina—. Pero creo que cuando despierte deberíamos volver al hotel. Hemos hecho todo lo que le habías prometido y debería descansar un rato... podría jugar con el Lego que le has comprado.

—Muy bien —asintió él, mirándola con un brillo de admiración en los ojos—. Has hecho un buen trabajo con él, Christina. Es un niño estupendo.

Ella apretó los dientes, decidida a no dejarse seducir por sus halagos.

–Creo que es importante inculcarle ciertos principios lo antes posible –murmuró, apartando la mirada–. No quiero que acabe convirtiéndose en un hombre como tú.

Ari no dijo nada. Su silencio la ponía nerviosa, pero se negaba a mirarlo.

–¿A qué defecto mío en particular te refieres? –le preguntó por fin.

–A pensar que las mujeres son juguetes –respondió ella–. Yo quiero que Theo sea considerado con los demás.

Otro largo silencio.

Por el rabillo del ojo vio que Ari se inclinaba hacia delante, apoyando los codos en los muslos.

–Si no hubieras quedado embarazada, ¿habrías tenido un buen recuerdo de nuestra relación?

–Me dejaste destrozada –respondió ella–. Mis padres me habían educado para ser una buena chica, una que creía que el sexo era parte de una relación amorosa. Pensé que eso era lo que había entre tú y yo... y evidentemente me equivoqué. Y cuando descubrí que estaba embarazada, fue aún peor. Tuve que soportar el disgusto de mi padre y saber, además, que solo había sido una diversión para ti.

En cierto modo era un alivio contarle la verdad, aunque no sabía si eso significaba algo para él o no. Pero tal vez así la trataría con más respeto. Ella no era un peón que pudiese mover a voluntad. Era una persona con derecho a decidir cómo quería que fuera su vida y, en esta ocasión, lo haría según sus principios.

Ari sacudió la cabeza. No estaba acostumbrado a sentirse culpable por sus actos o por las decisiones que tomaba y era una sensación que no le gustaba en absoluto. Christina le había dado una perspectiva nueva sobre su relación y debía escucharla si quería tener una oportunidad con ella.

En ese momento estaba mirando el mar mientras acariciaba distraídamente el pelo de Theo. El niño era la conexión entre los dos, la única conexión con la que podía contar por el momento. Y no estaba seguro de poder seducirla, aunque pensaba intentarlo.

Mientras tanto, tenía que redimirse ante sus ojos o nunca sería vulnerable a la atracción física que, él lo sabía, aún no había muerto del todo.

Había notado cómo lo miraba cuando estaba en bañador... y cómo apartaba la mirada cuando él giraba la cabeza. Intentaba evitar sentirse atraída por él recordando el daño que le había hecho en el pasado...

¿Lo olvidaría alguna vez o tendría que pagar por sus pecados durante el resto de su vida?

–Lo siento –se disculpó–. Estuvo mal por mi parte hacerte el amor. Creo que era tu inocencia lo que te hacía tan atractiva, tan diferente, tan especial. Y cómo me mirabas entonces... era irresistible para mí, Christina. No sé si tendrá importancia para ti, pero no ha habido una mujer desde entonces cuya compañía me haya parecido más agradable o que me haya dado tanto placer.

Y era la verdad, se dio cuenta entonces. Cuando se marchó de Australia, intentó olvidarse de ella, diciéndose a sí mismo que era demasiado joven. Pero en cuanto la reconoció en Dubai había querido estar con ella de nuevo, especialmente después de soportar a Felicity Fullbright.

Christina negó con la cabeza. No lo creía, evidentemente.

—Es cierto —insistió Ari.

Ella se volvió para mirarlo con los ojos brillantes y Ari sostuvo su mirada, intentando convencerla de que podían empezar de nuevo.

—No volviste, Ari —dijo sencillamente—. Te olvidaste de mí.

—Me alejé de ti por razones que entonces me parecieron importantes, pero no te olvidé —replicó él—. En cuanto te reconocí en Dubai, de inmediato deseé volver a estar contigo. Y eso fue antes de que me hablases de Theo.

Tina frunció el ceño.

—Estabas con otra mujer —le recordó.

—Sí, pero estaba deseando despedirme de ella antes de verte. Por favor, al menos cree eso —le rogó Ari—. Estoy diciendo la verdad.

Por primera vez vio un brillo de incertidumbre en sus ojos, pero Christina bajó la mirada.

—Dime cuáles eran esas razones.

—En mi opinión, hace seis años los dos estábamos empezando a vivir. Tú acababas de empezar tu carrera como modelo y podrías haber tenido un gran éxito en las pasarelas internacionales. Como ha hecho tu hermana.

Ella hizo una mueca.

–¿No se te ocurrió preguntarte por qué nunca conseguí ser una famosa modelo?

–Pensé que habías decidido quedarte en Australia... a algunas personas no les gusta estar viajando constantemente y eso es lo que hace una modelo.

–No, no es verdad. No volviste porque pensaste que no merecía la pena –insistió Tina.

–Tenía que llevar el negocio de mi familia y eso me parecía lo más importante –insistió Ari–. Pero ahora, después de volver a verte y conocer a mi hijo, mis prioridades están cambiando.

–Dales tiempo, Ari –dijo ella, irónica–. Puede que cambien otra vez.

–No, eso no es verdad. No voy a retirar mi oferta de matrimonio y quiero que la tomes en serio.

–Me lo pensaré –asintió Tina, aunque no parecía convencida–. Pero, por ahora, no me pidas nada más. Yo también estoy cansada...

–Sí, claro.

–Por favor, pídele a Jason que nos lleve a Fira.

–Como quieras –Ari se levantó.

Presionarla no serviría de nada, pensó. Christina no confiaba en él, pero al menos lo había escuchado. Esa noche tendría la oportunidad de enseñarle el ambiente familiar en el que viviría Theo, y debía hacerlo tan atractivo como fuera posible.

# Capítulo 7

MIENTRAS Theo estaba ocupado con las piezas del Lego, Tina intentó imaginar cómo habría sido su vida si no hubiera quedado embarazada. ¿Habría conseguido olvidar su desilusión amorosa y canalizar toda su energía en convertirse en una famosa modelo?

Casi seguro que sí.

Entonces solo tenía dieciocho años y, habiendo sido rechazada por Ari, habría querido demostrarle que era especial de verdad, tan especial que lamentase haberla dejado.

Cassandra la hubiese ayudado en su carrera como modelo y, de haber tenido oportunidad, habría intentado llegar a la cima empujada por su deseo de hacer que Ari quisiera volver a verla.

Y si hubiera sido así, ella habría llevado las riendas de la relación. No se habría echado de inmediato en sus brazos; lo habría hecho esperar. No se habría entregado a él hasta que le hubiera declarado su amor incondicional, hasta que le hubiese propuesto matrimonio.

Que era lo que había hecho aquel día.

Pero las circunstancias eran muy diferentes. Se

lo había pedido por Theo, de modo que su proposición de matrimonio no significaba nada.

Aunque los ojos de Ari se habían iluminado al verla en Dubai.

Pero solo porque era un grato recuerdo.

Ella ya no era la cría ingenua que había sido cuando lo conoció y no volvería a serlo nunca, de modo que era imposible que sintiera lo mismo que sintió entonces. Y Ari debía saber eso. Palabras vacías, promesas más vacías aún.

No iba a dejar que la afectase nada de lo que dijera. Y tampoco su atractivo físico, que era una distracción continua; un atractivo que la hacía querer creer que era sincero cuando probablemente lo único que quería era seducirla. Era importante mantenerse serena esa noche, pensó. Ari tenía derechos en cuanto a la paternidad de Theo, pero no tenía ninguno sobre ella.

Seguía haciendo mucho calor cuando llegó el momento de vestirse para la cena. Su madre, por supuesto, eligió el color negro; una elegante túnica con un montón de collares dorados para darle un aire festivo.

Tina eligió un vestido blanco y rojo de algodón, sandalias blancas y unos pendientes con caracolas que había comprado en el pueblo.

A Theo le puso un pantalón corto azul, sandalias del mismo color y una camiseta marinera con rayas rojas. Y el niño insistió en que le pusiera la chapita con la cara sonriente y el número cinco que Ari le había comprado por la mañana.

–¡Mira, la llevo puesta! –exclamó, orgulloso, cuando Ari fue a buscarlos al hotel.

Él rio, tomándolo en brazos.

–Cumplir cinco años es una cosa muy importante.

Tina no tenía la menor duda de que Theo adoraría a un padre como Ari y se le encogió el corazón al pensar en cómo iban a cambiar las cosas cuando tuviese que admitir la verdad. Los padres de Ari ya lo sabían, pero esperaba que durante la cena se mostrasen discretos.

La casa familiar estaba cerca de la famosa bodega Santo, les había dicho. Y eso le recordó que había ido a Australia para estudiar la industria vitivinícola. Aunque era difícil olvidarlo porque al otro lado de la ventanilla no había más que viñedos.

Por fin, llegaron al hogar de los Zavros y la entrada semicircular, dominada por una fuente con tres sirenas en el centro, fascinó a Theo. La casa, que estaba formada por tres edificios, era de estilo mediterráneo y, naturalmente, pintada de blanco, como la mayoría de los edificios en Santorini.

Ari los llevó al edificio central, el más grande. Todo daba una sensación de riqueza, algo a lo que Tina no estaba acostumbrada.

–Cenaremos en la terraza –les informó, llevándolos por un largo pasillo con el suelo de mosaico.

Poco después llegaban a una terraza frente a una piscina de aguas azules que se confundía con el mar. A la izquierda había una pérgola cubierta de parras y el corazón de Tina se aceleró al ver a una pareja mayor. Los padres de Ari, sin duda.

Los dos se levantaron para saludarlos y Tina tuvo que hacer un esfuerzo para disimular la tensión cuando miraron a Theo fijamente. Por suerte, de inmediato saludaron amablemente a su madre y esperaron que ella les presentase a su hija y su nieto.

Maximus Zavros era una versión mayor de Ari. Su mujer, Sophie, que seguía siendo una mujer muy guapa, tenía el pelo ondulado, los ojos castaños y una figura ligeramente oronda, pero con curvas. Aunque sonreían durante las presentaciones, Tina se percató de que estaban estudiándola y fue un alivio cuando por fin volvieron a mirar a Theo.

–Así que este es el chico que cumple años –dijo Sophie.

–¡Cinco! –exclamó Theo, señalando su chapa.

–Yo soy Maximus, el padre de Ari.

–¿Te llamas Maximus?

–Sí –respondió el padre de Ari–. Pero si es más fácil para ti, puedes llamarme Max.

–No, me gusta Maximus –dijo Theo–. Mi mamá me llevó a ver una película sobre una chica con el pelo muy largo... ¿cómo se llamaba, mamá?

–Rapunzel –respondió Tina, conteniendo el deseo de poner los ojos en blanco porque sabía lo que iba a pasar.

–Rapunzel –repitió Theo–. Pero lo mejor de la película era su caballo, que se llamaba Maximus. ¡Era un caballo estupendo!

–Ah, me alegro de que lo fuera –el padre de Ari sonrió, indulgente.

–Lo hacía todo bien –siguió el niño–. Y al final de la película salvó a Rapunzel, ¿a que sí, mamá?

–Sí, claro.

El padre de Ari se puso en cuclillas para mirarlo a los ojos.

–Creo que voy a comprar esa película. A lo mejor podemos verla juntos algún día. ¿Eso te gustaría?

–Sí, mucho.

–Bueno, yo no soy un caballo, pero puedo llevarte a caballito.

Maximus tomó a su nieto en brazos y trotó con él hasta la mesa, haciendo reír al niño.

A Tina le sorprendió que un hombre tan poderoso fuese tan juguetón, pero era una sorpresa agradable.

Su madre y Sophie estaban riendo, totalmente cómodas la una con la otra.

–Relájate, Christina –le dijo Ari en voz baja–. Solo queremos que esta noche sea especial para él.

–¿Les has dicho que quieres casarte conmigo? –le preguntó ella, para saber si sus padres estaban estudiándola como posible nuera.

–Sí, pero no tienes que darme una respuesta esta noche. Esta es una cena familiar, nada más.

Parecía tan sincero...

Aquel era un escenario muy diferente, con las dos familias involucradas, y decidió juzgar la noche según lo que pasara. Para empezar, se dijo a sí misma que debía alegrarse de que los padres de Ari fuesen gente amable porque era inevitable que Theo tuviera que relacionarse con ellos en el futuro.

En cuanto todos estuvieron sentados apareció un empleado con dos bandejas de entrantes. Uno más llegó después con jarras de agua con hielo y zumo de naranja.

–¿Puedo convencerte para que pruebes uno de los vinos de la zona? –le preguntó Maximus.

Tina negó con la cabeza.

–No, gracias. Prefiero beber agua.

–¿Y tú, Helen?

–Sí, por favor. He probado dos de los vinos que han llevado a mi habitación y me han parecido estupendos.

–Me alegro de que así sea –Maximus le hizo un gesto al empleado para que sirviera el vino mientras él mismo servía agua a Tina y zumo de naranja a Theo–. Ari me ha dicho que nadas como un pez.

–Me gusta mucho nadar –asintió el niño.

–¿Te ha enseñado tu mamá?

Theo miró a su madre, inseguro.

–¿Me has enseñado tú?

–No, cariño. Te llevé a clases de natación cuando solo tenías nueve meses. Siempre te ha gustado mucho el agua y aprendiste a nadar muy pequeñito –Tina se volvió hacia Maximus–. Es importante para un niño australiano aprender a nadar cuanto antes. En la mayoría de las casas tienen piscina y cada año hay más casos de niños que se ahogan.

–Ah, vaya.

–Además, vivimos cerca de la playa de Bondi, de modo que quería que Theo se sintiera a gusto en el agua.

–Muy sensata –aprobó Maximus, señalando la piscina–. Aquí tampoco habrá peligro para él.

Ese fue el principio de muchos y nada sutiles recordatorios de que aquella era también la casa de Theo. Tanto Maximus como Sophie parecían querer recibir a su nieto con los brazos abiertos y no había ni la menor sombra de crítica por no haber sabido de su existencia hasta ese momento.

Los padres de Ari parecían decididos a caerles en gracia y Tina notó que su madre charlaba animadamente con Sophie sobre la boda de Cass.

En el barco, Theo le había contado a Ari que el *souvlaki* y la ensalada de tomate eran sus platos favoritos... y eso fue lo que sirvieron de cena. Cuando llegó la tarta de cumpleaños, Ari le recordó que debía pedir un deseo mientras soplaba las velas y todos aplaudieron cuando el niño consiguió apagarlas de una vez.

La tarta era de chocolate y Theo, por supuesto, fue el primero en terminar su porción.

–¿Mi deseo se hará realidad, Ari? –le preguntó.

–Eso espero. Aunque si has pedido un caballo como Maximus, tal vez eso haya sido pedir demasiado.

–¿Desear un papá es demasiado?

Tina se quedó sin aire. El silencio en la mesa podía cortarse con un cuchillo.

–No, eso no sería pedir demasiado –respondió Ari por fin.

Su madre tomó a Theo en brazos para sentarlo sobre sus rodillas.

–Echas de menos a tu abuelo, ¿verdad, cariño? –Helen sonrió, mirando a Sophie–. Mi marido murió el año pasado... y adoraba a Theo. No hemos tenido hijos y tener un nieto fue como un regalo.

–Sí, lo comprendo –asintió Sophie, mirando a Tina con una expresión que la conmovió.

–Hoy lo ha pasado muy bien con Ari –estaba diciendo su madre.

–A mi hijo se le dan muy bien los niños –se apresuró a decir Sophie–. Sus sobrinos lo adoran. Algún día será un gran padre.

Estaba hablando con su madre, pero Tina sabía que esas palabras eran para ella. Y tal vez eran ciertas. Tal vez Ari podría ser un padre maravilloso, pero ser un marido maravilloso era algo completamente diferente.

–Maximus y yo estamos deseando que siente la cabeza y forme una familia.

–Mamá, no me presiones –bromeó Ari.

Suspirando, Sophie y su madre empezaron a comentar que los jóvenes no querían casarse hoy en día, que ya nadie tenía hijos...

–¿Quién lleva el restaurante de tu familia mientras vosotros estáis fuera, Christina? –le preguntó Maximus.

Tina tuvo que tragar saliva antes de responder:

–El chef y el jefe de camareros.

–¿Y confías en ellos?

–Por completo. Antes de morir, mi padre dejó en su testamento que cada uno recibiría un porcentaje de los beneficios, de modo que es en su propio interés que el restaurante funcione.

–Ah, un hombre inteligente.

–Pero el restaurante necesita un gerente y mi padre me encomendó a mí ese trabajo –dijo Tina, orgullosa.

–De modo que respetaba tu trabajo, eso está muy

bien. Pero, como padre griego que soy, sé que eso no era todo lo que quería para ti.

No había manera de negarlo. Su padre no se había opuesto a que intentase hacer carrera como modelo, pero era un hombre anticuado y creía que una mujer solo era feliz con el amor de un buen marido y de unos hijos.

Sin embargo, lo más importante para su padre era el amor y no había amor entre Ari y ella.

–Yo tengo derecho a elegir mi propia vida –le dijo, desafiante–. Y mi padre también respetaba eso.

–Cuando una mujer es madre, la decisión no es tan sencilla. Hay que tener en cuenta las necesidades de los hijos.

–Papá... –empezó a decir Ari, con tono de advertencia.

–Yo siempre tengo en consideración las necesidades de mi hijo –Tina bajó la voz para que su madre no escuchara la conversación–. Y espero que usted tenga eso en cuenta porque yo soy la madre de Theo y lo seré siempre.

No iba a dejar que nadie le quitara a su hijo. Le concedería a Ari derechos de visita, por supuesto, pero no podría soportar separarse de Theo. El dinero y el cariño de los Zavros no podría curar el agujero que la ausencia del niño dejaría en su corazón cada vez que se fuera con su padre.

De repente, sus ojos se llenaron de lágrimas y tuvo que hacer un esfuerzo para disimular.

–Por favor, perdona si he hablado de más –se disculpó Maximus–. Eres una buena madre, Christina. Y eso siempre será respetado por mi familia. El niño es fantástico y... la verdad es que me gustaría verlo más a menudo.

Ari puso una mano sobre la suya.

–Tranquila. Estás entre amigos, no enemigos.

Tina miró su mano, mordiéndose los labios mientras intentaba contener las lágrimas. Le había ofrecido la salida más fácil para no tener una batalla por la custodia de Theo, pero ¿cómo iba a aceptar cuando se sentía tan vulnerable, cuando temía que destrozase su vida de nuevo?

Nerviosa, carraspeó para aclararse la garganta y, sin mirar a ninguno de los dos hombres, anunció:

–Quiero volver al hotel. Ha sido un día muy largo para Theo.

–Sí, claro –Ari apretó su mano–. Y te agradezco mucho que me hayas dejado compartir con él su cumpleaños.

–Ha sido una noche estupenda –asintió su padre–. Gracias, Christina.

Ella asintió con la cabeza para cortar la conversación. Porque, quisieran o no, estaban presionándola.

Theo estaba quedándose dormido sobre las rodillas de su madre y Ari se levantó de la silla.

–Christina está cansada y parece que Theo está listo para irse a dormir, así que es hora de despedirnos.

Los padres de Ari los acompañaron hasta la puerta y Helen les dio las gracias por su hospitalidad. Por supuesto, los tres decían estar deseando volver a verse en la boda de Cass y George.

Maximus y Sophie besaron a Theo antes de que Ari lo colocase en el asiento trasero del coche, a su lado. Tina les dio las gracias por la cena y, por fin, cerró la puerta con un suspiro de alivio.

El niño fue dormido durante todo el camino y Ari y su madre, que iba sentada a su lado, hablaban en voz baja. Tina iba en silencio, con Theo sobre sus rodillas, abrazándolo, sintiéndose más posesiva que nunca y lamentando ya las veces que tendría que separarse de él.

Cuando llegaron al hotel, Ari tomó al niño en brazos e insistió en llevarlo hasta la habitación. Tina no protestó, sabiendo que para su madre eso sería lo más natural. El problema llegó cuando abrió la puerta y, en lugar de darle a Theo, entró directamente en la habitación.

–¿En qué cama? –le preguntó.

Tina pasó a su lado para apartar el embozo y, después de dejar al niño sobre la cama, Ari le dio un beso en la frente; un gesto que la conmovió al recordar el deseo de Theo de tener un papá.

Tenía uno. Y muy pronto tendría que saberlo.

Ari se volvió hacia ella y Tina tragó saliva. Estaba demasiado cerca, peligrosamente cerca, exudando ese magnetismo sexual al que debería ser inmune, pero no lo era. Estar en un dormitorio con Ari Zavros, prácticamente a solas con él, era un mal asunto. De modo que dio un paso atrás, hacia la puerta, haciéndole un gesto para que saliera.

Él se detuvo a su lado y levantó una mano para tocar su mejilla, pero Tina dio un respingo.

–Vete, Ari –le dijo–. Ya has tenido tu día con Theo.

Él frunció el ceño.

–Solo quería darte las gracias.

–Sí, muy bien, pero puedes hacerlo sin tocarme.

–¿Tan repelente te resulto?

Tina tragó saliva, haciendo un esfuerzo para mirarlo a los ojos.

–No te pases, Ari. Ya he tenido suficiente por un día.

Él asintió con la cabeza.

–Te llamaré por la mañana.

–No, mañana es mi día con la familia –replicó ella–. Cassandra y el resto de mis parientes se reunirán con nosotros aquí... nos veremos en la boda.

Por un momento, pensó que Ari iba a protestar. Y le sorprendió cuando dijo:

–Entonces, nos veremos en la boda. Buenas noches, Christina.

–Buenas noches –repitió ella automáticamente, desconcertada.

No había hecho nada malo en todo el día. En realidad, había sido absolutamente encantador. Y seguía deseándolo, a pesar del daño que le había hecho. Nunca había habido otro hombre para ella, pero probablemente Ari hacía que todas las mujeres sintieran eso. Para él no significaba nada y sería una tontería dejar que el deseo nublara su sentido común.

Cuando Theo supiera que Ari era su padre, querría que vivieran juntos y felices... pero eso era un cuento de hadas. En la realidad, el príncipe no quería a la princesa y, por lo tanto, no podía haber un final feliz.

Tina se dijo a sí misma que no debía olvidar eso pasara lo que pasara.

# Capítulo 8

ARI ESTABA al lado de George en la iglesia, impaciente porque terminase el servicio religioso, pensando en lo que había conseguido con Christina.

Theo no era el problema. Su hijo le había sonreído de oreja a oreja mientras llevaba el almohadón con los anillos... Theo quería a su padre. Pero Christina solo había sonreído a George, sin molestarse en mirarlo a él.

Estaba guapísima con un vestido de satén rojo, tanto que Ari había tenido que hacer un esfuerzo para contener el instintivo deseo de llevarla a su cama.

–Es magnífica, ¿verdad? –murmuró George, refiriéndose a su prometida.

Había millones de mujeres guapas en el mundo y él había conocido a muchas, pero ninguna hacía que se le encogiera el corazón como se le encogía mirando a Christina en ese momento.

Tal vez tocaba algo en él porque era la madre de su hijo. O tal vez porque se había llevado su inocencia y quería enmendar el daño que le había hecho. La razón no importaba, tenía que convencerla para que se casara con él. Sus padres aprobaban ese matrimonio y no solo por Theo.

–Es encantadora, Ari. Y yo podría hacerme buena amiga de Helen –le había dicho su madre.

Su padre había sido más decisivo aún:

–Preciosa, inteligente y con un espíritu luchador admirable. Sería un buen matrimonio, Ari, no dejes que se te escape.

Era más fácil decirlo que hacerlo, claro.

Christina no quería que la tocase y aquel día ni siquiera lo había mirado.

¿Temería la atracción que había entre ellos?, se preguntó. Pero tendría que mirarlo en el banquete y soportar que la tocase mientras bailaban el primer vals. Y no sería un simple roce, él haría que el vals fuese el baile más íntimo; forzaría la química sexual que había entre ellos para que no pudiera esconderse de ella. Para que no pudiese negarla.

No iba a dejarla escapar, eso desde luego.


Tina escuchaba el servicio religioso al lado de su hermana. Esas mismas palabras serían pronto repetidas si le decía que sí a Ari. ¿Se tomaría en serio los votos matrimoniales o no serían más que palabrería para él, un medio para llegar a un fin?

Pero le había ofrecido poner por escrito su promesa de fidelidad y, de ese modo, ella tendría la custodia de Theo y de los hijos que pudiesen tener más adelante si no cumplía su promesa.

¿Podría ser feliz con él si le era fiel?, se preguntó.

Era un riesgo que probablemente no debería considerar siquiera. La boda de Cass estaba afectándola, despertando sentimientos que podían acabar convirtiendo su vida en una pesadilla. Además, la charla sobre matrimonio con sus parientes griegos el día anterior había hecho que no dejase de pensar en Ari.

Su madre hablaba maravillas de él, de lo amable que había sido durante el día, de los encantadores y hospitalarios que habían sido sus padres, de lo guapo que era... comentarios seguidos de miradas especulativas. Evidentemente, para su madre ser madre soltera era un desgracia.

Pero ella no sabía la verdad. No sabía que Ari se mostraba tan encantador por Theo.

Y ella tendría que ir de su brazo para salir de la iglesia detrás de los novios, sentarse a su lado en el banquete, bailar con él. Aquello era una pesadilla de la que no podía escapar y sería peor cuando se supiera la verdad.

Entonces su madre la presionaría para que se casara con Ari...

Sus parientes pensarían que sería una locura no hacerlo.

Solo Cass se pondría de su lado, estaba segura. Pero Cass no estaría allí porque se habría ido con George de luna de miel.

Era imposible volver atrás, pensó. Volver al momento en el que había amado a Ari con todo su corazón, creyendo que también él la quería. ¿Cómo iba a creer eso ahora?

Sintió una punzada de envidia cuando George prometió amar a Cass durante el resto de su vida. Lo había dicho con fervor, convencido, como había hecho Cass cuando prometió lo mismo.

Los ojos de Tina se llenaron de lágrimas cuando el sacerdote los declaró marido y mujer y, en silencio, les deseó toda la felicidad del mundo. Así era como debía ser entre un hombre y una mujer que empezaban su vida juntos.

Seguía parpadeando para disimular su emoción cuando tuvo que unirse a Ari para salir de la iglesia. Él la tomó del brazo y Tina tragó saliva, nerviosa.

—¿Por qué las mujeres lloran en las bodas? —le preguntó él.

—Porque el cambio da un poco de miedo y una mujer espera con todo su corazón que todo salga bien.

—¿Y qué es para ti que salga bien, Christina?

Christina...

No dejaba de usar su nombre completo porque era así como la había llamado seis años antes. Durante los meses que estuvieron juntos, le había encantado cómo lo pronunciaba, como una caricia. Pero le gustaría que no usara el mismo tono ahora. Le gustaría que la llamase Tina, como todo el mundo. Así no estaría constantemente recordando a la chica que había sido y cuánto lo había amado una vez.

Porque ella ya no era esa chica.

Había seguido adelante con su vida.

Pero Ari podía seguir haciendo que su corazón se encogiera, que se sintiera excitada... y eso no podía ser. No podía darle ese poder.

La terrible desilusión que se había llevado con él le dio convicción a su voz cuando dijo:

—Que salga bien es que sigan amándose como ahora durante el resto de sus vidas, pase lo que pase

—respondió, mirando los ojos de color ámbar—. Pero nosotros no tenemos esa base para un matrimonio, ¿verdad?

—Yo no creo que el amor sea lo único que une a dos personas de por vida —respondió él.

—¿Ah, no?

—El amor es una locura que te ciega y que se acaba cuando no se cumplen tus expectativas. Lo que yo te ofrezco es un compromiso, Christina. Puedes confiar en algo más que en el amor.

Su cínica opinión le resultó profundamente ofensiva y, sin embargo, empezaba a quedarse sin argumentos.

—Yo preferiría tener lo que tienen Cass y George —murmuró, molesta por la implicación de que el matrimonio de su hermana no duraría.

—Entiendo que el cambio pueda darte un poco de miedo —murmuró Ari—. Y te prometo que haré todo lo que esté en mi mano para que la transición sea lo más agradable posible para ti y para Theo.

¡La transición!

Esperaba que dejase su vida en Australia, todo lo que conocía: sus amigos, su familia, su restaurante, para estar con él. No aceptaría que fuese al revés, por supuesto. En su opinión, debería ver ese matrimonio como lo más deseable. Y lo habría visto de esa forma una vez, si Ari la amase.

Esa era la cuestión.

El dolor que le había causado seis años antes no había desaparecido.

En la puerta de la iglesia tuvieron que posar para los fotógrafos y Tina hizo un esfuerzo para sonreír.

Ari tomó a Theo en brazos y la gente sonreía, contentos al verlos juntos, como si ya fueran una familia. Los padres de Ari estaban charlando con su madre y su tío Dimitri. Y todos se aliarían contra ella si decidiera rechazar la proposición de matrimonio de Ari.

Durante el viaje hasta el salón de banquetes, Theo iba sentado entre ellos, charlando alegremente con el hombre que pronto sabría era su padre. Tina agradecía no tener que decir nada, pero se daba cuenta de lo feliz que su hijo se sentía con Ari y Ari con su hijo.

¿Cómo iba a explicarle a un niño de cinco años que no podía vivir con el papá que tanto deseaba?

Poco después llegaron a la bodega Santo, donde tendría lugar el banquete, un sitio precioso al borde de un acantilado. Frente al muro que los separaba del mar había varias mesas con manteles de lino blanco bajo una carpa. Los invitados se reunieron allí mientras posaban en grupos para los fotógrafos y los camareros pasaban entre ellos con bandejas de aperitivos. Todo el mundo parecía alegre, feliz.

Tina creyó que podría escapar de Ari por un rato cuando el fotógrafo pareció darse por satisfecho, pero fue imposible. Ari la tomó del brazo para llevarla junto a los padres de George, que se mostraron encantadores y la invitaron a visitarlos en Patmos cuando quisiera.

Luego insistió en presentarle a sus hermanas y sus maridos, que le dieron la bienvenida al grupo charlando alegremente sobre la ceremonia. Sus hijos, los sobrinos de Ari, todos de la edad de Theo, se llevaron al niño para jugar, de modo que Tina se convirtió en el centro de atención. Y, aunque la conversación era agradable, sabía que estaban estudiándola como posible esposa de Ari.

Después de un razonable intervalo de tiempo, Tina se excusó diciendo que tenía que ir a ver si Cass necesitaba algo.

Pero no pudo escapar.

–Voy contigo –dijo Ari–. Puede que George necesite algo de mí.

En cuanto se quedaron solos, Tina murmuró:

–Se lo has contado a todo el mundo, ¿verdad?

–A mis hermanas sí, a los niños no –respondió él–. Theo se habría enterado de inmediato. Pero no te preocupes, nadie dirá nada hasta después de la boda. Sencillamente, quería que mis hermanas entendieran por qué estás conmigo.

–No estoy contigo –replicó ella.

Ari sostuvo su mirada.

–Eres mi futura esposa y quiero que mi familia lo sepa.

–¿Por qué tienes tanta prisa? Aún no he dicho que sí –insistió Tina, exasperada–. Podemos llegar a un acuerdo para compartir la custodia de Theo. Mucha gente lo hace, no tenemos que casarnos.

–Pero es que yo quiero casarme contigo.

–Solo por Theo, y eso no augura nada bueno.

–Te equivocas. Quiero casarme por ti, Christina.

Ella negó con la cabeza, angustiada. No estaba dispuesta a creerlo, no sería tan ingenua.

Cass y George estaban charlando con un grupo

de modelos amigas de su hermana y Tina las señaló con la mano.

–Mira lo que podrías tener. Todas son guapísimas y seguro que estarían encantadas de estar contigo.

–No me interesa la atención de ninguna otra mujer. Quiero la tuya.

–La quieres hoy, pero ¿qué pasará en el futuro?

–Tú y yo tendremos un futuro si me das la oportunidad.

De nuevo, Tina negó con la cabeza. No tenía sentido discutir con él, evidentemente. Había tomado una decisión y nada de lo que dijera podía hacerlo cambiar de opinión.

–Merece la pena intentarlo, ¿no te parece? –insistió Ari–. Éramos felices cuando estábamos juntos y podemos volver a serlo. Tú no quieres separarte de Theo, y eso es lo que pasaría si insistes en no casarte conmigo.

Sí, eso sería horrible.

Pero también era horrible cómo miraban a Ari las amigas de Cassandra. Aunque lo comprendía, claro. Ari estaba más apuesto que nunca con el esmoquin, que destacaba un cuerpo de dios griego. Tina no tenía la menor duda de que eso era lo que pensaban, envidiándola por estar a su lado.

¿Podría soportar eso durante toda la vida?

¿Estaría toda la vida a su lado?

Estaba tan agitada que necesitaba una distracción y, con un poco de suerte, Cass lo sería. Ari y ella se unieron al grupo y fueron presentados por su hermana. Uno de los amigos de George, otro fotógrafo, aprovechó la oportunidad para darle a Tina su tarjeta.

–Llámame y te convertiré en una modelo tan famosa como tu hermana. No te enfades, Cass, pero esta chica tiene un rostro único.

Cass rio, tomando a Tina por la cintura.

–Siempre he dicho que deberías haber sido modelo.

–No, gracias. Estoy muy ocupada con Theo.

–De todas formas, me encantaría fotografiar ese cuello tan largo y esos maravillosos pómulos –insistió el fotógrafo–. El pelo corto hace que destaquen a la perfección.

–No, de verdad, no estoy interesada. Además, no llevo el bolso y no sé dónde guardar la tarjeta.

–Yo la guardaré por ti –se ofreció Ari, metiéndola en el bolsillo de su chaqueta–. Puede que algún día la necesites. También yo creo que Christina es única... y muy especial.

Esa era virtualmente una declaración de su interés por ella, dejando bien claro al resto de las mujeres que no tenían nada que hacer.

Los «maravillosos pómulos» de Tina se tiñeron de rubor.

–Mamá tiene razón –le dijo Cass al oído–. Ari está colado por ti. Dale una oportunidad, cariño. También él es especial.

¡Una oportunidad!

Incluso Cass estaba de su lado.

Tina sentía como si el mundo entero estuviese conspirando para que diera un paso que temía dar.

–Necesito un poco de aire fresco –murmuró.

Ari la tomó del brazo.

–Perdonadnos un momento, vamos a respirar la brisa del mar.

Tina no protestó cuando la llevó hacia el muro de piedra al borde del acantilado. Sabía que no serviría de nada. Estaba atrapada siendo la acompañante de Ari en la boda y no había forma de escapar.

–¿Por qué has guardado la tarjeta?

–Porque es culpa mía que no siguieras con tu carrera de modelo, pero aún puedes intentarlo –respondió él–. De hecho, estás más bella ahora que antes. Si quieres intentarlo, yo te apoyaré.

Tina frunció el ceño.

–Ser madre es lo primero para mí. ¿Y no es eso lo que tú quieres, que sea la madre de tus hijos?

–Sí, pero las modelos también son madres. Puedes hacerlo, Christina –Ari levantó una mano para acariciar su mejilla–. Yo destruí tus dos sueños, pero al menos puedo devolverte uno de ellos. Y tal vez también el otro... con el tiempo.

Tina se atragantó. Aquello era demasiado.

¿Estaba diciendo eso solo para convencerla? Había confiado en él una vez y se había llevado una desilusión. ¿Cómo iba a creerlo? ¿Cómo iba a confiar en él?

Necesitaba despejar su cabeza desesperadamente.

–¿Te importaría traerme un vaso de agua, por favor?

Ari sostuvo su mirada durante unos segundos, buscando en sus ojos la prueba de que lo creía. Pero ella, en silencio, le rogaba que le diese algo de espacio, un alivio de su constante presencia.

Y, por fin, asintió con la cabeza.

–Vuelvo enseguida.

Tina miró el mar, respirando profundamente para llevar oxígeno a sus pulmones.

Pero no sirvió de nada.

A pesar de su pasada experiencia con Ari Zavros, o tal vez por ella, un pensamiento se repetía en su cabeza:

«Dale una oportunidad».

«Dale una oportunidad».

# Capítulo 9

EL VALS...
Tina respiró profundamente mientras se levantaba de la silla para ir con Ari a la pista de baile.

Se había portado como un caballero durante toda la noche y el discurso que había hecho durante el brindis por los novios había encantado a todos los invitados.

Tal vez era el hombre perfecto para ella, pensó Tina, ya que no se había sentido atraída por ningún otro en esos seis años. ¿Quería vivir el resto de su vida sin conocer el placer sexual que le había dado Ari?, se preguntó.

«Dale una oportunidad».

Mientras se dirigían a la pista de baile, el calor de su mano en la espalda se extendió hasta su abdomen y entre sus piernas.

La orquesta estaba tocando *Moon River*, un vals lento que Cass y George debían de haber pedido especialmente y que estaban ejecutando con gran talento, dando vueltas y deslizándose por la pista mientras se miraban a los ojos.

Era tan romántico y tan sexy que a Tina se le doblaron las rodillas cuando Ari la tomó por la cintura. Había pasado mucho tiempo desde la última vez que estuvieron tan cerca... ¿sentiría el mismo deseo cuando rozase el fuerte cuerpo masculino?

Fue imposible disimular un escalofrío de emoción cuando la tomó por la cintura, pero se puso tensa cuando la apretó contra su torso, luchando instintivamente contra el efecto que ejercía en ella.

–Relájate, Christina –murmuró él–. Deja que tu cuerpo responda al ritmo de la música. Sé que puedes hacerlo.

Claro que lo sabía. Había poco que no supiera sobre su cuerpo y cómo respondía. Pero si quería darle una oportunidad a esa relación, debía averiguar si sentía lo que había sentido seis años antes.

De modo que hizo un esfuerzo para relajarse mientras Ari la apretaba contra su torso, su estómago en contacto con la entrepierna masculina cada vez que se movían, su corazón latiendo como loco, sus hormonas femeninas frenéticas.

Estaba en los brazos de un dios griego que era suyo si lo quería y la tentación empezaba a ser irresistible.

Ari intentaba que Christina se rindiera a la química sexual que había entre los dos. Le gustaba tanto tenerla entre sus brazos... era lo bastante alta como para que sus cuerpos encajasen a la perfección.

El movimiento de sus caderas, el roce de sus pechos, el aroma de su piel y su pelo... todo en ella encendía su deseo.

El vals terminó y Tina no se apartó de golpe

como había esperado, aunque sí dio un paso atrás. Tenía las mejillas rojas y no lo miraba, sus largas pestañas negras escondiendo sus ojos.

Ari estaba seguro de que también a ella le había afectado el baile, pero no sabía si eso era suficiente para que aceptase su proposición de matrimonio.

El maestro de ceremonias invitó a todos a bailar la siguiente canción, que había sido solicitada especialmente por la novia, y Ari entendió de inmediato su significado cuando la orquesta empezó a tocarla. Christina y él habían escuchando esa balada de Stevie Wonder en la radio del coche durante uno de sus viajes.

—*Eres el sol de mi vida* —murmuró, recordando que una vez había utilizado esas mismas palabras para referirse a ella—. Era la canción favorita de tu padre.

—Sí —asintió Tina, emocionada—. Cass también lo echa mucho de menos. Hoy se habría sentido tan orgulloso de ella... pero me sorprende que tú lo recuerdes —añadió, esbozando una sonrisa.

—Las canciones especiales pueden ser muy evocadoras. Tú eras el sol de mi vida cuando estábamos juntos, Christina.

La sonrisa de Tina se convirtió en una mueca.

—Ha pasado mucho tiempo desde entonces. Y estoy segura de que habrás encontrado el «sol» muchas veces.

—No de la misma calidad.

Ella apartó la mirada.

—No te creo.

—Tenemos que bailar —murmuró Ari entonces.

Christina dejó que volviese a abrazarla sin oponer resistencia. Era un progreso, pensó Ari, aunque le gustaría que no siguiera mencionando a las otras mujeres que había habido en su vida. El pasado era el pasado... y no se podía cambiar. Lo que debía hacer era mirar hacia el futuro.

—Lo que importa es lo que podría haber entre nosotros ahora, Christina.

Ella no respondió.

Con un poco de suerte, se lo pensaría.

Tina deseaba con todas sus fuerzas poder olvidar el pasado y concentrarse en el presente. Fingir que acababa de conocer a Ari, sentir lo que la hacía sentir sin recordar lo que había ocurrido seis años antes. Si fuera su primer encuentro con él, no le importarían las demás mujeres y podría pensar que Ari era el hombre de su vida.

Tal vez podría hacerlo... si lograba olvidar. Él había dicho que quería devolverle los sueños que había destrozado. Y, sin embargo, confiar en su palabra era un riesgo demasiado grande. Si no la cumplía, se odiaría a sí misma por haber sido tan tonta, lo odiaría a él por engañarla y terminaría siendo una amargada.

Pero Ari perdería a Theo, y a los demás hijos que tuviesen, si rompía su promesa de fidelidad porque ella se quedaría con la custodia. Y, en ese caso, tal vez merecía la pena aprovechar la oportunidad.

La canción favorita de su padre terminó y Tina vio que Cass se acercaba a su madre, que había bailado con el tío Dimitri, para abrazarla. Y esa escena hizo que se le encogiera el corazón. Sabía que su padre hubiera querido que se casara con Ari...

Entonces miró al padre de su hijo y en los seductores ojos de color ámbar vio la promesa del placer que una vez habían disfrutado. El que podían volver a disfrutar.

Le temblaban los labios, pero la decisión estaba tomada y no iba a pensarlo más.

–Vamos a algún sitio donde podamos hablar a solas –le pidió.

Ari la tomó del brazo para salir de la pista y la llevó a la terraza.

–¿Quieres sentarte? –le preguntó.

–Sí –respondió Tina, porque le temblaban las piernas. Además, estar sentada frente a él sería más cómodo para hablar del acuerdo.

–¿Qué querías decirme?

Tina se aclaró la garganta. Aquel era el momento, pensó. Su vida iba a tomar una nueva dirección.

Lo miró a los ojos, intentando verlo como un hombre cariñoso y comprometido con ella y con su hijo. Si podía creerlo, tal vez ese matrimonio no sería un fracaso.

«Dilo de una vez».

–Yo...

–¿Sí? –la animó Ari, inclinándose un poco hacia delante.

De repente, Tina sintió una oleada de pánico. El sentido común le decía: «Espera, no te comprometas todavía».

¿Pero por qué iba a esperar? La situación no iba

a cambiar. Aquel hombre era el padre de Theo y una vez lo había amado con todo su corazón. ¿No debería darle una oportunidad?

–Me casaré contigo –dijo por fin, sellando su decisión.

Ari esbozó una sonrisa de felicidad. ¿O era una sonrisa de triunfo al haber conseguido lo que quería?

–¡Eso es genial, Christina! Me alegro mucho de que hayas decidido que es lo mejor porque lo es.

Parecía tan convencido que, de inmediato, Tina empezó a tener dudas. ¿Estaba siendo una tonta por aceptar tan rápidamente? Tenía que darle valor al matrimonio para que Ari lo tratase como debía.

–Dame tu mano –dijo él entonces.

Pero Tina negó con la cabeza.

–Aún no he terminado.

Ari frunció el ceño.

–Muy bien, dime qué necesitas de mí.

–Que firmes el acuerdo prematrimonial que me ofreciste.

Él se echó hacia atrás en la silla, sonriendo con ironía, y a Tina se le encogió el estómago. Si se retractaba de su promesa, no seguiría adelante con el matrimonio, sería demasiado arriesgado. Ari podría marcharse de nuevo y llevarse a Theo con él.

De modo que esperó su respuesta.

Esperó y esperó... sus nervios a punto de explotar con cada segundo que pasaba.


Ari intentaba entender las motivaciones de Christina. Evidentemente, no confiaba en su palabra y podía entenderlo. Pero le preocupaba que fuese una persona vengativa.

El acuerdo prematrimonial que le había ofrecido le otorgaba todos los derechos si él no era fiel. Pero ¿y si estaba planeando ser una esposa fría y seca para que se viera obligado a buscar placer en otro sitio?

Si estaba secretamente decidida a no responder ante sus caricias, estaría condenándose a sí mismo a un matrimonio de pesadilla. Necesitaba algo más que un par de bailes para estar seguro de que podrían entenderse en la cama, pero Christina se negaba a darle la mano siquiera.

¿Estaría planeando una venganza o de verdad esperaba que pudiese haber un futuro para ellos?

Estaba arriesgando mucho y decidió que debían llegar a un acuerdo satisfactorio para los dos.

–Estoy dispuesto a firmar ese acuerdo, Christina –anunció, mirándola con gesto retador–. Si tú estás dispuesta a pasar una noche conmigo antes de casarnos.

Ella lo miró, atónita.

–¿Por qué? Tendrás todas las noches que quieras si firmas ese acuerdo.

–Quiero estar seguro de que esas noches serán lo que yo espero. No firmaré un acuerdo por el que podría perder a mi hijo por una mujer que piensa darme la espalda.

–¿Qué?

–Necesito que me demuestres que eso no va a pasar, Christina. Tu actitud hacia mí no es precisamente cariñosa... ni siquiera me das la mano.

Ella sintió que le ardía la cara.

—Muy bien, tal vez sería buena idea que pasáramos una noche juntos antes de comprometernos. Seguramente no serás tan buen amante como recuerdo.

Ari tuvo que disimular un suspiro de alivio.

—O te demostraré que lo soy.

Tina tragó saliva.

—Mañana por la noche nos acostaremos juntos —dijo por fin, mirándolo con gesto decidido—. Así podremos tomar una decisión.

Saldría corriendo si no la satisfacía, pensó Ari. Pero estaba convencido de que podría hacerlo si ella ponía algo de su parte.

—Muy bien —asintió—. En cualquier caso, nuestro acuerdo acaba esta noche. Mañana le contarás la verdad a tu madre y a Theo. Pase lo que pase entre nosotros, eso debe ser reconocido públicamente.

Ella asintió con la cabeza.

—Se lo diré por la mañana.

—Explícale a tu madre las circunstancias... que yo no sabía nada cuando me fui de Australia y que no lo supe hasta que nos encontramos en Dubai. Habría vuelto contigo de haberlo sabido, te lo juro.

Ella hizo una mueca.

—No te preocupes. Como he decidido que tal vez me case contigo, intentaré hacerte quedar bien.

—Es la verdad —insistió Ari.

—Pero mi verdad es que me dejaste y yo no quería que volvieras —replicó Tina—. Y, por favor, no me presiones más. Haré lo que tenga que hacer para allanar el camino, te lo aseguro.

Ari recordó entonces las palabras de su padre sobre ella: «Preciosa, inteligente y con un espíritu luchador admirable».

–Me gustaría estar contigo cuando se lo cuentes a Theo. Me he perdido tantas cosas... no estuve allí cuando nació, cuando dijo sus primeras palabras, cuando dio sus primeros pasos, cuando aprendió a nadar, su primer día en la guardería. Quiero ver su expresión cuando sepa que soy el padre que tanto deseaba. ¿Te importaría, Christina?

Ella apretó los labios, seguramente pensando en los recuerdos que no había compartido con él.

–Espero que de verdad quieras ser un buen padre para él. Por favor, no hagas que se encariñe contigo para luego abandonarlo.

Ari sabía que eso era lo que creía que había hecho con ella. Había sido un error por su parte dejar que la tentación lo hiciese olvidar el sentido común. Entonces era tan joven, tan impresionable. Pero Theo lo era aún más y Christina temía por él. Le gustaría decirle que iba a cuidar de ellos durante el resto de sus vidas porque no quería ver ese brillo de temor en sus ojos, pero hacer que confiase en él llevaría tiempo.

–Dame la mano –le pidió en voz baja. Y ella lo hizo–. Te prometo que haré todo lo que pueda para ganarme el cariño de Theo –dijo Ari entonces–. Te lo prometo solemnemente. Theo es mi hijo, Christina.

Con los ojos llenos de lágrimas, Tina asintió con la cabeza, incapaz de hablar. Ari acarició su mano con el pulgar, intentando consolarla de ese modo porque no se atrevía a abrazarla.

–Si no te importa, iré al hotel mañana por la tarde. Podemos estar un rato con Theo antes de... antes de pasar la noche juntos –sugirió.

Ella asintió de nuevo antes de decir:

–Siento mucho haberte dejado fuera de su vida.

–Tenías tus razones –murmuró Ari, comprensivo–. Pero lo que ocurra a partir de ahora depende de nosotros y debemos pensar en Theo.

–Sí, es cierto –asintió ella–. Normalmente, se echa la siesta después de comer. Si vas a las cinco... esa es buena hora.

–Gracias.

Tina consiguió sonreír, aunque era una sonrisa trémula.

–Bueno, deberíamos volver dentro. Es la noche de Cass y quiero estar con ella.

–Y la de George –asintió Ari.

No soltó su mano mientras volvían al salón y ella no la apartó, pero puso la mano libre sobre su torso, mirándolo con una vulnerabilidad enternecedora.

Odiaba que tuviese miedo porque lo hacía sentir como un monstruo por haberla dejado...

–Todo saldrá bien, Christina –murmuró, besando su frente–. Yo haré que salga bien por ti y por Theo.

Esa noche era la noche de Cassandra y de George.

La noche siguiente sería suya.

Podía esperar.

A LA MAÑANA siguiente, Tina esperó hasta que sus parientes griegos tomaron el ferry que los llevaría a Atenas para charlar a solas con su madre. Todo el mundo comentaba lo maravillosa que había sido la boda de Cass, pero entre los felices comentarios había algunos sobre el interés de Ari por ella.

–No tenía ojos para nadie más.

–No se apartó de tu lado ni un momento.

–Es un hombre encantador.

–¡Y tan guapo!

Tina había intentado desanimar la curiosidad de sus parientes reconduciendo la conversación hacia su hermana, pero veía la misma curiosidad en los ojos de su madre y, cuando por fin se quedaron solas, relajadas en sendas hamacas frente a la piscina, no tuvo que preguntarse cómo iba a revelarle la verdad. Helen le dio el pie que necesitaba:

–¿Vas a ver a Ari esta noche, hija?

–Sí –respondió ella–. Y hay algo que debo decirte, mamá –añadió, intentando controlar los latidos de su corazón–. Ari Zavros y yo nos conocimos hace seis años en Australia... y nos enamoramos.

Su madre lo entendió de inmediato, podía verlo en sus ojos.

—Es el padre de Theo.

—Sí —le confesó Tina—. Fue una sorpresa increíble volver a verlo en Dubai porque no había esperado volver a verlo nunca. Le pedí que no dijese nada hasta después de la boda, pero hoy tengo que contarte la verdad, se lo he prometido.

—¡Ay, Dios mío! —su madre se llevó una mano al corazón—. Entonces, estos días tienen que haber sido muy difíciles para ti.

Tina tuvo que contener las lágrimas. No había esperado que su madre fuese tan comprensiva. Había esperado sorpresa y tal vez alguna crítica por su silencio... estaba preparada para todo eso, pero no para que se preocupase por sus sentimientos.

—Pensé que había desaparecido de mi vida para siempre, mamá —consiguió decir—. Pero sabe que Theo es hijo suyo y no quiere separarse de él. Lo ha dejado bien claro.

—Ahora lo entiendo todo —asintió su madre—. Está decidido a reclamar a su hijo.

—No tiene sentido negarle sus derechos, mamá.

—¿Ha dicho cómo quiere lidiar con la situación?

Tina apartó la mirada.

—Quiere casarse conmigo.

—¡Ah!

No parecía sorprendida, aunque tal vez sí un poco asustada por cómo cambiaría eso la vida de su hija y su nieto.

—¿Su familia lo sabe? —le preguntó unos segundos después.

–Se lo contó después de que nos viéramos en Atenas. No tenía la menor duda de que Theo era su hijo. Se parecen tanto...

–Sí, ahora me doy cuenta –su madre asintió con la cabeza, pensativa–. Por eso han sido tan hospitalarios, por Theo.

–Sí, claro.

–Pero también han sido muy amables con nosotras y eso demuestra que están dispuestos a aceptarte como nuera. ¿Qué vas a hacer?

–No lo sé –respondió Tina–. Ari dice que habría vuelto a Australia de haber sabido que estaba embarazada. Pero yo no se lo conté porque no me quería, solo había sido un rato de diversión para él.

–Pero tú sí estabas enamorada.

–Sí, completamente.

–¿Y ahora?

Tina se encogió de hombros.

–Ari está interesado en Theo. No voy a engañarme a mí misma pensando que se ha enamorado de mí de repente.

–Tal vez te ve como alguien especial porque eres la madre de su hijo. Es una forma de pensar muy griega, cariño. Y, a veces, el amor nace de compartir algo tan precioso.

Tina recordó lo que Ari había dicho sobre los primeros años de vida de su hijo... los que él se había perdido.

–No sé qué hacer.

–¿Qué crees que es lo mejor para ti?

–Probablemente casarme con él –respondió Tina–: Creo que Ari sería un buen padre. Me ha pedido que esperase hasta esta tarde para contárselo a Theo y después... bueno, creo que deberíamos estar solos para ver lo que sentimos el uno por el otro. ¿Te importaría cuidar de Theo esta noche?

–No, claro, pero... ojalá tu padre estuviese aquí –dijo Helen.

–No te preocupes, mamá. Tengo que tomar una decisión y creo que esta es la mejor forma de hacerlo.

–Ten cuidado, hija. Aún recuerdo lo mal que lo pasaste cuando estabas embarazada de Theo.

–Eso no volverá a ocurrir –le aseguró ella. Daba igual que Ari usara preservativo o no porque no estaba en ese ciclo del mes–. Gracias por tomártelo tan bien. Odio ser un problema para ti.

–No eres un problema, hija, nunca lo has sido. Lo único que yo quiero es que seas feliz y deseo con todo mi corazón que todo salga bien con Ari.

El final feliz de los cuentos de hadas.

Tal vez, si intentaba creer en ello, acabaría siendo así. En cualquier caso, después de esa noche sabría cómo iban a llevarse Ari y ella. Por el momento, no podía confiar en que cumpliera sus promesas de serle fiel.

Aunque encontrasen placer sexual el uno con el otro, eso no garantizaría nada. Pero podría empezar a creer que había un futuro para ellos cuando firmase el acuerdo prematrimonial.

Si lo hacía.


Ari pasó la mañana con su abogado, que estaba en contra de que renunciase a sus derechos paternales en ninguna circunstancia. Un acuerdo económico estaba bien en caso de divorcio, pero renunciar a la custodia de sus hijos era una locura, según él. Especialmente ya que iba a casarse para estar con su hijo.

–No he venido a pedirte consejo –le había dicho Ari por fin–. Redacta el acuerdo. Es cuestión de demostrar buena fe.

–Demuestra buena fe, pero no lo firmes –insistió su abogado.

Y aún no lo había firmado.

Había hecho muchos tratos en su vida, pero ninguno tan arriesgado como el que él mismo le había propuesto a Christina. El dinero no le preocupaba porque jamás le negaría nada a su mujer y a su hijo, pero si esa noche no lograba despertar su deseo, casarse con Christina podría ser un riesgo enorme.

Su cabeza le decía eso.

Pero su corazón estaba empeñado en casarse con Christina Savalas, que lo afectaba como no lo había afectado ninguna otra mujer. Había sido su primer amante y eso la hacía suya en un sentido primitivo. Y que fuera la madre de su hijo la hacía especial. Además, su dinero no interesaba nada a Christina o habría intentado localizarlo al quedar embarazada.

Solo le preocupaba la clase de persona que fuera. El aspecto físico, el dinero, nada de eso le importaba en absoluto. Y si no estaba a la altura de lo que esperaba de él como hombre, Christina no querría saber nada.

En realidad, era un reto. Quién era siempre había sido suficiente, pero Christina buscaba algo más profundo y Ari estaba totalmente decidido a apartar el miedo de sus ojos. Ganársela se había convertido en lo más importante de su vida.

Contar con Theo era, por supuesto, muy importante, pero Christina era parte de Theo también y no podía separarlos en su cabeza. De hecho, no quería separarlos porque los tres juntos eran una familia. Su familia. Y tenía que conseguirlo de cualquier manera porque no podía tolerar la idea de que Christina se llevase a Theo a Australia y lo dejase fuera de su vida.

Ari comió con sus padres, que estaban deseando volver a ver a Theo.

–Mañana –les prometió–. Mañana traeré a Christina, a Theo y a Helen y juntos decidiremos lo que vamos a hacer.

Aunque Christina rechazase finalmente su proposición de matrimonio, tendría que atender a razones en cuanto a la futura relación con su hijo. Y si aceptaba su proposición, tendrían que organizar la boda. Más que una boda, en realidad. Tendrían que decidir dónde iban a vivir.

Ari estaba tenso mientras iba hacia el hotel El Greco, aunque se decía a sí mismo que contarle la verdad a Theo no sería tan complicado. Theo quería un papá y revelarle que era él sería un placer.

Lo que ocurriera después con Christina era el momento crítico. Esperaba que también eso fuera un placer, pero si no lo era... Ari intentó no pensarlo. Aquello tenía que funcionar.


Tina, su madre y Theo estaban tomando un té en la terraza cuando vieron llegar a Ari con expresión decidida.

–¡Estamos aquí! –gritó Tina al ver que se dirigía a las habitaciones, su corazón acelerándose por lo que su llegada significaba para todos.

Su expresión se animó de inmediato al verlos y cuando Theo saltó de la silla para correr hacia él, Ari lo tomó en brazos, sonriendo al ver la alegría del niño.

–He terminado la estación de tren. Tienes que venir a verla.

–En cuanto salude a tu madre y a tu abuela –le prometió él.

Mientras se acercaba a la mesa miró a Christina inquisitivamente y ella asintió con la cabeza. De modo que Helen sabía la verdad... muy bien, un obstáculo menos.

–Helen, quiero que sepas que cuidaré de tu hija mucho mejor que en el pasado. Por favor, créeme.

–Tina y Theo, junto con Cassandra, son lo más importante de mi vida –respondió su madre–. Espero que los quieras tanto como yo.

Ari asintió con la cabeza.

–Theo quiere enseñarme la estación que ha hecho con el Lego.

–Voy con vosotros –se ofreció Tina–. Lo ha hecho muy bien, aunque era difícil, ¿verdad, cariño?

–Muy difícil –repitió el niño–. ¡Pero lo he hecho yo solo!

–Ya sabía yo que eras un niño muy listo.

–¿Nos esperas aquí, mamá? –le preguntó Tina.

–Sí, claro.

Theo no paraba de hacer preguntas sobre los sobrinos de Ari, y Tina no tuvo que decir nada mientras iban a la habitación. Se daba cuenta del lazo que había entre Ari y su hijo y estaba segura de que la noticia no sería un trauma para el niño.

Si se lo contaba como si fuera un cuento, tal vez lo aceptaría sin cuestionarlo siquiera. Por otro lado, podría haber un montón de preguntas a las que sería difícil responder...

Estaba tensa mientras abría la puerta de la habitación, pero Ari la miró a los ojos como diciendo: «Tranquila, yo se lo contaré».

Tina sintió cierto resquemor porque de ese modo le estaba quitando arbitrariamente el poder, aunque también la aliviaba de la responsabilidad de contárselo a Theo.

–¿Tu mamá suele contarte cuentos, Theo? –le preguntó Ari, sentándose en la cama, al lado de la estación de tren.

–Sí, todas las noches –respondió el niño–. Me señala algunas palabras en el libro y ya sé leer muchas –añadió, orgulloso.

–Ya veo que aprendes muy rápido –Ari se aclaró la garganta, nervioso–. Si te cuento un cuento, tal vez podrías adivinar el final...

–¡Cuéntamelo, cuéntamelo! –exclamó Theo, sentándose en el suelo.

Ari se inclinó un poco hacia delante, apoyando los codos en las rodillas para mirar los ojos de color ámbar tan parecidos a los suyos.

–Érase una vez un príncipe de un país muy lejano que viajó al otro lado del mundo...

Tina se quedó sorprendida. Iba a contárselo como si fuera un cuento y eso era lo que ella había pensado hacer. Pero ¿qué versión iba a contarle?, se preguntó, angustiada.

–Allí conoció a una bella princesa de la que se quedó prendado –siguió Ari–. El príncipe quería estar con ella todo el tiempo y ella quería estar con él, así que no se separaron mientras residía en el país. Pero un día, el príncipe tuvo que marcharse para seguir llevando los asuntos de su reino. Ella se quedó muy dolida cuando se dijeron adiós y cuando descubrió que iba a tener un hijo decidió no enviarle un mensaje para contárselo. No quería verlo nunca más porque temía que volviese a dejarla, así que le ocultó el nacimiento de su hijo.

–¿Era un niño o una niña? –preguntó Theo.

–Un niño –respondió Ari–. Un niño muy querido por su familia. Lo quería tanta gente que la princesa pensó que no necesitaba un padre, pero no sabía que el niño añoraba secretamente tener un papá.

–Como yo –dijo Theo–. Pero no quise un papá hasta que empecé a ir al colegio.

–Es natural querer uno –le aseguró Ari.

–¿Y el niño del cuento encontró al suyo?

–Después de unos años, la hermana de la princesa iba a casarse con un hombre del mismo país que el príncipe, de modo que toda la familia viajó al otro lado del mundo para celebrar la boda. Pero la princesa no sabía que allí se encontraría con el príncipe, y cuando él vio al niño, supo que era su hijo porque tenían los mismos ojos.

–Como tú y yo –murmuró Theo.

–Exactamente –asintió Ari–. La princesa le pidió al príncipe que lo guardase en secreto para no robarle atención a la novia y el príncipe lo entendió, pero quería pasar el mayor tiempo posible con su hijo y también quería que la princesa supiera lo que ser padre significaba para él. Lo entristecía mucho pensar en todo lo que se había perdido y...

—¿Quieres que adivine el final? —lo interrumpió Theo.

Ari asintió con la cabeza.

El niño lo miró en silencio durante unos segundos, inseguro.

—¿Eres mi papá, Ari?

—Sí, Theo, soy tu papá —respondió él.

Tina contuvo el aliento hasta que vio sonreír a su hijo. Ni Ari ni él la miraban, pero no importaba. Era su momento y no lamentaba quedarse fuera.

—Me alegro de que seas mi papá —dijo Theo entonces, levantándose—. Después de mi fiesta de cumpleaños soñé que lo eras.

Ari lo tomó por la cintura para sentarlo sobre sus rodillas.

—Siempre celebraremos juntos tus cumpleaños, Theo —le prometió, con voz ronca.

—Pero no quiero que vuelvas a hacerle daño a mi mamá.

Los ojos de Tina se llenaron de lágrimas ante la lealtad del pequeño.

—Estoy intentando no hacérselo, te lo aseguro —dijo Ari—. He mantenido el secreto hasta hoy, pero tu mamá y yo tenemos que decidir cómo podemos estar juntos el resto de nuestras vidas. ¿Te importa quedarte con tu abuela mientras lo hacemos?

—¿La *yiayia* sabe que tú eres mi papá?

–Sí, tu madre se lo contó esta mañana. Y mañana, si a ella le parece bien, te llevaré a casa de mis padres otra vez.

–¿Maximus es mi abuelo? –exclamó Theo.

–Claro que sí –respondió Ari–. Y está deseando volver a verte... y mi madre también. Ahora tienes una familia mucho más grande que antes. Los niños con los que jugaste en la boda de Cassandra son tus primos.

–¿Y también estarán mañana en casa del abuelo Maximus?

–Sí, claro –Ari se levantó, sin soltar al niño–. Pero tu mamá y yo tenemos cosas que hablar, así que ahora te quedarás con tu abuela Helen, ¿de acuerdo?

El niño asintió con la cabeza.

–¿Podemos ir mañana a ver a Maximus, mamá?

–Sí, cariño –respondió ella.

Theo se quedó con su madre, contándole que el deseo que había pedido en su cumpleaños se había hecho realidad y haciendo un millón de preguntas. Parecía muy contento... era Tina quien estaba preocupada.

Porque estaba a punto de saber si había alguna posibilidad de que Ari Zavros y ella comenzaran una nueva relación o si no existía ninguna posibilidad de casarse con él.

# Capítulo 11

ARI TOMÓ su mano mientras salían del hotel y ese lazo físico entre ellos hizo que la mente de Tina se llenase de imágenes del pasado... y de la intimidad que estaba por llegar. Para él, probablemente sería solo otra noche de sexo, un acto habitual en su vida. La única variación, las diferentes mujeres que habían pasado por su cama.

Para ella... Tina sintió un escalofrío en la espina dorsal. Había pasado tanto tiempo. Y esta vez no era una cría encandilada por él.

¿De verdad podía olvidar su desilusión y aceptar el placer físico que pudiese darle? No estaba segura porque temía los sentimientos que esa noche pudiese evocar.

Pero no era momento para debilidades o incertidumbres. Había demasiado en juego como para seguir ciegamente un instinto que tantos problemas le habían dado en el pasado.

Aunque debía admitir que Ari se portaba muy bien con Theo. Y también le había ahorrado la difícil tarea de explicarle al niño la verdad. Al menos estaba hecho... y bien hecho, además. Theo se había tomado la noticia con toda tranquilidad.

–Me ha gustado el cuento de hadas –le dijo, con una sonrisa de agradecimiento que Ari le devolvió.

–Aún no le hemos puesto un final feliz.

–Soñar con un sueño imposible...

–No es imposible, Christina. Tenemos que intentarlo.

Cuando llegaron a su coche, Ari le abrió la puerta, pero Tina se detuvo, mirándolo directamente a los ojos antes de decir:

–El problema es que ya no te conozco.

–Espero que me conozcas mejor mañana por la mañana.

–Yo también lo espero –asintió ella–. ¿Dónde vamos?

–A Oia, el mejor sitio para ver la puesta de sol. He reservado una suite en un hotel desde la que podremos verla. He pensado que te gustaría.

–Es muy romántico.

–Contigo quiero ser romántico –dijo él, mirándola con una ternura que hacía que se le encogiera el corazón.

Tina apartó la mirada mientras se dejaba caer sobre el asiento, regañándose a sí misma por desear que la hiciese olvidar su desconfianza sobre ese final feliz.

Pero le estaba poniendo muy fácil que se rindiera y una parte vulnerable de ella quería creer que de nuevo la encontraría especial y que esta vez no la dejaría.

Pero lo que Ari quería era a Theo. Ella formaba parte del paquete y no sabía durante cuánto tiempo le resultaría atractivo, de modo que debía mante-

nerse fría e insistir en que firmase el acuerdo prematrimonial.

–¿Dónde querrías que viviéramos después de casados, Ari? –le preguntó.

Él vaciló durante un segundo.

–Australia está demasiado lejos de mis negocios,
Christina. Podríamos vivir en cualquier lugar de
Europa... en Atenas, si quieres estar cerca de tus parientes. Tal vez a Helen le gustaría vivir allí, ¿no
crees? Así podría ver a menudo a Cassandra.

Eso significaría dejarlo todo: el restaurante de su
padre, sus amistades, el colegio de Theo. Aunque
Ari tenía razón sobre su madre. Si no se instalaban
en Atenas, acabaría viajando de un lado a otro como
Cass. Su hermana se había aclimatado a ese ritmo
de vida, pero para su madre sería muy difícil.

–También debemos pensar en qué sería mejor
para nuestros hijos –siguió Ari.

«Nuestros hijos».

Era una frase muy seductora, pensó Tina. Le
gustaría tener una niña y, si no se casaba con Ari,
había pocas posibilidades de que eso ocurriera. Pero
si tenía más hijos con él, no querría perderlos.

–¿Te parece bien, Christina?

–Estoy pensándolo.

Ari sonrió, contento porque al menos no era una
negativa.

Tuvieron que dejar el coche a las afueras del
pueblo y seguir a pie hasta el hotel. Los dos habían
llevado una bolsa de viaje con lo esencial para pasar
la noche y Ari volvió a tomar su mano mientras re-
corrían las calles del pueblo.

De nuevo, Tina comprobó que todas las mujeres lo miraban, pero ir de su mano significaba que le pertenecía a ella y, además, ni siquiera las bellas modelos amigas de Cass habían llamado su atención durante la boda. En el pasado eso no le había importado porque estaba absolutamente segura de que Ari era suyo... hasta que dejó de serlo.

Pero el matrimonio no era un «episodio encantador».

Una alianza en el dedo lo haría legalmente suyo. Públicamente suyo.

Eso debería darle cierta sensación de seguridad.

De hecho, ser la esposa de Ari Zavros le daría poder en muchos sentidos. Desear que la quisiera era como desear la luna, pero ¿cómo podía saber lo que iba a depararles el futuro?

La entrada del pequeño hotel estaba adornada con plantas y el hombre de recepción saludó calurosamente a Ari antes de acompañarlos a la suite, en el tercer piso del edificio, con una vista espectacular. A un lado del balcón había una escalera que llevaba directamente a la piscina, frente al mar.

–El sol se pone alrededor de las ocho –les informó el hombre antes de marcharse.

Tenían casi tres horas, pensó Tina, dejando la bolsa de viaje sobre una silla antes de salir al balcón. Había algunas personas alrededor de la piscina y se preguntó qué los habría llevado allí. Probablemente nada tan complicado como su propia situación.

Tras ella, oyó que Ari descorchaba una botella

de champán y, unos segundos después, él le ofreció una copa.

—Puede que esto te relaje.

Suspirando, Tina tomó la copa.

—Gracias —murmuró—. Hace seis años que no... en fin, que no estoy a solas con un hombre en una situación tan íntima. Puede que esto me calme un poco.

—Imagino que tener a Theo ha hecho difícil que pudieras entablar relaciones serias.

«Theo no, tú».

Pero diciéndole eso le haría saber la importancia que había tenido en su vida y Tina no quería que lo supiera.

—Sí, bueno...

—No te preocupes, esta noche no vas a quedar embarazada. Tendré mucho cuidado.

Ella sacudió la cabeza, un poco sorprendida.

—Es una semana segura para mí. No estoy en el ciclo.

—Ah, entonces mucho mejor —Ari sonrió mientras levantaba su copa—. Por un nuevo principio, Christina.

Ella tomó un sorbo de champán, esperando que eso controlase las mariposas que sentía en el estómago. Y cuando Ari la tomó por la cintura, el calor de su mano despertó recuerdos de lo bien que habían encajado en el pasado y despertó también el deseo de redescubrir su sexualidad.

—No quiero esperar hasta la noche —dijo Tina, decidida, dejando la copa sobre una mesita—. Vamos a hacerlo, Ari. No quiero que me seduzcas, no quiero romanticismos... estamos aquí porque necesitamos saber si podemos entendernos en la cama, ¿no?

Él dejó la copa sobre la mesa y la apretó contra su torso, levantando su barbilla con un dedo.

–Necesitamos muchas respuestas y tampoco yo quiero esperar.

Luego se apoderó de su boca con tal fuerza que Tina echó la cabeza hacia atrás, temiendo que la invitación hubiera sido demasiado apresurada. Ari siempre había sido un amante tierno, pero habían pasado seis años y si no sentía nada por ella...

–Maldita sea, Christina, no tengas miedo –dijo él entonces–. Yo sé controlarme.

–No tengo miedo...

–Vamos a empezar otra vez.

Sin esperar respuesta, la rozó con los labios una y otra vez, haciendo que los de Tina temblasen. Sí, pensó, relajándose un poco, el pánico reemplazado por una ola de deseo. Sin darse cuenta, levantó los brazos para echárselos al cuello, entregándose a aquel beso que le resultaba más familiar.

No le importó abrir la boca para recibir su lengua, sintiendo que la caricia creaba una corriente de deseo por todo su cuerpo. Era fácil cerrar los ojos y olvidar los años que habían pasado, recordando solo a la chica que había sido entre los brazos de Ari, experimentando el placer sexual por primera vez.

Ari deslizó las manos hasta su trasero para empujarla hacia él y la dura erección masculina hizo que su corazón se volviese loco. Eso era algo que Ari no podía fingir, evidentemente. De verdad la deseaba. Seguía siendo deseable para él, de modo

que también ella podía desearlo. Y así era, fiera-
mente, convencida de que aquella no era una ensa-
yada seducción para debilitar sus defensas.

Ari seguía besándola, su lengua retándola a recibir sus embestidas, y Tina enredó los dedos en su
pelo, poniéndose de puntillas para besarlo mejor,
deseando retenerlo para siempre.

Ari no podría alejarse de aquello nunca más.

Ella no dejaría que lo hiciera.

Pero él se apartó entonces para llevar aire a sus
pulmones.

—Estamos en el balcón —le recordó, tomando su
mano. Vamos dentro.

El corazón de Tina latía como loco mientras la llevaba hacia la cama. Ari la vería desnuda, pero también ella lo vería desnudo. ¿Iba a compararla con las
otras mujeres que había habido en su vida... con
la mujer rubia de Dubai cuyos pechos eran mucho
más voluptuosos que los suyos?

Pero estaba excitado, de modo que tal vez eso
era irrelevante. Y aunque estaba más gordita que
seis años antes, su cuerpo seguía siendo firme, de
modo que era absurdo ponerse nerviosa. Ari quería
acostarse con ella, eso estaba claro.

Él se detuvo un momento al lado de la cama para
mirarla a los ojos, como pidiéndole permiso o temiendo un rechazo en el último momento. Pero
Tina le devolvió la mirada, decidida.

—Me conmueves como no me ha conmovido ninguna otra mujer —le confesó él entonces, besando
su frente.

El corazón de Tina se encogió al escuchar esas

palabras. Fueran ciertas o no, el deseo de creerlas era demasiado fuerte. Cuando cerró los ojos, Ari besó suavemente sus párpados.

Luego sintió que bajaba las tiras de su vestido verde y besaba sus hombros mientras desabrochaba la cremallera con una mano. Pero Tina mantuvo los ojos cerrados, concentrándose en otros sentidos; adorando el roce de los labios masculinos sobre su piel, el aroma de su colonia, el calor de sus manos. Era igual que seis años antes, nada había cambiado.

El vestido cayó al suelo y quedó ante él con los pechos desnudos. Solo faltaban las braguitas, pero Ari no intentó quitárselas. No, lo que hizo fue acariciar sus pechos con una reverencia que le pareció desconcertante hasta que preguntó:

—¿Le diste el pecho a Theo?

Estaba pensando en su hijo. No estaba mirándola como a una mujer, sino como a la madre de Theo.

—Sí —respondió con voz ronca, diciéndose a sí misma que no importaba que la viera de ese modo porque eso la hacía diferente a las demás mujeres de su vida. Más especial.

—Pues debió de ser un niño feliz —bromeó Ari entonces, inclinando la cabeza para envolver un pezón con los labios.

Tina dejó escapar un gemido de placer, la sensación bajando por su cuerpo hasta quedarse entre sus piernas. Ari dedicó entonces su atención al otro pecho, haciéndola gemir de placer...

Cuando se apartó para quitarle las braguitas, Christina había olvidado cualquier preocupación por el aspecto que tuviese. Ari la apretó contra su pecho, haciendo que sintiera los latidos de su corazón antes de besarla... besos hambrientos, posesivos, que despertaban en ella un ansia inesperada. Deseaba a aquel hombre, nunca había dejado de desearlo.

Se quitó la ropa con tal prisa que Tina no tuvo la menor duda sobre su deseo por ella... y era emocionante ver cómo se desnudaba. Era un hombre muy hermoso, con un cuerpo perfecto. Su piel morena brillaba sobre músculos bien definidos, su torso sin vello como esculpido para que unas manos femeninas se deslizasen sobre él. Tenía los poderosos muslos de un atleta y no había ni la menor duda sobre su deseo por ella; su magnífica masculinidad flagrantemente erecta.

Se tumbó a su lado, metiendo un brazo bajo sus hombros para atraerla hacia él y acariciarla con la mano libre. Eso le daba libertad para tocarlo a su vez, para disfrutar de la intimidad de estar piel con piel.

Ari metió una mano entre sus piernas para acariciarla, despacio al principio, luego con exquisita urgencia. Y Tina levantó una pierna para ponérselo más fácil, negándose a dejar que sus inhibiciones le impidieran disfrutar de ese momento.

Pero aun así, Ari no se apresuró. Fue deslizándose hacia abajo, besando sus pechos, su estómago, sus caderas, rodeando su ombligo con la lengua...

–¿El parto de Theo fue difícil? –le preguntó, con voz ronca.

Tina estaba tan concentrada en lo que le hacía sentir que tuvo que hacer un esfuerzo para encontrar su voz.

–Fueron... unas cuantas horas –respondió, deseando que no hablara de su hijo en ese momento.

Sin embargo, era por eso por lo que estaba allí, con ella, haciendo lo que estaba haciendo.

–Yo debería haber estado a tu lado –murmuró Ari–. Pero estaré para el resto de nuestros hijos –añadió, antes de poner los labios en el lugar por donde había salido su hijo.

«No voy a preguntarme por qué», decidió Tina. «Quiero esto, quiero tenerlo dentro de mí».

–No quiero esperar más –murmuró, tomándolo por los hombros.

Afortunadamente, Ari respondió de inmediato colocándose entre sus piernas. Sus músculos interiores se cerraron sobre él cuando por fin lo tuvo dentro y la primera embestida la llevó a un clímax explosivo, la exquisita tortura haciendo que se derritiese de placer mientras Ari seguía moviéndose.

Era increíblemente satisfactorio sentir que la llenaba una y otra vez. Sin darse cuenta, Tina pasaba la mano por su espalda, urgiéndolo a aumentar el ritmo. Era tan maravillosamente dulce que nada más existía para ella...

Ari se dejó ir entonces y su grito ronco sonó como una trompeta triunfal para ella. Y cuando cayó sobre su pecho, agotado, Tina lo abrazó con todas sus fuerzas.

Unos segundos después, Ari se tumbó de lado, llevándola con él para alargar ese contacto todo lo posible.

No dijo nada durante largo rato y Tina no quería romper el silencio. La prueba había terminado. La había satisfecho como amante y, si él estaba satisfecho también, podrían llegar a un compromiso.

Si tenía hijos con él.

¿Era esa la clave para hacer que Ari la amase?

Si pudiese amarla por sí misma y no desear a ninguna otra mujer...

Casarse con Ari era una apuesta muy alta.

Pero después de haber hecho el amor con él de nuevo, Tina no quería dejarlo escapar.

# Capítulo 12

ARI SE sentía feliz. Normalmente, después del sexo se sentía satisfecho, contento, relajado. Pero nunca se había sentido feliz y se preguntó si sería algo temporal o si Christina siempre podría darle esa sensación exultante.

Tal vez solo era porque había estado a la altura de las circunstancias y había conseguido de ella la respuesta que esperaba. Pero había tenido que controlarse durante los últimos días y, de repente, cuando ella le dio la luz verde, el deseo que guardaba dentro había explotado como una bomba.

Y Christina no se había apartado de él, al contrario, pensó, mientras acariciaba su pelo corto. Recordaba cuánto le gustaba pasar los dedos por su melena en Australia... aunque eso no importaba demasiado. Era suficiente estar así, sin barreras entre ellos. Sin barreras físicas, al menos. Y esperaba haber conseguido que Christina olvidase sus barreras mentales.

Sabía que le había dado un intenso placer. ¿Sería eso suficiente para convencerla de que se casara con él?

Tal vez debería hablar con ella, descubrir qué estaba pensando... pero no quería romper ese agradable silencio. Tenían toda la noche, se dijo.

Pero ella se movió entonces.

–Tengo que ir al baño.

Ari la soltó y Christina se levantó, ofreciéndole una hermosa panorámica. Ari no podía dejar de sonreír al ver la bonita curva de su trasero y sus preciosas piernas torneadas.

Todo era tan atractivo en Tina Savalas que a nadie le sorprendería que se casara con ella. Aunque a él le daba igual lo que pensaran los demás y Christina era más que capaz de defenderse sola, como había comentado su padre.

Ahora que la cuestión sexual había sido respondida, estaba deseando casarse con ella. Pero su satisfacción disminuyó un poco cuando Christina salió del baño con un kimono blanco que la cubría del cuello a los tobillos, una clara demostración de que no pensaba volver a la cama.

–He encontrado esto detrás de la puerta –le dijo–. Hay otro albornoz para ti, si quieres ponértelo después de la ducha. Es más fácil que volver a vestirse para ver la puesta de sol desde el balcón.

Era evidente que se había duchado sin invitarlo a compartir la ducha con ella, de modo que estaba poniendo fin a la intimidad del momento. Pensó Ari.

Christina Savalas era una combinación intrigante: ardiente en la cama, fría fuera de ella. Un gran reto para él.

Pero aún no había ganado.

–¿Por qué no miras la carta mientras yo me ducho? Podríamos pedir la cena.

Christina lo hizo, sin molestarse en mirarlo mientras se levantaba de la cama para ir al baño. ¿Se sentiría avergonzada por cómo había respondido? ¿Iba a dejarlo siempre fuera después de hacer el amor?

Ari se preguntaba todo eso mientras estaba bajo la ducha. En sus relaciones con las mujeres siempre había habido un deseo mutuo, al menos al principio. Y también había sido así con Christina seis años antes. De hecho, él no había querido romper la relación; sencillamente, había tenido que volver a Grecia. Esa había sido la razón de su partida y, sin embargo, esa decisión seguía entre ellos y no estaba seguro de que el sexo fuese la manera de conseguir la clase de relación que quería con su esposa.

Pero sí hacía que el matrimonio fuese viable.

Se deseaban, eso estaba claro. Lo que tenía que hacer era conseguir que volvieran a gustarse.

Después de tomar su ropa del suelo y colgarla sobre la cama, Tina salió al balcón y se dejó caer sobre una silla para mirar la carta. Se sentía menos incómoda con Ari y cenar allí mientras veían la puesta de sol le parecía más apetecible, de modo que estudió la lista de platos con interés, pensando que sería su primera cena a solas en todos esos años.

Era una oportunidad para conocer mejor a Ari porque en la vida matrimonial había cosas tan importantes como el sexo y no quería que él pensara que eso era todo lo que podía ofrecerle.

Aunque era importante, pensó unos minutos después, cuando Ari salió al balcón con el albornoz blanco del hotel. Era tan masculino, tan guapo, que sus hormonas volvieron a agitarse. Seguía habiendo química entre ellos y el deseo de repetir la experiencia no podía ser negado.

—¿Has decidido lo que quieres cenar?

—Sí —respondió ella, mencionando el primer plato y el postre que había elegido.

—Será un placer cenar mientras vemos la puesta de sol.

Tanto el cielo como el mar estaban cambiando de color en ese momento. Pero cuando Ari volvía al balcón con una botella de vino, después de llamar al servicio de habitaciones, oyeron una voz desde la piscina:

—¡Ari... Ari! Eres tú, ¿no?

Tina se puso tensa de inmediato. Era una voz femenina con acento británico, como el de la mujer que estaba con él en Dubai.

Ari miró hacia abajo y apretó los labios al reconocerla.

—¿Quién es?

—Stephanie Gilchrist, una chica londinense.

—¿No tienes buen recuerdo de ella?

—Es una conocida, nada más. Además, ha venido con su último novio, Hans Voguel, un modelo alemán. No sabía que estuvieran en este hotel.

Tina torció el gesto. No le apetecía conocer a una mujer con la que Ari hubiese compartido cama. Tal vez más adelante, cuando se hubiesen casado, cuando se sintiera más segura.

—¡Ari! —insistió Stephanie—. ¿Qué haces ahí? Creí que tenías una casa en Santorini. Felicity me dijo...

–Este hotel tiene mejores vistas –la interrumpió él–. ¿Por qué no te tumbas en la hamaca con Hans para ver la puesta de sol?

–Voy a subir –dijo Stephanie.

Ari murmuró una palabrota.

–Lo siento, no puedo detenerla –se disculpó–. Pero me libraré de ella en cuanto pueda.

Tina se encogió de hombros.

–Puedo ser amable con una conocida tuya, no te preocupes –le dijo, preguntándose si le habría mentido sobre su relación con ella.

–Es amiga de Felicity Fullbright, la mujer con la que me viste en Dubai. No sé si sabe que he roto con Felicity, pero diga lo que diga no te preocupes.

¿Que no se preocupase?

«Soy una tonta por pensar en casarme con él».

–¿Cuánto tiempo estuviste con Felicity?

–Seis semanas –respondió Ari–. Tiempo suficiente para darme cuenta de que no estábamos hechos el uno para el otro.

–Pero conmigo no llevas ni una semana.

–Contigo es diferente, Christina.

Por Theo. Pero si se casaban tendrían que vivir juntos, ¿y durante cuánto tiempo le sería fiel?

La llegada de Stephanie por la escalera exterior dio por finalizada la conversación. Era una rubia voluptuosa con una larga melena rizada y un bikini azul que dejaba poco a la imaginación. Sus ojos azules, casi de color aguamarina, de inmediato se clavaron en Tina.

–Vaya, vaya, esto es un récord incluso para ti –comentó, irónica–. Me encontré con Felicity en

Heathrow hace unos días y me dijo que acababais de romper.

—Te presento a Christina Savalas, a quien conocí en Australia hace seis años —Ari hizo las presentaciones—. Su hermana se ha casado con un primo mío hace unos días.

—Ah, ya veo. ¿Piensas volver a Australia, Christina?

—Supongo que tendré que volver tarde o temprano.

—Pero imagino que ya no tendrás prisa —comentó la rubia.

—Ahora que has descubierto lo que querías saber, ¿por qué no vuelves con Hans? —la interrumpió Ari—. No estás siendo precisamente amable con una persona que me importa mucho.

—¿Ah, sí? —se burló Stephanie—. ¿Te importa más que Felicity? Porque ella te importaba un bledo, está claro.

—No teníamos una relación seria. Y cuando me dijo que no quería tener hijos, decidí que lo mejor era despedirse.

—Ah, muy bien —Stephanie se volvió hacia Tina—. Pues entonces te acabo de hacer un favor. Dile que te encantan los niños o se olvidará de ti. ¡Buena suerte!

Cuando la rubia desapareció, Tina se quedó mirando el mar. Seguramente tenía razón; Ari era incapaz de mantener una relación duradera con una mujer.

—Apenas me conoces —murmuró.

—Te conozco lo suficiente como para querer casarme contigo. Y no solo porque me hayas dado un hijo. No hay nada que no me guste de ti, Christina.

–¿Y qué es lo que te gusta de mí?

Ari se dejó caer sobre la silla.

–Me gusta que te importe tu familia y que siempre tengas en consideración a los demás. Me gustan tus buenas maneras. Creo que eres bella, inteligente, valiente... todo eso te convierte en la clase de mujer que quiero como compañera.

No estaba hablando de amor, por supuesto. Una agencia de contactos seguramente los emparejaría, especialmente porque había química sexual entre ellos. Pero faltaba un factor importante.

Tina suspiró al recordar el amor que había en los ojos de Cass y George cada vez que se miraban. Le dolía no tener eso. ¿Y si se casaban y Ari se enamoraba de otra mujer? Podría ocurrir y ella debía estar preparada. Debía saber lo que podía esperar de él y lo que no.

–Háblame de tu vida, Ari –dijo entonces–. ¿Qué clase de negocio es el tuyo? Solo sé que tiene algo que ver con la industria del vino.

Él se relajó visiblemente y Tina lo escuchó mientras le hacía la lista de inversiones y propiedades de la familia Zavros en países tan diferentes como España y Dubai. Sobre todo, eran negocios en la industria turística: hoteles, resorts y parques temáticos. Y también en la industria alimentaria: aceitunas, quesos y aceite de oliva.

–¿Y tú estás a cargo de todo eso?

Ari negó con la cabeza.

–Mi padre es quien lleva el timón. Yo trabajo

con él como director financiero, pero la decisión final es suya. La mayoría de la familia está involucrada en la empresa de una manera o de otra.

Era un gran negocio, mucho más complejo que llevar un restaurante. Tina siguió haciéndole preguntas mientras cenaban contemplando la hermosa puesta de sol. Para auténticos amantes, aquel debía de ser el sitio más romántico del mundo, pensó. Pero no lo era para ellos. Aunque Ari se mostraba encantador y era un gran amante, no iba a ser tan tonta como para creer que era el sol de su vida.

–¿Has estado enamorado alguna vez? ¿Tan enamorado que esa persona te importaba más que nada? ¿Locamente enamorado?

Como ella lo había estado de él.

Ari frunció el ceño. Era evidente que no le gustaba la pregunta, de modo que había estado enamorado.

Pero no de ella. Y saber eso era como un peso en el corazón. Porque podría volver a pasarle con otra mujer.

# Capítulo 13

ENAMORADO...

Ari odiaba ese recuerdo. Era la única vez en su vida que había perdido la cabeza por una mujer. Entonces había sido un tonto, loco por ella mientras ella solo estaba divirtiéndose.

No le gustaba la pregunta, pero si no era sincero con Christina seguramente ella se daría cuenta. Además, él ya no era ese crío y Christina merecía respuestas.

–Sí, lo estuve. Estuve apasionadamente enamorado cuando tenía dieciocho años. Ella era una mujer guapísima, exótica e increíblemente erótica. Habría hecho cualquier cosa por ella sin que tuviera que pedírmelo.

–¿Y cuánto tiempo duró?

–Un mes.

–¿Un mes? –repitió ella, burlona–. ¿Por qué dejaste de amarla?

–Porque me enfrenté con la realidad.

–¿Y viste algo que no te gustó?

–No había entendido qué era yo para ella. Era unos años mayor que yo y tenía más experiencia, pero no me importaba porque estaba enamorado...

lo único que quería era estar con ella y pensé que ella sentía lo mismo, pero sencillamente estaba pasando un buen rato, disfrutando de su poder sobre mí.

—¿Y cómo te diste cuenta de eso?

—Porque fui un simple juguete para ella antes de casarse con un multimillonario maduro. «Ha sido divertido», me dijo al despedirse.

—Te hizo mucho daño —murmuró Tina.

Ari se encogió de hombros.

—No creo que vaya a enamorarme otra vez, si eso es lo que te preocupa. No me gusta ser el tonto de nadie.

—¿Crees que tu cabeza siempre controlará a tu corazón?

—Lo ha hecho desde los dieciocho años.

Salvo con ella y con Theo. Ari le había entregado el corazón al niño y, según su abogado, era una locura haber propuesto el acuerdo prematrimonial para convencer a Christina de que se casara con él. Pero intuía que la cláusula sobre la fidelidad no iba a ser un problema. Le gustaba y admiraba a Christina y estaba seguro de que podía hacer que la relación funcionase.

—Yo tenía dieciocho años cuando me enamoré de ti.

La frase, pronunciada en voz baja, hizo que Ari sintiese un escalofrío por la espalda. Y en sus ojos vio no solo el dolor de su partida, sino la sombra que había lanzado sobre cualquier otra relación. Como le había pasado a él.

¿Había arruinado todos los progresos que había hecho recordándole el pasado?

Antes de que pudiese decir algo para defenderse, ella inclinó a un lado la cabeza.

–¿Te parece que nuestra relación era algo divertido?

–No, no, nunca he querido decir eso. Entonces no había nadie más en mi vida, Christina. Lo nuestro no fue una aventura para mí y no estaba engañando a nadie. Estaba encantado contigo.

–Durante un tiempo –dijo ella–. Imagino que esa mujer estaría encantada contigo cuando tenías dieciocho años, pero ella hizo las cosas con la cabeza como tú hiciste conmigo.

–No es lo mismo.

–Demasiado joven... ¿no era eso lo que dijiste para dejarme atrás?

–Ahora no eres demasiado joven –respondió Ari, levantándose para tirar de su mano–. Entonces te deseaba como un loco y he perdido la cabeza desde que volví a verte. Te deseo tanto que estoy ardiendo desde que te vi en Dubai, así que olvida todo lo demás, Christina. Olvídate de todo salvo de esto...

Las fieras emociones que sentía lo obligaron a besarla con toda su pasión y se sintió exultante cuando ella respondió de la misma forma.

Sin dudas.

Sin vacilaciones.

Besándolo apasionadamente.

El instinto primitivo se abrió paso entonces. Necesitaba poseer a aquella mujer y la llevó hacia la

cama mientras le quitaba el kimono porque no podía esperar.

Luego se quitó el albornoz de un tirón y se colocó
sobre ella. Estaba excitada, húmeda... Christina enredó las piernas en su cintura, clavando los talones
en sus nalgas, urgiéndolo. Ari empujó con fuerza y
solo se detuvo cuando estuvo a punto de llegar al orgasmo unos segundos después, como un adolescente.

Tuvo que hacer un esfuerzo para llevar aire a sus
pulmones, diciéndose a sí mismo que debía mantener el control. Intentó cambiar el ritmo, haciéndolo
más lento y voluptuoso, pero Christina lo urgía a
ir más aprisa y cuando la oyó gemir de placer su cabeza empezó a dar vueltas. Al notar el primer es-
pasmo de sus músculos internos no pudo controlarse más y se dejó ir, tan increíblemente satisfecho
que se sentía mareado.

Cayó sobre ella y Christina lo sujetó en un pose-
sivo abrazo. ¿Sentiría lo mismo que él?, se preguntó.
Tenía que saberlo. Tenía que saber si el pasado había sido borrado de su mente.

–Mírame –le ordenó.

Ella abrió los ojos. Tenía las pupilas dilatadas y
Ari experimentó un escalofrío de triunfo. Seguía sin-
tiéndolo dentro de ella y eso le hizo pensar que no
le daría la espalda.

–Esto es el presente, Christina –le dijo, con apasionado fervor–. El pasado ha muerto. Este es el
presente y tú quieres estar conmigo. Dime que es
así.

–Sí –musitó ella.

–Yo también. Y de verdad creo que podemos satisfacernos el uno al otro si ponemos voluntad –Ari levantó una mano para apartar el flequillo de su frente–. Podemos ser buenos compañeros en todos los sentidos. Debemos mirar hacia delante, no hacía atrás.

Ella no respondió inmediatamente, pero tampoco dejó de mirarlo a los ojos, como si estuviera intentando leer en su alma. No le importaba, no tenía nada que esconder y, sin embargo, estaba tenso esperando su repuesta.

–¿Tienes el acuerdo prematrimonial que me ofreciste, Ari?

Eso no era lo que él quería escuchar porque significaba que, hiciera lo que hiciera, Christina seguía desconfiando. Podía darle placer por las noches, pero esa pregunta le dijo que todo seguía igual.

–Lo tengo en la bolsa de viaje –respondió.

–¿Lo has firmado?

–No, aún no.

–¿Lo firmarás por la mañana... si sigues sintiéndote a gusto conmigo?

–Sí –respondió Ari.

Christina no había fingido su pasión. No había nada falso en Christina Savalas y estaba claro que necesitaba una garantía de que no perdería a su hijo casándose con él.

–Siento mucho no sentirme más segura –se disculpó entonces, acariciando su cara–. Pero prometo hacer todo lo que esté en mi mano para ser la mejor compañera posible. Si fracasara y tú encontrases a otra persona... no te negaré que puedas visitar a Theo. Pero necesito protección para que no me lo quites.

—Yo nunca haría eso —protestó Ari con vehemencia—. Eres su madre, Theo te adora.

Tina suspiró, como si eso no significara nada.

—Es imposible saber cómo irán las cosas en el futuro —dijo, con tono fatalista—. Por sincero que parezcas ahora mismo, uno no manda en su corazón y el corazón puede ganarle la partida a la cabeza. Yo lo sé muy bien, por eso no te busqué para hablarte de Theo. Mi corazón no me dejaba hacerlo.

Había una gran tristeza en sus ojos, la tristeza de la inocencia traicionada, y Ari decidió con toda firmeza reemplazar esa tristeza por alegría.

—Nuestro matrimonio será bueno para los dos, Christina —le prometió—. No me importa firmar el acuerdo prematrimonial, quiero que te sientas segura del todo. Y, si me das tiempo, espero que llegues a confiar en mí y que sepas sin la menor sombra de duda que quiero lo mejor para ti y para Theo. Quiero que seáis felices conmigo.

Esa promesa la hizo sonreír.

—Eso me gustaría mucho, Ari. Me vendría bien ser feliz.

Riendo, él la besó. La noche era joven y volvieron a hacer el amor, dándose placer el uno al otro entre besos y caricias. Le encantaba que Christina no tuviera inhibiciones sobre su sexualidad y ninguna vacilación en explorar la suya. Esperaba que siempre fuera así, sin guardarse nada.

Habían llegado a un compromiso.

Ari estaba satisfecho, más satisfecho de lo que

se había sentido en mucho tiempo. Haría falta algo más que una noche para convencerla, por supuesto. Tal vez haría falta mucho tiempo, pero ahora lo tenía. Tenía tiempo para borrar sus dudas y ganarse su confianza. Y cuando llegara ese día, la vida sería estupenda.

# Capítulo 14

TINA no iba a lamentar casarse con Ari Zavros. No, vería ese tiempo con él, pasara lo que pasara al final, como una buena experiencia. En cualquier caso, no podría perder a Theo o a ninguno de los hijos que tuvieran porque Ari había firmado el acuerdo prematrimonial.

Todo el mundo se mostró feliz al conocer la noticia. La familia Zavros les dio la bienvenida al clan y Theo estaba como loco de alegría. Pronto empezaron a hacer planes y su madre no vaciló: quería vivir en Atenas porque así estaría cerca de su hija y su nieto. Y Maximus se ofreció de inmediato a buscar una casa para ella.

Ari los acompañó a Sídney y la ayudó a organizar la venta del restaurante al chef y el jefe de camareros. Tina sospechaba que incluso había financiado el trato. Todos los muebles de su apartamento y la casa de su madre fueron embalados por profesionales y la mudanza fue organizada por el propio Ari, que parecía decidido a organizarlo todo con el menor estrés posible para ellos.

Su madre pensaba que era maravilloso y Tina no podía ponerle ninguna pega. Ari se mostraba atento y amable y, para su sorpresa, incluso compró un apartamento de tres habitaciones en la playa de Bondi.

–Para Theo es la mejor playa del mundo, él mismo me lo dijo –le explicó–. Pude que él la eche de menos y tú también, Christina. De este modo, siempre podemos volver una o dos veces al año.

Su cariño por Theo era evidente y eso aumentaba su deseo de casarse con él. El niño lo adoraba y sus propias reservas empezaban a esfumarse.

Un mes más tarde, estaban de vuelta en Santorini. Su madre se alojaría en la villa de los Zavros hasta que llegasen los muebles para su nuevo apartamento en Atenas ya que Maximus, por supuesto, había encontrado el sitio perfecto para ella.

Helen se hizo amiga de Sophie, que había estado organizando la boda mientras ellos estaban en Australia, y ya solo quedaba una semana. Una semana para que su vida cambiase por completo.

Cass estaba tan contenta que insistió en regalarle el vestido de novia y le envió por correo electrónico montones de fotografías hasta que Tina, por fin, eligió uno.

Se casarían en la misma iglesia en la que Cass y George se habían casado y celebrarían el banquete en el mismo salón. Los dos sitios también habían servido para la boda de la hermana de Ari porque, aparentemente, era una costumbre en la familia Zavros y Tina no puso ninguna objeción. Aunque, en el fondo, hubiese preferido no seguir los pasos de su hermana porque eso le recordaba el amor que sentían Cass y George; el amor que no había entre Ari y ella.

No se sentía como una novia, pero lo parecía

cuando por fin llegó el día. Y, a pesar de estar en septiembre, el sol seguía brillando en el cielo. Irónica, Tina se preguntó si Ari también se habría encargado de eso. Porque todo tenía que ser fabuloso para el dios griego.

Era una sensación extraña atravesar el pasillo de la iglesia en dirección al altar, más un sueño que una realidad. Todo había ocurrido tan rápido... pero Tina caminó con paso decidido y le dio la mano, aceptando que ya no había vuelta atrás.

Mientras pronunciaba sus votos matrimoniales, la voz de Ari era clara y firme, como si los hiciera de corazón. Y eso la consoló un poco. Aunque tuvo que aclararse la garganta para hacer los suyos y las palabras salieron temblorosas sin que pudiese evitarlo. Pero las pronunció, estaba hecho. El sacerdote los declaró marido y mujer.

Para Tina, el banquete fue un borrón de caras alegres y felicitaciones. Toda la familia Zavros estaba allí, además de socios y amigos. No podía recordar todos los nombres pero seguía sonriendo como debía hacer una novia.

Ari la llevó a Odessa para su luna de miel, una ciudad maravillosa a la que llamaban La Perla del Mar Negro y, por primera vez, Tina empezó a relajarse un poco.

Theo se había quedado en Santorini con sus abuelos, encantado, de modo que ella no tenía más responsabilidad que pasarlo bien. Y Ari parecía decidido a llenar los días, y las noches, de placer.

El tiempo era fabuloso y pasaban las mañanas en la playa, comían en restaurantes o cafés cercanos y luego iban de compras por las tiendas. Compró unos maravillosos chales de cachemir, preciosas blusas bordadas y collares de todo tipo.

Fueron al ballet, en el precioso teatro de la ópera, absolutamente diferente en arquitectura y decoración al hotel de Dubai, pero igualmente opulento.

–Europa está llena de maravillas como esta –le explicó Ari– y espero disfrutarlas contigo. Cuando vayamos a París, te llevaré a Versalles. Te quedarás asombrada.

Y cumplió su palabra. Durante los primeros seis meses de casados, Tina lo acompañó en muchos viajes por toda Europa: España, Italia, Reino Unido, Francia, Alemania. Todos eran viajes de negocios, pero Ari siempre encontraba tiempo para enseñarle las ciudades. Era el acompañante perfecto y, aparentemente, le gustaba pasar su tiempo libre con ella.

Tuvo que acudir a fiestas y cenas de trabajo que la ponían nerviosa, pero Ari nunca se apartaba de su lado. Además, le compró preciosos vestidos para que se sintiera siempre segura de su aspecto y le decía constantemente lo guapa que era.

Habían decidido instalarse en Atenas porque Tina quería estar cerca de su madre y, además, era más fácil que Theo pudiese estudiar en el mismo colegio privado que sus primos. Theo los acompañó en algún viaje, cuando no tenía que ir al colegio, pero en otras ocasiones se quedaba con la familia sin poner una sola pega.

Pero cuando Tina quedó embarazada, aunque se sentía feliz, las náuseas matinales del primer trimestre eran tan horribles que no podía soportar la idea de viajar. Aunque tampoco podía evitar angustiarse cuando Ari tenía que irse solo.

Cuando volvía, siempre buscaba señales de que estaba cansado de ella o de que había conocido a otra mujer, pero siempre parecía encantado de volver a casa. Siempre estaba deseando acostarse con ella.

Tina esperaba que su deseo desapareciera a medida que el embarazo cambiaba su cuerpo, pero tampoco fue así. Ari se mostraba fascinado por todos los aspectos del embarazo y leía constantemente libros sobre el tema. Acariciaba su abdomen e incluso hablaba con el niño, encantado cuando lo sentía moverse. Siempre sonreía cuando la veía desnuda, como si le pareciese una imagen maravillosa.

Era evidente que tener hijos era importante para él. Se había casado con ella por Theo y ser la madre de su hijo la hacía especial para él. Si nunca se enamoraba de otra mujer, tal vez habría una oportunidad para ese matrimonio, y Tina esperaba con todo su corazón que fuera así porque no podía controlar sus sentimientos por él.

El amor que había sentido por Ari una vez seguía en su corazón, aunque intentaba esconderlo. El orgullo no le permitía expresarlo. A veces imaginaba que Ari la amaba, pero no se atrevía a decirlo en voz alta.

Estaba embarazada de ocho meses y deseando que llegase el momento cuando el destino decidió terminar abruptamente con su felicidad.

Estaba de compras con su madre, eligiendo algunos objetos decorativos para la habitación del niño, y habían tomado un taxi para ir a la peluquería cuando un camión que bajaba por una calle empinada y que parecía haber perdido los frenos se les echó encima. El camionero tocaba el claxon, con el rostro desencajado al ver que no podía evitar el accidente.

Eso fue lo último que Tina vio: su rostro. Y lo último que pensó fue: mi hijo.

Por instinto, se protegió el abdomen con las manos. Fue lo último que hizo antes de que el impacto la dejase inconsciente.

Ari no se había sentido más inútil en toda su vida. No podía hacer nada, tenía que dejárselo todo a los médicos, a sus conocimientos, a su habilidad. Estaba tan angustiado que apenas podía pensar mientras paseaba por la sala de espera del hospital.

Sus padres habían ido a Atenas para buscar a Theo y llevarlo con ellos a Santorini con la excusa de que Ari y Christina tenían que irse de viaje urgentemente. No tenía sentido disgustarlo con la noticia del accidente. Cuando hubiese que hablar con el niño, fuera cual fuera el resultado de la operación, lo haría él mismo.

Sus hermanas habían querido ir al hospital para interesarse por Christina y consolarlo a él, pero Ari les pidió que no lo hicieran porque nada podía consolarlo. Además, serían una distracción y no quería distraerse. Lo único que hacía era desear con todas sus fuerzas que Christina se pusiera bien. Tenía que hacerlo. No podía ni quería imaginar la vida sin ella.

Cassandra llegaría de Roma en unas horas para estar con su madre. Aunque Helen estaba bien; lo suyo solo eran hematomas sin importancia. Sus parientes estaban con ella en la habitación y le darían el alta al día siguiente.

La pobre estaba muy preocupada por Christina, todos lo estaban, pero Ari no quería escuchar lamentos ni ver lágrimas. Necesitaba estar solo hasta que los médicos salieran del quirófano para hablar con él.

Conmoción cerebral, una clavícula y dos costillas rotas, hematoma en el útero y en los pulmones, le habían dicho. Pero el corazón del niño seguía latiendo cuando llevaron a Christina al quirófano.

Por lo visto, un coma inducido era lo mejor para ella en aquel momento y los médicos le habían dicho que iban a practicar una cesárea. No era así como Christina había querido dar a luz, pero en esas circunstancias era lo más aconsejable.

Su segundo hijo.

Un hermano o hermana para Theo.

Los dos estaban ilusionados con aquel embarazo y lo habían compartido desde el primer momento. Pero ahora le parecía un evento abstracto... en manos de los médicos. Nada de alegría por el nacimiento de un niño sin madre a menos que Christina sobreviviera.

Y tenía que hacerlo, no solo por sus hijos, sino por él.

Era su mujer, el sol de su vida, y su corazón se

rompería si muriese. Solo pensar en ello hacía que sintiera una opresión insoportable en el pecho.

Uno de los médicos con los que había hablado entró en la sala de espera acompañado de una enfermera y Ari se acercó a él de una zancada, intentando contener su nerviosismo.

–Señor Zavros, la cesárea ha ido bien. Es usted el padre de una niña perfectamente sana.

–¿Y Christina?

–Su mujer sigue en el quirófano. La niña ha sido llevada a la UCI y, por el momento, seguirá allí unos días. Hemos pensado...

–¿Por qué? Ha dicho que estaba sana.

–Es una medida de precaución, señor Zavros. Es un bebé prematuro y, por lo tanto, debemos ser muy cautelosos. Lo mejor es que esté vigilada por el momento.

–Sí, claro –murmuró Ari, distraídamente–. Pero mi esposa... ¿va a recuperarse?

–Esas cosas no se pueden predecir, pero yo creo que hay muchas posibilidades. Los cirujanos están convencidos de que lograrán sacarla adelante a menos que haya alguna complicación... pero su mujer es joven y sana, señor Zavros. Eso es algo a su favor.

«Por favor, Dios mío, que no haya complicaciones», rezó Ari.

–Si quiere ver a su hija...

Su hija.

Verla sin Christina a su lado le parecía mal. Sentía como si tuviera un agujero en el corazón cuando debería estar emocionado... pero eso también estaba mal. Su hija acababa de llegar al mundo y debería ser recibida con alegría, al menos por su padre.

—Sí, por favor.

El médico lo llevó a la zona de maternidad y Ari vio a su hija en una incubadora conectada a varios cables. Parecía tan pequeña, tan frágil y, de nuevo, se vio asaltado por esa terrible sensación de inutilidad. Por el momento, no podía cuidar de Christina ni de su hija. No podía hacer nada. Tenía que dejarlo todo en manos de otros.

Ari sonrió al ver el pelito oscuro de la niña y sus labios perfectamente formados, como los de su madre.

—¿Quiere tocarla? —le preguntó una enfermera.

—Sí, por favor.

La enfermera sacó al bebé de la incubadora y, cuando Ari alargó la mano para tocar su manita, se llevó una sorpresa cuando ella agarró su dedo, abriendo unos preciosos ojos de color chocolate.

—Soy tu papá —murmuró. La niña suspiró, como si eso fuera lo que necesitaba escuchar—. Tranquila, chiquitina. Yo estoy aquí, contigo.

Pero también necesitaría a su madre.

Como la necesitaba él. Necesitaba a Christina, aunque no sabía lo que eso significaría para ella. Lo había aceptado como marido, pero no sabía qué sentía por él.

De modo que deseó que viviera para sus hijos, que eran lo que Christina amaba de verdad.

Su hijo y su hija.

# Capítulo 15

SEIS semanas... habían sido las seis semanas más largas en la vida de Ari. Los médicos le habían explicado que Christina permanecería en coma hasta que el hematoma cerebral desapareciera y sus heridas hubiesen curado. También le habían advertido que cuando la sacaran del coma se sentiría desconcertada y necesitaría compañía constante y que alguien le explicase qué hacía allí y qué había pasado.

Para ella, según los médicos, seguramente los sueños que hubiera tenido durante ese tiempo le parecerían más reales que la propia realidad, de modo que debía ser paciente y comprensivo.

Y sería todo lo paciente que tuviera que ser mientras Christina volviese con él. Pero, aunque estaba mentalmente preparado para lidiar con cualquier cosa, fue un golpe cuando Christina despertó y lo miró como si no lo conociera.

Ari apretó su mano al ver que sus ojos se llenaban de lágrimas.

—No pasa nada, Christina. Todo va bien.

—He perdido el niño.

—No, no —le aseguró él—. Hemos tenido una preciosa hija. Está muy sana y Theo la adora. La hemos llamado Maria, tu nombre favorito de mujer, y se parece a ti.

Pero las lágrimas que rodaban por su rostro no cesaron.

Ari le habló del accidente y de la cesárea que habían tenido que practicarle. Christina lo miraba, pero tenía la impresión de que no estaba registrando nada de lo que decía y, después de unos minutos, cerró los ojos y se quedó dormida.

Al día siguiente, Ari llevó a Theo y Maria a su habitación, decidido a tranquilizarla por completo.

De nuevo, ella despertó murmurando:

—He perdido el niño.

—No lo has perdido, Christina. Aquí está.

Ari puso a Maria en sus brazos y volvió a explicarle el accidente y el nacimiento de su hija por cesárea. Theo, emocionado porque su madre había despertado al fin, no dejaba de charlar, contándoselo todo sobre su hermanita. Christina sonrió y seguía haciéndolo cuando cerró los ojos.

Pero todos los días ocurría lo mismo: ella despertaba, Ari le recordaba lo que había pasado y Christina volvía a dormirse. Empezaba a preocuparle que no se recuperase nunca. Hasta que saliera de esa especie de trance, era imposible saberlo.

De modo que se sentaba a su lado todos los días y rezaba para que se recuperase lo antes posible.

Le pareció un milagro que un día despertase y lo reconociera de inmediato.

—¡Ari! —exclamó, con tono alegre.

Su corazón se animó... para encogerse de nuevo cuando ella volvió a ponerse triste.

–He perdido el niño.

–No, Christina, has tenido una niña y está bien...

De nuevo, volvió a explicarle la situación y vio que ella esbozaba una sonrisa.

–Una hija –repitió Christina–. Qué bien.

–Es preciosa, como tú.

–¿Y Theo? –preguntó ella entonces, con el ceño fruncido–. ¿Llevo mucho tiempo aquí?

–Dos meses –respondió Ari–. Theo está bien, aunque echa de menos a su mamá. Pero se distrae con Maria, su hermanita.

–Maria... –Christina sonrió de nuevo–. Cuánto me alegro de no haberla perdido, Ari.

–Yo también me alegro. Pero sobre todo me alegro de no haberte perdido a ti –dijo él.

–Sí, claro. Imagino que eso hubiera sido... un inconveniente.

¿Un inconveniente?

Ari tardó unos segundos en darse cuenta de que Christina no sabía lo que significaba para él. Nunca se lo había dicho, en realidad.

–Mírame –le ordenó entonces, tomando su mano.

Christina lo hizo, pero no con confianza, sino con recelo, como desde el día que volvieron a encontrarse. Debería alegrarse de que por fin estuviera recuperándose pero, aunque sabía que debería ir despacio, el deseo de romper esa barrera era demasiado fuerte como para no contarle la verdad. Una verdad que no había reconocido hasta que tuvo que enfrentarse con la posibilidad de perderla.

–¿Recuerdas que una vez me preguntaste si había estado enamorado?

–Sí –respondió Christina, sorprendida.

–Te hablé de una mujer de la que estuve enamorado, pero no era más que un encandilamiento juvenil –siguió Ari–. No la amaba, Christina. No la conocía lo suficiente como para amarla. Pero contigo he aprendido lo que es amar a una mujer de verdad. Te quiero, Christina. Perderte habría dejado un agujero en mi vida imposible de llenar. No habría sido un inconveniente, habría sido la mayor tragedia de mi vida –Ari hizo una pausa para tomar aire–. Te quiero –repitió–. Por favor, por favor, no me dejes nunca.

–¿Dejarte? –repitió ella, incrédula–. Siempre he temido que tú me dejaras a mí.

–No podría hacerlo. Y, después de esto, te aseguro que no voy a dejarte sola ni un momento.

Christina sonrió.

–Yo me pongo nerviosa cuando no estás conmigo. Las mujeres te miran tanto...

–Pero ninguna me hace sentir lo que tú me haces sentir. Eres mi mujer, lo mejor del mundo para mí.

Tina quería creerlo, pero despertar de tan larga pesadilla y encontrarse con aquel maravilloso sueño era demasiado. Desconcertada, levantó una mano para tocarse la frente, como si así pudiese aclarar sus ideas.

–¡Mi pelo!

–No te preocupes, ya te está creciendo –le aseguró Ari–. Tuvieron que afeitarte para la operación.

Los ojos de Christina se llenaron de lágrimas. Se

lo había dejado largo después de la boda porque a él le gustaba, y recordaba que el accidente ocurrió cuando iba en taxi a la peluquería con su madre...

—¡Mi madre!

—Helen está perfectamente —le aseguró él—. Solo estuvo un día en el hospital. Todo está bien, Christina, no debes preocuparte.

—¿Quién cuida de los niños?

—El ama de llaves, tu madre, la mía, mis hermanas... te aseguro que no les falta compañía. Nuestra casa es como una estación de tren.

—Quiero volver a casa, Ari.

—En cuanto los médicos te den el alta.

—Pero quiero ver a mis hijos. .

Él apretó su mano.

—Los traeré esta tarde al hospital si prometes descansar después. ¿De acuerdo?

—Sí, de acuerdo.

—Tu pelo no importa, Christina —dijo Ari, acariciando su frente—. Lo único que importa es que te pongas bien.

El cariño que había en su voz consiguió calmar un poco la ansiedad de Tina. Él lo tenía todo controlado... y había dicho que la quería.

En cuanto Ari salió de la habitación, entraron los médicos para tomarle la tensión y hacerle algunas preguntas. Y también ella tenía preguntas que hacer.

Cuando se marcharon, sabía que su marido la había visitado cada día, mañana y tarde, haciendo lo posible por consolarla cuando compartía sus pesadillas con él.

Los médicos no tenían la menor duda de que Ari la amaba.

Y Tina empezaba a creerlo.

Una hora después, Theo entró corriendo en la habitación y, al verla despierta, se lanzó sobre la cama.

–¿Puedo abrazarte, mamá?

Riendo, Tina se apartó para dejarle sitio en la cama.

–Yo también quiero abrazarte, cariño.

–Y aquí está mi hermana –anunció Theo, orgulloso, cuando Ari entró en la habitación con la niña.

Ari la puso en los brazos de su madre y Tina se sintió embargada de emoción al mirar la carita de su hija.

–Maria tiene más pelo que tú, mamá –señaló Theo.

Y Tina rio porque ya no le importaba que le hubiesen afeitado la cabeza.

–Tiene los ojos de tu mamá. Y sus labios –dijo Ari.

Tina lo miró con una sonrisa trémula y las palabras salieron de su boca sin que pudiera o quisiera evitarlas:

–Te quiero, Ari.

–He rezado mucho para que volvieras con nosotros, Christina –murmuró él, inclinándose para besarla en los labios–. ¿Has visto lo preciosa que es Maria?

Empezaba una nueva vida, pensó Tina. No solo para su hija, sino para ella, para Ari y para Theo.

Una familia unida.

Era lo que su padre había querido para ella.

Ya no habría más desilusiones. Lo tenía todo.


Era verano en Santorini y las dos familias se habían reunido para acudir al bautizo de Maria. La misma iglesia, el mismo salón de banquetes... pero para Tina era una ocasión mucho más feliz que su boda. Aunque la familia de Ari la había recibido desde el principio con los brazos abiertos, solo ahora se sentía parte de ella.

El bautizo de Maria fue una celebración de la vida y el amor. El sol brillaba y no había sombras entre Ari y ella. Ninguna, al contrario.

En cuanto la fiesta terminó y los niños se quedaron dormidos fueron a su dormitorio, pero antes de nada había una cosa que Tina necesitaba hacer.

–Quiero que lo rompas –le dijo, sacando el acuerdo prematrimonial de un cajón.

Ari frunció el ceño.

–No me importa el acuerdo, Christina. Quiero que te sientas segura.

–No, está mal –dijo ella, sacudiendo la cabeza–. Si me pidieses ahora que me casara contigo, no tendrías que firmar el acuerdo porque confío en ti. Estoy convencida de que nuestro matrimonio va a durar para siempre. Es así, ¿verdad?

Él sonrió, acariciando su cara.

–Sí, es así.

Tina rompió el acuerdo y abrió sus brazos y su corazón para él.

–Te quiero, Ari, y adoro a nuestra familia. Vamos a ser muy felices, estoy segura.

Riendo, él la tomó en brazos para dejarla sobre la cama y se colocó sobre ella, aunque apoyando su peso sobre un brazo.

–Vamos a ser muy felices porque te tengo a ti, cariño mío.

Tina alargó una mano para tocar su cara, con los ojos brillantes de amor.

–Y yo te tengo a ti.

# BIANCA

# EMMA DARCY

## UNA TENTACIÓN PROHIBIDA

Jake Freedman esperaba vengarse del hombre que había destruido a su familia. Y, si aceptando una cita a ciegas con la hija de Costarella podía calmar a su peor enemigo, Jake se pondría su mejor traje y ocultaría su cinismo tras una sonrisa seductora…

Las caricias expertas de Jake atraparon a la inocente Laura Costarella en una peligrosa aventura amorosa. Y Jake acabó deseando más conquistar a Laura que la ruina de Costarella.

## UNA OFERTA INCITANTE

Las revistas del corazón solían dedicar muchas páginas al magnate griego Ari Zavros y a la larga lista de modelos con las que compartía su cama.

Tina Savalas no se parecía a las amigas habituales de Ari, pero aquella chica normal escondía el más escandaloso secreto: seis años atrás, había acabado embarazada después de una apasionada aventura con Ari.

N.º 493

Al conocer la noticia, Ari solo vio una solución: la inocente Tina sería perfecta para el papel de dulce esposa. Y, aparentemente, contraer matrimonio en la familia Zavros no era una decisión… era una orden.

## ¡YA EN TU PUNTO DE VENTA!

# DESEO
# MAUREEN CHILD

## EL SOLTERO PERFECTO

Hannah Yates, propietaria de una empresa de construcción, llevaba casco de protección en su trabajo. ¡Ojalá le sirviera para proteger también su corazón del hombre que estaba a punto de hacer famosa a su constructora! Lo único que tenía que conseguir era cumplir el plazo imposible que le había impuesto Bennett Carey, un hombre de negocios de sangre azul, y resistirse a la atracción que había entre ellos.

Sin embargo, cuando una jornada de trabajo acabó en una noche inolvidable para los dos, Hannah tuvo que preguntarse si iba a arriesgar todo aquello por lo que tanto había trabajado, o si, en aquella ocasión, se había enamorado del verdadero hombre de su vida.

N.º 558

## MÁS QUE UN NEGOCIO

Sadie Harris no había podido resistirse a los encantos del empresario Justin Carey y tampoco había conseguido convencerlo para que se quedara. Después, había cometido el error de ocultarle su embarazo cuando cada uno había seguido su camino.

Ahora Justin había regresado para cerrar un trato con la familia de Sadie… y conocer a su hijo. Con los sentimientos a flor de piel, enseguida ambos pasaron de la cólera a la pasión, e incluso a algo más. ¿Estaría él dispuesto a quedarse esta vez?

# JULIA™

## ANNA CLEARY
### MI VECINO ITALIANO

Los planes de vacaciones de Pia Renfern eran sencillos: relajación y recuperación eran los únicos puntos de su lista de cosas pendientes. Y suponía que no iban a ser demasiado difíciles de conseguir en Positano, el bello y exclusivo pueblo…

Pero incluso antes de salir del aeropuerto, el corazón de Pia se había desbocado, le cosquilleaba la piel y su mente estaba llena con imágenes alocadas y desinhibidas de una aventura de vacaciones. ¿El culpable? Valentino Silvestri: glorioso semidiós italiano y nuevo vecino de la puerta de al lado…
Teniéndolo a él en el umbral a diario, ¿cómo iba a poder relajarse?

N.º 477

## ABIGAIL STROM
### EL DESEO DEL MILLONARIO

Era el trato más sencillo del mundo. Lo único que Allison Landry tenía que hacer era salir con el magnate informático Rick Hunter durante unos meses. A cambio, él la ayudaría a financiar su organización benéfica.

¿Cómo iba ella a negarse? Sobre todo, cuando se trataba del hombre más atractivo que había visto jamás.

Rick tenía una merecida reputación de soltero recalcitrante. Sin embargo, si seguía comportándose como un playboy, perdería el único hogar que había conocido. Y Allison encajaba a la perfección en su plan, pues ninguno de los dos buscaba una relación estable. Aunque la joven pronto le haría soñar con un futuro juntos...

## ¡YA EN TU PUNTO DE VENTA!

# Elle Kennedy

## Amor inocente

Había mucha gente en Serenade con motivos para matar a Teresa Donovan, pero todos pensaban que su exmarido, Cole, era el asesino. Todos salvo la agente del FBI Jamie Crawford.

El desastroso matrimonio de Cole había arruinado su confianza en las mujeres, pero, al conocer a Jamie, su armadura protectora comenzó a derretirse...

## Deseo inocente

Sarah Connelly, madre adoptiva de un bebé de cuatro meses, no podía creer que el hombre del que había estado tan enamorada estuviese metiéndola en un calabozo. El comisario Patrick Finnegan prometía sacarla de aquel aprieto, pero su confianza en él había desaparecido cuatro años atrás. Aun así, estar con aquel hombre tan imponente hacía que su pulso se acelerase...

## Su ángel vengador

Morgan Kerr sabía que su exprometido, Adam Quinn, no quería saber nada de ella. Dos años atrás, el duro mercenario la había dejado, convencido de que lo había traicionado. Sin embargo, habían asesinado a su mejor amiga y su padre quería encerrarla en un hospital psiquiátrico, así que necesitaba la ayuda y el perdón de Quinn.

# BIANCA.

*Cuando el escándalo
es la única solución...*

## DESAFÍO
## AL DESTINO

### SHARON KENDRICK

N.º 3141

Sara Williams fue prometida en matrimonio por su padre
cuando era una niña para poder hacer frente a la deuda
del país que dirigía. Sara sabía que el día de aquella boda
llegaría, pero, tras convertirse en una mujer independiente,
decidió que nunca iba a casarse con nadie. El único camino
que le quedaba era la perdición, de manera que decidió
seducir al atractivo pero inmutable escolta que habían enviado en su busca.

El diplomático Suleiman Abd al Aziz tenía encomendada la
honorable misión de conducir a Sara hasta su destino en el
desierto. Pero su voluntad de hierro sería puesta a prueba
hasta el límite por la sensual y totalmente prohibida Sara.

# DESEO

*¿Podría ser el hombre de sus sueños?*

## UN HIJO TUYO

## ANNE MARIE WINSTON

### N.º 2192

Si alguien le hubiera dicho a Ryan Shaughnessy que acabaría casándose con Jesse Reilly, su mejor amiga y la mujer de sus sueños más secretos, y que estarían esperando gemelos, jamás lo habría creído. Pero ni siquiera en sus sueños más salvajes se le habría ocurrido que le pediría matrimonio para ayudarla a cumplir sus sueño de tener un bebé. Sin embargo, a medida que se acercaba la fecha, se podía observar en Jessie algo más que un cambio hormonal. ¿Podría esperar que algún día ella lo viera no sólo como el padre de sus hijos, sino también como un marido cariñoso…y un amante apasionado?